COLMILLOS & GARRAS
LA MALDICIÓN DE UNA RAZA

2ª Edición

JAVIER PIÑA CRUZ

© Javier Piña Cruz, [2019]

Primera edición 2018

Segunda edición 2019

Título: Colmillos y Garras

Ilustración y diseño de cubierta: Javier Piña Cruz

Corrección del texto: Janis Sandgrouse

© del texto: Javier Piña Cruz, 2018

ISBN-13: [9781676364986]

Impreso por [Amazon]

Todos los derechos reservados.

Dedicatoria

Apareciste de la nada, en el momento que sin saberlo, más te necesitaba.

Fuiste perseverante y luchaste contra demonios, montañas y seres de otras razas, para permanecer donde hoy te encuentras.

Gracias pequeña, por estar siempre a mi lado.

CONTENIDO

Primera parte	12
Prólogo	13
I	21
II	37
III	47
IV	57
V	65
VI	73
VII	87
VIII	94
IX	106
X	116
XI	123
XII	132
XIII	140
XIV	161

XV	168
XVI	175
XVII	184
Segunda parte	195
XVIII	197
XIX	211
XX	224
XXI	239
XXII	249
XXIII	257
XXIV	271
XXV	282
XXVI	299
Tercera Parte	307
XXVII	309
XXVIII	319
XXIX	330
XXX	337
XXXI	346

XXXII	368
XXXIII	385
XXXIV	395
XXXV	406
XXXVI	414
XXXVII	427
XXXVIII	438
XXXIX	448
XL	462
Agradecimientos	475
Otros libros del autor	478
Sobre el autor	484

Mis Redes Sociales

https://www.facebook.com/javierivanpinacruz/

https://twitter.com/Javierpinacruz

https://www.amazon.com/-/e/B077QGDXL8

https://construyamosunatorredemarfil.wordpress.com/

https://www.javierpinacruz.es/

PRIMERA PARTE

PRÓLOGO

Hace muchos años, en tiempos de los señores feudales, de los viejos y grandes castillos, de las añoradas tierras vírgenes, había un país llamado Glevón.

La capital del reino era conocida por el nombre de Penuria. Si antes fue llamada por otro nombre, los más ancianos del lugar no lo recordaban.

Era un reino montañoso con hermosos prados y enormes lagos cristalinos. Grandes castillos se levantaron y derribaron en toda su historia, mas uno solo quedó en el olvido.

Los aldeanos recuerdan citar y mencionar ese nombre, dado a la miseria, hambre, violencia y falta de honradez de sus gobernantes. Todo cambió con la coronación del rey Eoin. Fue el único gobernante que prefirió mirar por sus gentes antes que por sus arcas.

Black Castle pertenecía a la familia Collinwood desde hacía tres siglos. Fue construido a finales del siglo X y su construcción duró diez años, en los que los aldeanos trabajaban desde el alba hasta el anochecer. Se les pagaba en especies diariamente, más una paga en oro al finalizar la semana, dado que los impuestos debían pagarse en monedas.

El castillo estaba construido sobre una loma de verde pradera. Un bosque se cernía en sus faldas hasta donde llegaba la vista. Dicho bosque, llamado "*El hogar de la Madre*", era un lugar de culto que todo aldeano conocía.

Una de las festividades, de las muchas que hacían, era la fiesta de Yule, más conocida como *Solsticio de invierno*. En ella festejaban la estación de lluvias, en la cual la tierra almacenaba el agua caída para nutrir sus ríos y lagos.

En esa festividad era común utilizar: velas de color del sol, amarillas, naranjas y doradas; ramas de acebo, comúnmente conocida como "la planta mágica de los druidas"; ramas de abeto, uno de los árboles más sagrados que tenían; unas cuantas piñas y una copa para simbolizar el elemento del agua; y, por último, un recipiente de acero lleno de alcohol para simbolizar el elemento del fuego. También participaban muchas devotas para dar a luz a sus hijos, bajo la atenta mirada de Selene.

El bosque también servía como abastecimiento de comida, pues contenía innumerables cantidades de animales, desde los flamantes ciervos, jabalíes, ardillas, faisanes, zorros, osos; hasta los sencillos pero necesarios conejos, liebres y mapaches.

Desde el portón del castillo hasta la villa bajaba un camino de tierra y piedras, las cuales dificultaba el manejo de las carretas de los comerciantes y las pesadas máquinas de asedio.

Las paredes del castillo tenían más de un metro de grosor, luciendo un color negro que despertaba el pavor de muchos, pues se decía que esa tonalidad se daba por la sangre seca de los innumerables habitantes que murieron durante su construcción. Pero solo era una leyenda.

El castillo contaba con cuatro torres, una por cada punto cardinal. Desde ellas, se divisaba toda la capital y las fronteras de esta.

Delante de las torres de vigilancia y rodeados por una gran muralla, yacían las gentes menos agraciadas. Vivían en hogares hechos de madera y paja, y a menudo contaban con pequeños depósitos de agua para controlar los incendios que podían arrasar sus propiedades. Carecían de ganado o cualquier otra forma de ganarse la vida, pues muy pocos eran los elegidos que accedían dentro de la segunda muralla.

La segunda muralla constituía la plebe del reino, tales como artesanos, herreros, curtidores o granjeros, que a menudo salían de la muralla a trabajar sus tierras. También había boticarios, que tenían su humilde tienda donde vender sus artículos.

En la primera muralla se establecía la burguesía, aquellos que gozaban el beneplácito del rey. Ya dentro del castillo, vivían los duques, marqueses, vicarios, condes, y todos los que formaban la corte real.

Para los posibles invasores, el hecho de que la muralla del reino contase con torres tan altas, dificultaba a todas luces un ataque desde tierra. Debido a ello, solo tenían una posibilidad para destruir dicho reino: la sublevación por parte del propio pueblo.

Corría el año 1337. En esa época, Inglaterra había declarado la guerra a Francia, debido a que Eduardo III, heredero legítimo al trono francés, no reconocía a Felipe VI como rey. En Glevón la noticia calló como un jarro de agua fría, pues era conocida la amistad entre el rey Eoin y Eduardo III.

Este último, al estallar el conflicto armado, llamó a filas a todos sus aliados. En Glevón no querían luchar en una guerra que no era suya.

Fue así como el hermano del rey, Leofric, empezó a envenenar sus mentes con embustes. Primero a los más pobres de la capital, diciéndoles que su hermano había tomado ilegítimamente la corona, pues él decía ser el digno sucesor. Prometía tierras, ganado y riquezas a todo aquel que le secundara en el levantamiento, pero, ante todo, prometía romper lazos con Eduardo III, y así quedarse al margen de la guerra que duraría ciento dieciséis años.

Hubo muy pocos que no lo creyeron. Sabían que solo pretendía conseguir el trono a toda costa, y que separarse del rey Eduardo solo les traería miseria. Sin embargo, antes de dar el aviso, fueron asesinados, como muestra de poder a todo el que se negase a apoyar a Leofric. Así pues, comenzó el levantamiento que, dos años más tarde, terminaría con toda la familia real asesinada, bajo la mano del rey impostor.

Pero lo que Leofric no sabía era que Eoin, junto a su esposa Ellie, había confiado la vida de su último hijo, Einar, a su ama de cría, Megan. Una muchacha de no más de quince años, la cual no se separaba nunca del pequeño.

Le enseñaron los pasadizos secretos, que llevaban hasta las fronteras de la capital, al mismo tiempo que le confiaban la vida del pequeño. Le hicieron coger un papiro, que solo debería ser abierto al llegar a Arimar.

Megan abrió el papiro con el niño aún en brazos, en el escrito le decían las instrucciones a seguir:

»*Deberás irte del reino y tomarás a nuestro hijo como tuyo propio. Nadie, nadie puede saber quién es, o seguirá la misma suerte que posiblemente corramos nosotros.*

Al norte de la capital, en Arimar, vive Joel, mi tío. Enséñale este papiro, y él te dará un hogar y un trabajo. Dentro de catorce años, debes decirle la verdad a Einar. En él estará entonces la voluntad de volver a reclamar lo que es suyo, u olvidar a su familia y seguir en el exilio.

Haz que aprenda el arte de las palabras, de la espada, del jinete, así como a ser una persona bondadosa y fiel a sus principios. Háblale de su padre, como si fuera tu marido, de su madre como si fueras tú misma. Doy gracias a la Madre, y la pido que te proteja en esta misión

Megan no pudo contener las lágrimas en sus ojos. Esas palabras eran de unos padres que sabían que iban a morir y, aun así, tenían la fuerza de voluntad para entregar a su último hijo a una sirvienta, con la esperanza de que esta le mantuviese a salvo.

Una vez cometida la matanza de la corte real, la vida no fue como Leofric prometía. De la gran ciudad, rica en oro y abundante en agua y comida, pasó a ser una tierra muerta. Los animales huyeron espoleados por una fuerza invisible que los hizo abandonar el reino, y una gran sequía acabó con los grandes lagos y ríos de la región, sumiendo el reino en una oscuridad.

Si Leofric creyese, como su hermano Eoin, en la gran madre, habría pensado que esta le estaba juzgando por la criminal matanza. Pero Leofric solo conocía el culto del acero. Para él, los dioses y diosas que admiraban su hermano y su familia solo servían para perder el tiempo. Así pues, en un arrebato de furia ordenó destruir el altar.

El nuevo rey no tenía esposa, y decidió buscar entre doncellas a la que fuese su reina, y prolongar así su linaje. Ninguna de las quince doncellas que ordenó llevar al castillo cumplieron los intereses del rey, ya que ninguna consiguió darle un varón. La diosa se volvía a vengar de él.

Muerto Leofric a causa de la gripe, el reino no supo qué hacer. Luchaban unos contra otros, buscando su derecho a gobernar sobre los demás, pero carecía de dicho derecho. El único que ostentaba ese privilegio tenía ya catorce años y vivía en Arimar.

Capítulo I

I

Habían pasado catorce años desde que Megan cruzase los túneles, escapando de la real matanza. Cambió el apellido "Collinwood" por el de su propio padre, Frydon. Con el tiempo se enamoró de Joel, y unos cuantos años más tarde se casaron. De ese matrimonio nació una niña que se llamó Ishel.

Era primavera cuando Einar cumplió la mayoría de edad. Se había convertido en todo un hombre que ayudaba a su padre con la herrería.

Era feliz, tenía unos padres que lo adoraban y una hermana pequeña de la que cuidar. Había sido instruido tal y como demandó Eoin en el papiro. Según se acercaba su cumpleaños, Einar escuchaba llorar por las noches a Megan, pero no sabía el motivo; cuando la preguntaba a la mañana siguiente, la mujer le daba excusas que el muchacho pocas veces se creía.

Una noche antes de su cumpleaños, como tantas otras noches, Megan y Joel hablaban sobre sus inquietudes.

—Joel, tú sabes mejor que nadie que le quiero como a mi propio hijo. Me lo entregó tu sobrino con pocos meses —decía Megan—. Jamás imaginé que, pasados los años, me iba a resistir a decirle la verdad. No puedo; me corroe el alma que pueda llegar el día que me desprecie y no vuelva a verle.

—Sabes de sobra lo que pienso, mi amor. Si la Diosa quiso que ese niño y no otro se salvase, ¿quiénes somos nosotros para negarle saber quién es?

Joel intentaba aparentar estar impasible ante los dictámenes de las últimas palabras de su sobrino, pero a la vez comprendía muy bien a su mujer.

Él perdió a su primera esposa debido a una larga enfermedad. Cuando Megan llegó con un niño de apenas dos meses, él criaba a dos propios. Una vez más, las fiebres se cebaron con él, arrebatándoselos en un muy corto periodo de tiempo.

Antes de la llegada del ama de cría, Joel no sabía cómo tratar a sus hijos, apenas sabía guisar o cocinar; si no hubiese llegado ella, el poco tiempo que estuvo con sus hijos hubiera sido un infierno peor del que fue.

La muchacha pronto se puso al mando de la casa, fregando, limpiando, cocinando y demás labores. Parecía una bendición de la Diosa el haberse llevado a su primera esposa. Ahora, al ver que a) su mujer le ardían las dudas, se sentía impotente por no saber ayudarla

Un día de marzo, Megan entró por la puerta de la casa y encontró a Einar jugando con Ishel, mientras que Joel afilaba unos cuchillos. En ese momento, Joel alzó la mirada y supo de inmediato que había llegado el día de decir a Einar la verdad sobre quién era realmente. Dejó a un lado los cuchillos y esperó a que la mujer empezara.

—Ishel, ve a recoger tu habitación; padre y yo tenemos que hablar con tu hermano.

—¿Por qué me tengo que ir? — se quejaba la niña ante su madre—. Siempre me pierdo todo. — Bufó, mientras fue a su habitación a regañadientes.

Einar miró a su madre sin decir ninguna palabra. Se sentó en la mesa, mirando interrogante a sus padres.

Megan se sentó a su lado. Se apretaba las manos; estaba claro que algo la ponía nerviosa y no sabía cómo empezar la conversación.

—Einar hoy es tu cumpleaños. Hoy, según la ley, eres un hombre. A partir de ahora eres libre de definir tu futuro y de tomar tus propias decisiones—) Megan no había empezado a hablarle como hubiese querido; le resultaba muy duro tener que decirle la verdad.

Einar escuchaba atento. Sabía que era así, pero no entendía el nerviosismo de su madre.

—Hace catorce años, yo trabajaba como sirvienta en un castillo en Penuria, y servía a unos reyes benévolos. Apenas tenía tu edad cuando empecé —La emoción traicionó a la mujer y unas cuantas lágrimas empezaron a caer por sus acaloradas y sonrosadas mejillas —El hermano del rey sentía muchos celos de él, y envenenó las mentes del pueblo con mentiras para conseguir derrocar a su hermano, y poder alzarse él como rey. Leofric, así es como se llamaba. No solo consiguió el trono, sino que ordenó la vil ejecución de su propio hermano, su mujer y sus descendientes.

Einar estaba intrigado y asombrado al mismo tiempo. Sabía de la maldad de muchos hombres, pero jamás habría pensado que por una corona un hermano llegase a matar a otro y, mucho peor, matar a los hijos de este.

—Lo que Leofric nunca pensó es que Eoin hubiera sacado del castillo al último de sus hijos, el más pequeño, y el que más oportunidades tenía de sobrevivir. Se la entregaron a una niña que lo cuidaba durante el día, y le pidieron que lo criase como suyo... – Megan rompió a llorar. Si antes se intentaba controlar, ahora ya no era capaz de hacerlo.

Nunca había superado ese día. Nunca había sentido el dolor que tuvo que sentir la reina Ellie al separarse de su pequeño. Cuando se hubo repuesto, prosiguió su relato.

—Esa niña —cogió las manos de Einar y las apretó fuertemente contra las suyas —Era yo, y el recién nacido eras tú, Einar.

Einar alzó las cejas asombrado. No entendía muy bien la situación, ¿la noche anterior eran sus padres y ahora no lo eran?

—No entiendo lo que me estáis diciendo, madre, ¿no soy vuestro hijo? Y si no soy vuestro hijo, ¿mis padres están muertos? —Era mucha información, y muy de golpe para que Einar lo asimilara en ese momento.

Se levantó y empezó a caminar de un lado a otro del salón, frotándose las manos una contra la otra. Megan se levantó y fue hacia él con la intención de tranquilizarle.

—Einar, por favor, siéntate; así lo único que vas a hacer es marearnos a tu padre y a mí.

—¿A mi padre y a vos? ¿Cómo que a mi padre y a vos? ¿No acabáis de decir que mis padres están muertos, así como mis hermanos?

—Sí, lo he dicho; no pretendía...

—No pretendíais ¿qué? ¿Haceros pasar nuevamente por mi madre?

—¡Einar! —Joel se levantó de golpe e hizo ademán de abofetearlo, pero se detuvo al escuchar a su mujer.

—No, Joel, no lo hagas. Él no ha querido decir lo que ha dicho, estoy segura.

Einar había abierto del todo los ojos, asustado. Nunca le había levantado la mano, y mucho menos lo había visto así de furioso. Joel bajó la mano, pero se mantuvo firme.

—No te atrevas a hablarle así. Ella ha arriesgado su vida para que tú tengas una que vivir. No es tu madre, yo tampoco soy tu padre; pero no por eso nos tienes que perder el respeto. Ambos hemos corrido mucho peligro para que tú pudieras vivir. Si Leofric o sus fieles hubieran sabido que su otro hermano acogió al único heredero vivo que quedaba, ¿qué crees que hubieran hecho?

Einar retenía las lágrimas. Se sentó en la silla y bajó la mirada, avergonzado. Por lo que Megan le había contado, si alguien supiera que estaba vivo, los habrían matado a ellos y a Ishel. Era verdad que se habían arriesgado mucho, pero él no tenía la culpa de aquello.

Megan se arrodilló a su lado y le acarició el cabello atrayendo su cuerpo contra el suyo.

—Einar, mi chiquillo, nunca seré tu madre, ni Joel tu padre; pero lo que estoy segura es que nadie te ha amado como te hemos amado nosotros. Tampoco fue fácil para mí, yo tenía quince años cuando te entregaron con una serie de condiciones. Más tarde te enseñaré el papiro que aún guardo, para que puedas verlas tú mismo. No te pido que me perdones, pues no te he hecho ningún mal; al contrario, te he criado y te he dado lo mejor que he podido y todo lo que estaba en mi mano. Sé que ahora estás muy sorprendido, enojado. Pero por un momento piensa en el dolor que tengo dentro de mí, al confesarte la verdad que llevo guardando catorce años en mi interior.

Einar se separó de ella y la miró a los ojos, lleno de lágrimas que no pudo resistir más a que saliesen.

—No he querido faltarte el respeto, y perdóname por decirte que no eras mi madre. Ahora mismo estaría muerto si no llega a ser por ti.

Joel se dio la vuelta y dejó a los dos hablando; mientras, él preparaba un par de tisanas, sabía que la noche sería larga.

Efectivamente, se pasaron toda la noche hablando. Megan enseñó el papiro que sus verdaderos padres le entregaron esa fatídica noche. Al amanecer, Einar estaba al corriente de quién era, y de la posibilidad de recuperar un reino que le fue arrebatado. Acordaron dormir unas horas y más tarde volver a hablar.

Era medio día cuando Einar bajó de su habitación, le había despertado Ishel con su risa. Debía de estar jugando con los animales, le encantaba perseguir las gallinas.

Cuando entró en el salón, saludó con dos besos a sus padres y se sentó a desayunar. Reinaba el silencio entre los tres, solo las carcajadas de Ishel y el ruido de las gallinas huyendo de la niña lo rompían. Fue el propio muchacho quien empezó a hablar.

—Padre, madre, ¿qué se supone que debo hacer?

Megan dejó un cuenco de leche de cabra y una hogaza de pan en la mesa; luego, se sentó a su lado.

—Tienes que hacer lo que te dicte tu corazón, hijo mio. Nosotros no podemos decirte que te quedes o que te vayas, pero quiero que sepas que hagas lo que hagas, decidas lo que decidas, te apoyaremos siempre —se acercó a él y le besó en la frente, como tantas y tantas veces había hecho en cualquier ocasión; pero esa no era cualquier ocasión, y ella lo sabía.

Joel también se acercó al lado del muchacho. No era muy dado a dar discursos, pero intentó ofrecerle la ayuda que sentía que necesitaba en ese momento.

—Nadie puede decidir sobre tu futuro salvo tú, Einar. Te he enseñado cuanto sé y te he dado un oficio del que valerte. Estoy seguro de que sabrás elegir la mejor decisión por ti mismo.

Ishel entró corriendo a la casa. Fue hacia Einar y se tiró sobre él, adoraba a su hermano.

—Einar, ¿me ayudas a coger las gallinas? Se han escapado del gallinero y no soy capaz yo sola —la voz de la niña le hizo sonreír de ternura, sabía cómo hablarle para conseguir salirse siempre con la suya; pero la niña no contaba con que su padre interviniera.

—Ahora no puede Ishel, estamos tratando un asunto muy importante. Inténtalo otra vez, no te he enseñado a rendirte tan rápido.

—Sí padre —la niña se despegó del hermano y se fue corriendo mientras gritaba —¡Esta vez no os escaparéis!

Los tres rieron por un momento. Un poco de alegría en esa mañana tan tensa y crucial no venía nada mal.

—Antes que decidas, Einar, hay una cosa que Megan trajo consigo y que hemos guardado todo este tiempo. Como sabrás, o llegaras a saber, todos los linajes de reyes portan un escudo de armas. Nuestra familia también tiene el suyo —Joel se arrodilló y, con una navaja que sacó del bolsillo, levantó una tabla del suelo.

Debajo de esta, había un paquete alargado envuelto en unos trapos viejos. Lentamente, fue quitándolos hasta dejar salir el brillo del metal de la espada de su padre.

—Tu abuelo hizo forjar esta espada para la coronación de tu padre. Mandó ensamblar el escudo familiar en el mango, un pequeño sol llameante y dos espadas en cruz.

Einar cogió la espada y la blandió como tantas veces había hecho en los entrenamientos con su padre. La miró de arriba a abajo, estaba maravillado al ver el único recuerdo que tenía de sus verdaderos padres, la única muestra que serviría para demostrar que era hijo de Eoin Collinwood.

Joel sacó también una caja, soplando para quitarle el polvo, y abriéndola después. De ella sacó un papiro que le tendió al muchacho.

—Tus padres no solo dejaron unas palabras para Megan, también tuvieron tiempo para escribirte a ti también.

Einar dejó la espada sobre la mesa y le arrebató el papiro de las manos, sentándose para leerlo.

«Einar, tanto tu madre como yo sentimos no poder ver cómo has crecido. Por unas mentiras, nos hemos visto obligados a cederte a Megan para ponerte a salvo. Hemos confiado en la Diosa para que así sucediera. Si estás leyendo estas palabras, agradécele su bendición. Imagino que Megan y Joel te habrán dicho quién eres de verdad.

No los juzgues, pues si para nosotros, siendo tú un recién nacido, nos parte el corazón cederte; no consigo que mi mente imagine el dolor de ellos al confiarte que no eres suyo. Intenta comprender la situación, siempre se ha buscado lo mejor para ti.

Ahora, como futuro rey, tu vida va a cambiar. Si has de dirigir un reino, tienes que aprender a manejarlo y ahí, hijo mío, es donde de nuevo tenemos que confiar en la Diosa pues no sé si donde te voy a mandar aún seguirán los señores.

Tienes que dirigirte al reino de Cameliard. El rey Sagrad empezará tu adiestramiento. Es un viejo amigo mío, enséñale tu espada y este papiro. Él comprenderá lo que ha de hacer. Ten mucho cuidado, hijo mío. Hay gente que te tiene por muerto, y muerto tienes que estar hasta que decidas darte a conocer.

Hijo mío, ojalá tu madre y yo pudiéramos verte ahora mismo. Daríamos de nuevo nuestras vidas por estar solo un minuto a tu lado. Te estamos acariciando mientras ponemos estas palabras. Nunca espero que tengas que sentir el dolor que sentimos ambos. Eres mi hijo y, por lo tanto, estás destinado a ser rey. Lleva siempre la cabeza muy alta, como la llevamos tu madre y yo en estos últimos minutos de nuestra vida".»

Einar no pudo contener las lágrimas. Un nudo en la garganta no le dejaba casi respirar, y otro en el estómago que sentía cómo le atenazaba el corazón. Dobló de nuevo el papiro y respiró profundamente. Se secó las lágrimas y bebió un poco de leche para aclararse la garganta.

Después miró a Megan y a Joel y, con voz entrecortada todavía, les preguntó:

—¿Qué les pasó a mis hermanos? ¿Por qué no pudiste llevártelos a ellos también?

A Megan, esa pregunta le partió el corazón como un rayo cuando cae sobre un árbol y lo abre en dos.

—No había tiempo, tus hermanos estaban en varias habitaciones y yo en la de tus padres. Únicamente había ese pasadizo secreto, y los hombres de Leofric avanzaban tan rápido que no nos dieron tiempo.

—Entiendo—. Fueron las últimas palabras de Einar, dando por finalizada la conversación.

Se levantó y fue a coger la ropa de montar. Cuando volvió a salir, Megan y Joel estaban hablando. La mujer había comenzado a llorar tras la última pregunta del muchacho.

—Voy a montar a Yersi—. Así se llamaba la yegua que pertenecía a Joel.

Megan trató de levantarse y pedirle perdón nuevamente, pero Joel se lo impidió— Déjale, mujer, tiene que asimilar todo lo que ha escuchado; no puedes protegerlo eternamente—.

—No, no podré, pero nada ni nadie me va a impedir jamás intentarlo. Pero tienes razón, será mejor que se despeje— dijo, volviéndose a sentar. Tras ello, el muchacho salió por la puerta, directamente hacia la cuadra.

Estuvo cabalgando un par de horas, hasta llegar a un claro no muy alejado de los límites que conocía. Bajó del animal y se tumbó en la hierba, cerrando los ojos y los puños al mismo tiempo.

Se sentía impotente y enfadado, como si le hubieran arrancado de raíz un trozo de su alma para lanzarla al fuego del infierno. En su mente, trataba de recuperar algún recuerdo de sus padres, pero era inútil; era demasiado pequeño para que sus caras se reflejasen en su cabeza.

Lloró. Lloró desconsolado aprovechando que nadie le veía y gritó al viento, maldiciendo a Leofric, que no era otro que su propio tío. Solo había una cosa que le daba más miedo que toda la información nueva sobre él y su familia. Ese temor radicaba en que no sabía qué esperaría de él la gente. Jamás ambicionó ser rey; a él le bastaba con vivir con los que creía sus padres y su hermana, y trabajar en la herrería.

De repente, sin saber de dónde, comenzó a escuchar una voz susurrante:

—Tienes que vengar a tu familia, tienes que luchar por lo que es tuyo.

Einar se levantó sobresaltado. Allí no había nadie, pero estaba seguro de haber escuchado una voz, o quizá fuese simplemente la rabia que sentía y bullía de su colérico corazón.

En ese mismo momento, tomó la decisión de reclamar lo que era suyo. Una decisión que, con el tiempo, acabaría siendo su perdición.

Una vez se hubo ido, una figura femenina salió entre los árboles. La muchacha medía alrededor de un metro y medio, e iba ataviada con un vestido de seda oscura y una capa sobre los hombros de terciopelo negro.

Su rostro sonriente era sonrosado y sus ojos color marrón verdoso, no quitaban ojo al joven rey. La mujer poseía un largo cabello rubio, llegándole hasta la cintura, moviéndose al son de la suave brisa del ocaso.

Detrás de ella, una fina capa de niebla se fundía con el entorno.

—Eso es, mi rey, comienza tu venganza. Esperaré lo que sea necesario para que seas mío.

Tras esas palabras, y una vez perdido de vista el jinete, se dirigió hacia los árboles con paso lento pero decidido.

Capítulo II

II

Einar empezó a cumplir su promesa a la semana de leer esa carta. Se despidió de sus padres y de su hermana, y marchó hacia Cameliard, esperando, como Eoin, que el rey Sagrad aún estuviera vivo.

No le fue fácil la empresa. Tardó dos meses en llegar a Cameliard, y un año en obtener audiencia con el rey.

Mientras esperó ese tiempo, trabajó en la herrería arreglando armaduras y en la fragua. Eran todo cosas comunes que el herrero le dejaba hacer, pues al principio no se fiaba del forastero. Fue a partir de los seis meses cuando el herrero, al ver su valía, le dejó encargarse de las armas.

Los clientes quedaban contentos, y el herrero, al ver que prosperaba, quiso que se quedara con él a trabajar, pero Einar sabía muy bien a qué había venido.

Un día por la mañana, unos guardias del rey fueron a llamarle.

—El rey quiere hablar con vos. Por favor, seguidnos.

Einar se aseó, se quitó el protector y se vistió. Luego, siguió a los guardias hasta el castillo y, una vez dentro, le dirigieron a la sala del trono.

El castillo le parecía una obra de arte. Grandes almenaras, con los pendones moviéndose según soplaba el aire; un patio de armas que le parecía inmenso; así como unas caballerizas que tenían unos dignos equinos.

Ya en el interior, la cosa aún era mejor. Escudos de armas cubriendo los muros, y unas armaduras completas que, con sus espadas, parecían hacer guardia por los pasillos, fue lo primero que llamó su atención. Las puertas eran de roble macizo, y parecían hechas para gigantes, debido a su gran tamaño.

La sala del trono le impactó. Nunca en su vida había estado en una. Si la congregación de gente de su aldea le parecía bárbara, aquí se quedaba pequeña; habría un centenar de personas. Hombres y mujeres, ataviados con sus cuidados ropajes, los cuales valdrían para alimentar a una familia durante un año entero. Cuando se anunció su entrada y escuchó por primera vez su nombre completo – Einar

Frydon –, se le encogió el corazón y el estómago se hizo un nudo.

Avanzó sereno y con la cabeza alta. Antes de partir, le dio tiempo a coger la espada de la habitación de la posada y la carta de sus padres. Mientras avanzaba hasta donde había visto a las demás personas arrodillarse, sus ojos no podían quitar la vista de la estampa tan magnífica que producía el viejo rey.

Tenía un porte gallardo. Una barba bien espesa pero recortada; unos ojos azules como el mar, pero viejos como las montañas; y una corona encima de su cabeza que parecía brillar con luz propia. Con la espada en el cinturón, hizo una escueta pero horrible reverencia. Nunca le habían enseñado, mas hasta hace poco nunca pensó que le haría falta aprender. Aun impactado por la imagen del rey Sagrad intento contener los nervios.

—Saludos, mi rey, me llamo Einar Frydon. Sé que no me conocéis, pero es vital que hable con vos.

De inmediato Einar escuchó un revuelo entre la multitud. No llegó a saber qué decían, pero estaba seguro de que nadie se creía lo que decía.

—Bien, Einar Frydon, tenéis razón, nunca he oído hablar de vos. ¿Qué es eso tan urgente que tenéis que hablar conmigo?

—Mi rey, me gustaría poder hablar solo con vos, pues, con todos mis respetos, no he hecho un viaje tan largo para que estas personas —hizo un ademán con los brazos, señalando al conjunto de la corte —se enteren de lo que no deberían.

—¿Cómo osas despreciar a mi corte de esa manera? ¿Acaso buscas que te encierre? —el gesto del rey era duro, le recordaba al de Joel, pero este tenía menos carisma que la persona que tenía de frente. Le daba la sensación de que podría parar a toda una caballería solo poniéndose delante de ella.

—Mi señor, os lo ruego, dejad que vuestros guardias os acerquen mi espada. Juro por la Diosa que nada os ha de preocupar, mas, aunque no lo creáis, pretendo ser amigo, no enemigo.

Al rey le costó unos minutos reaccionar ante tal proposición. La reina Shelah hablaba con él mediante susurros, los cuales parecieron convencerle.

—Está bien. Claint, acércame la espada del muchacho; veremos a ver qué hay tan importante en una simple espada.

Einar desenvainó la espada, y como los amantes del acero, colocó el filo sobre las dos palmas de las manos, mientras bajaba la cabeza en forma de agradecimiento. Claint la cogió con una mano, despreciando así el gesto del joven, se dirigió hacia el rey y esta vez imitó el gesto del desconocido.

El rey cogió la espada. No media más de 85 cm. y parecía pesar alrededor de un kg. La guardia hacía una perfecta cruz; el mango, en forma de disco, tenía grabado un pequeño sol ardiente, el escudo familiar que tantas veces había visto a su mejor amigo portar.

Al contemplarla, alzó ambas cejas y miró a su esposa. Parecía no creerse lo que veían sus ojos.

—Dejadnos solos —ordenó el rey

—Pero, alteza —quiso contrariarle Claint, pareciendo ser el comandante de la guardia.

El rey se puso de pie. Einar alzó la vista solo un segundo. Esa imagen del rey encolerizado se le grabaría para siempre en su mente.

—¿Desde cuándo tengo que repetiros las órdenes, Claint? Dejadnos solos —repitió el rey—. Al próximo que se le ocurra desafiar mis palabras, le azotaré yo mismo en la plaza.

Poco a poco el salón se fue vaciando, ante la incredulidad de la guardia y la corte. Una vez estuvieron solos, el rey se volvió a sentar y miró a Einar.

—Bien, amigo mío, veo que tenéis la espada de un hombre magnífico, pero eso no os hace ser su heredero. ¿Tenéis más pruebas que me hagan creer que sois quien decís que sois?

—Sí, mi señor; traigo esta misiva que escribieron a puño y letra mis padres, momentos antes de que me sacaran del reino —dijo, al mismo tiempo que metía su mano en la ropa y sacaba el papiro enrollado.

—Bien, acercaos; me gustaría leer esas palabras con mis propios ojos —hizo un ademán para que se acercase.

Einar se levantó y, con la cabeza alta, se acercó al trono. Subió un par de escalones y entregó el papiro. Al instante siguiente, los volvió a bajar y se mantuvo arrodillado, esperando el dictamen.

El rey cogió el pergamino del muchacho. Había en él muchas cosas que le recordaban a Eoin, tales como el pelo, los ojos y la forma del rostro. Casi no dudaba de que fuera verdad, que fuese hijo suyo, pero ¿cómo era posible? ¿Cómo podía Leofric haber errado hasta ese punto?

Leyó el papiro. Estuvo varios minutos con sus ojos puesto en las letras, hasta que finalmente lo enrolló y, sin decir nada, se levantó y avanzó hacia él. La reina lo miraba también sorprendida.

Una vez delante del muchacho, el rey le devolvió el papiro y le invitó a levantarse. Aún no se lo podía creer, tenía delante al heredero de su mejor amigo, un hombre de no más de quince años, pero decidido a todo.

—Muy bien, digamos que os creo. ¿Qué queréis de mí? ¿Qué pretendéis viniendo a mi reino?

—Mi señor, tan solo lo que vos habéis leído. Las últimas letras de mi padre fueron "ve a ver al rey Sagrad, él te instruirá en todo lo que necesites para gobernar". Por eso estoy aquí.

—Veo la misma arrogancia que tenía vuestro padre, y me llena de gozo poder comprobar que estáis vivo. Por supuesto que haré lo que esté en mi mano para enseñaros a gobernar, pero me gustaría saber una cosa. ¿Qué es lo que vais a gobernar? ¿A caso tenéis un reino? ¿Un condado? ¿Una villa?

Einar no comprendía las palabras del rey. Primero le decía que le enseñaría, y después parece que se riera de él.

—No, mi señor, no tengo un condado y tampoco una villa; pero tengo un reino que reconquistar y estoy decidido a hacerlo —su voz sonaba como una queja ante el comentario del monarca.

—Bien, no os enojéis conmigo; solo trato de haceros ver que, por muchos conocimientos que tengáis, sin un ejército que os respalde en la lucha, seréis como un ratón para un gato. Hagamos una cosa: os enseñaré todo lo que sé. Ordenaré que os instruyan en economía básica para dirigir un reino; geografía, pues deberéis saber dónde están los reinos y sus fronteras; y educación militar, pues tenéis que aprender a montar a caballo, combatir en él y usar todo tipo de armas. Un rey lucha en sus guerras, no manda luchar a sus ejércitos. El rey es parte fundamental del ejército. Y, por último, os instruiré en idiomas, ya que os serán muy necesarios para comunicaros y crear alianzas. El pacto que hago con vos es el siguiente: demostradme que sois digno hijo de vuestro padre, y yo mismo combatiré a vuestro lado para devolveros lo que es vuestro.

Einar no podía dar crédito a lo que estaba escuchando. El rey, en persona, se ofrecía a luchar junto a él.

—Mi señor, os agradezco mucho vuestras palabras y no dudéis que seré digno hijo de mi padre.

La reina miraba y escuchaba la conversación con una ligera sonrisa, muy sorprendida. Hacía mucho tiempo que no veía a su marido con tanta energía. Lo peor que le puede pasar a un guerrero es quedarse sin guerras, y eso es lo que le pasaba al rey.

Tanto tiempo sin un enemigo, sin un reto que cumplir, le estaba consumiendo poco a poco, pero a la vez temía que cumpliese su promesa. Ya era mayor para combatir, pero sabía que, si él se lo proponía, nada podría hacer para cambiar de opinión.

El rey sonrió y asintió con la cabeza. Volvió a su trono y, con el bastón, dio dos golpes al suelo. La puerta central se abrió y un sirviente entro presto. — ¿Mi señor?

—Tengo un nuevo invitado, así que dispone unos aposentos, ropas y todo lo que sea menester. Comunica a los eruditos de cada materia que quiero hablar con ellos, y avisa en la cocina que pongan un plato más en la mesa.

—Así se hará, alteza —miró al forastero y, con un gesto, lo invitó a seguirle.

Einar hizo de nuevo la horrorosa reverencia, y siguió al sirviente a sus nuevas dependencias.

Capítulo III

III

Habían pasado cinco años desde que Einar llegó a Cameliard. Cinco años en los que estudió todo lo que le había puesto delante el rey. Pasó todas las pruebas que sus mentores le pusieron, y se había convertido en un buen contrincante en la liza, convirtiéndose en todo un hombre.

Einar *"el Oscuro"*, empezaron a llamarle, debido a que su armadura era de color azabache. Había también quienes decían que algo tenebroso guardaba. Era muy reservado y poco dado a juntarse con la aristocracia. Solo lo hacía cuando no le quedaba más remedio, y eso solía ser en los banquetes que daba el rey y en las lizas.

Prefería estar absorto en sus deberes como futuro rey. Sabía cuanto tenía que saber de toda persona alojada en el castillo. A veces, después de que todos se hubieran retirado a su alcoba, Einar y el rey bebían vino mientras se reían adivinando, o al menos intentándolo, las verdaderas razones de cada miembro de la aristocracia para estar en el castillo.

Una de esas noches, el rey le dio una sorpresa. Llegó acompañado de una muchacha, una jovencita que se había hecho mujer dos lunas antes.

Se llamaba Anne y era la princesa del reino de Caerlion, muy cercano a Cameliard. La joven era hermosa, tenía una larga melena cobriza que le llegaba hasta la cintura, unos ojos color miel y los labios muy perfilados. Era casi tan alta como Einar y vestía un vestido de seda color fuego, que realzaba sus cobrizos cabellos. La piel parecía suave, sedosa, deseosa de que alguien la acariciara. Se movía con una elegancia digna de cualquier hija de rey, siendo sus pasos cortos pero seguros. Su mirada no temía a nada ni a nadie. Más tarde, Einar se enteraría que, el padre de Anne le permitía aprender como a un varón a escondidas, pues en ese tiempo la educación de los hombres y las mujeres estaba muy diferenciada, y no estaría bien visto que una joven supiese tales conocimientos.

Esa noche, Einar se enamoró por primera vez. Estaba bebiendo una copa de vino, esperando al rey, cuando sus ojos depositaron su vista en ella, y se dijo que no haría falta buscar mejor reina que ella. Dejó la copa de vino y se levantó, manteniéndose erguido, con la cabeza alta y los hombros hacia atrás, como si fuera a presentarse ante el padre de la joven.

—Buenas noches, Einar, quiero presentaros a la hija de un buen amigo mío. Su nombre es Anne, es hija del rey de Caerlion.

—Buenas noches, mi señor. Mi señora, un placer conoceros.

—Que la Diosa sea con vos, mi señor —dijo, alargando la mano para que este la besase.

—Bien, puesto que ya os conocéis, y lamentándolo mucho, he de dejaros. La reina reclama mi tiempo y dedicación —sonrió y, tras despedirse de ambos, salió del salón.

Después de besarle la mano a Anne, cogió una copa vacía y la llenó por la mitad, ofreciéndosela a la princesa. Nunca en su vida había visto tanta belleza en una mujer. No la dejaba de observar, a pesar de ser consciente que era una falta de decoro.

—¿Esa copa es para mí? —sonrió levemente. Parecía que se había dado cuenta de los pensamientos del príncipe, y los quería aprovechar para hacerle pasar un mal rato–. Alguien podría decir que bebéis demasiado, habiendo dejado una copa por la mitad y llenaros otra.

Sin poder evitarlo, Einar se ruborizó. Carraspeó para quitarle importancia al asunto, y se la ofreció.

—Mis disculpas, mi señora, por un segundo pensé que erais la imagen de la Diosa.

Anne no se esperaba esa frase, y ahora fue ella quien no pudo evitar que sus mejillas se encendieran como las brasas de una hoguera.

—Sois muy exagerado. Ni soy la imagen de la Diosa, ni por asomo tan bella como ella —Anne intentó escapar de esa comparación, pero no podía negarse a sí misma que esa afirmación le había llegado muy hondo.

—Pudiera ser que no fuerais esa imagen que cito, pero sin duda hermosa sí que sois —dijo, tomando su copa y alzándola un poco hacia la princesa—. Brindo por vos, por lo encendidas que están vuestras mejillas, y lo bella que os hacen.

Anne se encendió aún más, y sintió el rubor por todo su cuerpo. Eso la hizo sentirse débil y aquella sensación la odiaba.

—Creo que sois demasiado atrevido —sus ojos ya no eran tan dulces. Pareciera que se hubieran trasformado en un mar de ira—. Si pensáis que con tanta galantería hará que suba a vuestros aposentos, es que sois un pendenciero.

Einar enarcó ambas cejas. No había pensado en ningún momento esa posibilidad, tan solo se limitó a decir lo que pensaba.

—Mis disculpas, mi señora, no pretendí ofenderos, mas en ningún momento osaría pediros algo parecido.

Anne ladeó la cabeza levemente, observándole.

—Entonces, ¿creéis que no soy lo suficientemente bella para llevarme a vuestros aposentos? —enarcó una ceja, esperando que el príncipe respondiera, divirtiéndose con la doble moralidad que ofrecía.

—Yo no he dicho eso —Einar no sabía a qué estaba jugando esa mujer. Tan pronto decía lo horrendo de su comentario, y al rato lo retorcía a su antojo—. Solo he dicho que no me había propuesto semejante acto —dijo el joven. Se tenía que andar con cuidado, y escoger bien las palabras para llevar el mando en esa ocasión—. Aunque, sin duda, muchos otros lo habrían considerado —bebió un trago de vino para aclararse la garganta.

Anne alzó su copa hacia él.

—Muy bien, mi señor, veo que sois rápido con las palabras. Alabo eso en un hombre —sonrió y bebió de la copa—. Decidme, ¿cómo que no os había oído nombrar antaño? Conozco a muchos señores desde Caerlion hasta la Torre negra, pero jamás había oído el nombre de Einar Frydon.

Einar dejó su copa sobre la mesa, y se encogió de hombros levemente.

—No lo sé mi señora, quizás en vuestra memoria sí fui citado alguna vez, pero lo olvidasteis —caminó hacia una de las ventanas. No podía decirle quién era en realidad, pues no sabía aún de qué parte estaba.

—Ahora que habláis del olvido, ¿no os han enseñado a no dar la espalda a una dama? —Anne disfrutaba haciéndose sentir superior a los demás, no lo hacía con maldad, solo portaba la maldición de ser mujer en un mundo de hombres.

Einar se dio la vuelta y la miró.

—Sí, sí me lo han enseñado —se moría de ganas de soltarle unos improperios, pero era verdad lo que le decía —. Lamento si os he ofendido, por favor, acercaos.

Anne se acercó a la ventana. La noche había caído, el cielo era un manto de estrellas, y Selene brillaba enteramente.

Fuera, en la noche, unos ojos felinos los observaban desde la oscuridad.

—Vaya, vaya. El joven rey parece no perder el tiempo. Esto no me lo esperaba.

Mientras, los dos jóvenes continuaban su conversación ajenos al espía.

—Os pido disculpas mi señor, a veces tiendo a dejar escapar palabras que, mi educación como princesa, no debería dejar salir —bebió otro trago mirando a través de la ventana.

—No tenéis que pedir perdón —sonrió Einar—. Es bueno a veces una pizca de rebeldía, pero tenéis que andar con cuidado, a muchos hombres no les gusta que las damas les hablen de esa manera.

—¿Y a vos? ¿Os gusta?

—No se trata de que me guste o no. Yo intento respetar las ideas de todos, sean damas o caballeros. Pero reconozco que una dama a veces tiene que ser rebelde. Muchas veces los hombres tendemos a elevarnos del suelo, y las damas suelen bajarnos. Pero siempre ha de ser dentro de una gran confianza entre los dos.

—Me gusta cómo pensáis. Si mi padre os llegase a escuchar, pondría la voz en grito. Él, como rey, intenta mantener un equilibrio, pero cuando sale el padre…—Anne sentía que desnudaba su interior a aquel hombre que había conocido hacía solo unos minutos, pero era tal la seguridad que él aparentaba que no le importaba.

—Es tarde mi señora, será mejor que os retiréis a vuestros aposentos. No es buena idea que alguien nos vea juntos o solos a estas horas —dijo él. A pesar de llevar ya cinco años allí, se había ganado la enemistad de muchos hombres. Hombres que no dudarían en desprestigiarle a la menor oportunidad. Tenía que ir con cuidado.

—Es cierto, tenemos que comportarnos como lo que somos. Ha sido un placer, mi señor. Espero que nos volvamos a ver —se metió la mano en el bolsillo, y agarró un pañuelo de seda, tendiéndolo en la mano para despedirse—. Espero que tengáis el gusto de tener este recuerdo mío.

Einar cogió la tela y la dobló lentamente con cuidado, guardándola entre los pliegues de sus ropajes. Se inclinó y besó su mano con suavidad.

—Os garantizo que nos volveremos a ver. Os agradezco este presente —dijo, poniéndose derecho y sonriéndole.

En cuanto la princesa salió del salón, Einar sacó de nuevo la seda y se la llevó hasta su nariz. Tenía un olor fresco, como el de las rosas en primavera. Sonrió de nuevo, terminó la copa y fue a acostarse.

A partir de ese día, los encuentros fueron más continuos y más fortuitos. Ambos aprovechaban cualquier excusa para encontrase en los jardines, en el mercadillo, o cualquier sitio donde poder verse.

Se habían enamorado.

Capítulo IV

IV

Anne era la primogénita del rey Keldon. Su madre, Alice, murió en el parto, quedando solo al cuidado de su padre, quien contrató a una nodriza para que se ocupara de ella.

Al ser hija única, y su padre no volver a casarse, tenía todos los caprichos, y a la vez su educación era muy severa. Al haber nacido mujer, su destino se fijó ese mismo día. Se le buscaría un marido con el cual perpetuar el linaje real.

Desde muy pequeña, empezó a sentirse discriminada. Veía como los otros chicos de la burguesía, que vivían en el castillo, hacían cosas que ella no podía: jugar con espadas, tirar con arco, montar a caballo, etc. Todas esas cosas no las podía hacer o, al menos, no en público.

Su padre siempre quiso tener un varón, al cual enseñar como su padre hizo con él; pero al nacer Anne mujer, tuvo que conformarse con enseñarle a escondidas. No estaba bien visto en esa época que una mujer blandiese armas o estudiase.

Según fue creciendo, sus inclinaciones eran más varoniles que femeninas. No le gustaban las tareas que tenía que hacer, detestaba coser, no poder aprender a leer como los demás, ni mucho escribir. A veces discutía con su padre por estas cosas. Dentro de sí misma, sentía una rebeldía fuera de toda lógica en esos tiempos.

Al final su padre accedió. Le costó mucho decidirse pues, al ser su única hija, sentía la obligación de prepararla únicamente para el matrimonio que llegaría tarde o temprano. Pero unas fiebres, que estuvieron a punto de llevársele, le hicieron cambiar de opinión. Se dio cuenta que, si no instruía en lo básico a la pequeña, cualquier aprovechado se haría con el trono, y a ella la haría una desgraciada.

Una noche entró en las habitaciones de la pequeña. Mandó a su niñera salir con un tibio gesto de cabeza. Se sentó a los pies de la cama y miró a su hija. Anne contaba con solo ocho años de edad. A esa edad él ya montaba a caballo, y era adiestrado con la espada y el arco. Con voz cariñosa, le ofreció un trato.

—Anne, he estado pensando en tu educación. Tu niñera me ha informado que no te gusta el trabajo con el telar, y que te quejas de no poder hacer lo mismo que hacen los demás muchachos de la corte.

Anne se mantenía callada. Sabía de sobra que insistir no llegaría a ningún puerto, así que se preparó para una nueva regañina de su padre.

—Te voy a ofrecer un trato —Keldon cogió las manitas de la niña, apretándolas contra las suyas —Por las noches al acostarte, yo te enseñaré lo mismo que los maestros enseñan a los niños. Te enseñaré a leer y escribir, a usar una espada, y el arco —los ojos de la niña se abrieron de golpe. Una gran sonrisa iluminó su rostro, haciendo sonreír levemente a su padre—. Pero has de tomarte tu otra educación con más dedicación desde mañana. Al no haberme dado tu madre un varón, tú eres mi única esperanza para que nuestro linaje no caiga en el olvido. Algún día te casarás con un príncipe, que a su vez llegará a ser rey, y tendrás que saber comportarte y mantener en todo momento la cabeza muy alta.

Anne sacudió repetidamente la cabeza de forma positiva. Por fin podría aprender lo que realmente deseaba.

Así fue como Anne empezó a instruirse en esgrima, equitación, geografía, lingüística, y demás artes que la prepararían para ser algún día una verdadera reina.

A los doce años, Keldon la hizo llamar al salón de reuniones. Al entrar, se quedó parada al contemplar que su padre estaba acompañado de un hombre de su misma edad, con el pelo canoso y una buena barriga. Anne hizo una leve reverencia y se acercó a ambos hombres.

—Mi señor, me han dicho que me buscabais —ella se temía el porqué de haberla hecho llamar. Deseaba con todas sus fuerzas que no fuera para decirle que la iba a desposar.

—Sir Wade, os presento a mi única hija, Anne —el hombre la observó con deseo y lujuria, algo que a Keldon no le gustó, aunque poco podía hacer. Tenía un reino mayor que el suyo, y una ofensa podría iniciar una guerra que no tenía forma de ganar.

—Buenos días, princesa, vuestro padre no mentía al decir que erais hermosa.

Anne bajó la mirada al sentirse observada de ese modo. En su estómago, se hacía un nudo, además de sentir arcadas en la garganta, al verse deseada por aquel hombre.

—Mi señor, sois muy galante, mas estoy segura de que el rey exagera.

Sir Wade se acercó a ella y le alzó el rostro, queriendo ver sus ojos. Sonrió y se giró hacia Keldon. —Estoy seguro de que vuestra hija me dará unos vástagos fuertes y sanos. ¿Cuándo comenzamos a negociar la boda?

Anne al escuchar sus palabras y al ver sus gestos para con ella, estalló.

—¿Boda? ¿De verdad, padre, que vais hacerme casar con este hombre? ¡Pero si podría ser mi padre!

—¡Anne! No te he educado para que insultes a nuestros invitados. Es más, tú no tienes decisión en este asunto. Si te he hecho venir, es porque sir Wade quería verte de primera mano.

—No, no y no. Jamás me casaré con este hombre. Puedes azotarme o tirarme desde el torreón si es preciso, pero no me acostaré con él —la princesa ardía de furia. No entendía cómo su padre podía proponerle como esposo a una persona como esa.

Keldon, al oír tales acusaciones, se levantó de la silla y, sin avisar, le dio una bofetada que se escuchó en toda la sala.

—Tú harás lo que yo te diga, niña insensata. Ahora ve a tus aposentos y no salgas de ellos hasta que yo vaya.

Sir Wade escuchaba y se mantenía callado. Mientras, padre e hija se dejaban en evidencia. Empezaba a sentir que no era buena idea entablar relaciones con un reino en el que el rey perdía los estribos tan rápido, y en el que la princesa era una mal criada.

—Mi señor, será mejor que me marche. No creo que esta unión dé los frutos esperados —sin esperar a que el rey contestase, se marchó de la sala, dejando a padre e hija solos.

—¿Te puedes imaginar lo que acabas de hacer, Anne? Has puesto nuestras vidas en peligro, y nuestra reputación por los suelos —bramaba el rey encolerizado.

—Me da igual padre, no puedo casarme con ese hombre. Pero si podrías ser tú, ¿cómo es posible que no te des cuenta?

—Me doy cuenta de que tienes doce años, tengo que buscarte esposo, y acabas de lapidar una posible fuente de ingresos que arreglaría tu porvenir.

Anne se sintió sucia por dentro en ese momento. Se sintió como un saco de trigo que va de uno a otro, sin importar lo que hay dentro. Se dio la vuelta y se marchó llorando a sus habitaciones.

Varias veces el rey intentó emparejar a su hija con nuevos reyes y príncipes, pero ninguno conseguía pasar de la presentación. A Anne no le importaba dejar a su padre en ridículo. Ella se sentía libre de poder elegir marido, y no sería la persona que eligiese su padre por ella.

Al cabo de dos años de muchas entrevistas, Keldon se rindió. Esperaba que algún día su hija recapacitase o encontrase al hombre que ella soñaba; pero nunca dejaría que su hija se suicidase si él lo pudiera evitar.

Pasados cuatro años, al ver que era incapaz de domar a su hija, el rey decidió mandarla a Cameliard, donde reinaba el rey Sagrad, un viejo amigo de su familia. Al principio Anne se negó, pero no pudo hacer nada por evitarlo.

En Cameliard, y sin la protección de su padre, la princesa tuvo que comportarse como lo que era. Lo que no se esperaba era encontrar a un hombre del que se enamoraría al instante.

Capítulo V

V

Para el rey no fue difícil darse cuenta, pues era una persona muy observadora. Tenía la habilidad de, solo con mirar a la cara, saber casi con certeza lo que esa persona estaba pensando. Así pues, una mañana invitó a Einar a montar.

Era una mañana soleada, sin rastro de nubes. Las hojas de los árboles se habían teñido de un color anaranjado, y muchas de ellas adornaban el suelo.

A su alrededor, el camino estaba lleno de árboles hermosos, tales como manzanos en flor; almendros con sus hojas rosadas; y toda variedad de frutales. Se escuchaba el trinar de los pájaros, dando sintonía al bosque. A lo lejos, unas grandes montañas azules y blancas mostraban un maravilloso paisaje.

Sagrad montaba un equino de color marfil. Era el caballo real, ningún otro ciudadano del reino montaba un caballo de ese color. Tenía como nombre Furia, pues, según contaban, el equino solo se dejaba montar por su dueño.

Einar montaba a Yersei, la yegua de Joel, que se la había regalado al iniciar su viaje. Tenía un color pardo, adornado con unas cuencas blancas. Más de una vez le aconsejaron deshacerse de ese animal durante los cinco años que llevaba en Cameliard; pero al ser el regalo del único padre que había conocido, le tenía mucho aprecio.

Ambos permanecían en silencio, escuchando solo los pájaros y el ruido de los cascos de sus animales. Fue Sagrad el primero en empezar a hablar.

—He preguntado por ti a mis maestros, y me han dado muy buenas noticias de ti. Dicen que has aprendido muy rápido. Tanto es así, que dicen que podrías ser un buen sucesor, si no llego a tener, y he de decir que no me empieza a parecer mala idea.

—Es cierto que me he esforzado, pero no creo que sea merecedor de tales alabanzas. Vos sabéis el propósito que tengo. He de aprender a la fuerza si quiero recuperar lo que me pertenece.

—Lo sé, amigo mío, y me honra que tu padre pensase en mí para tal hazaña. Pero cambiemos de tema.

Sagrad tiró de las riendas para que el caballo fuera más despacio. Miró a Einar y solo dijo un nombre: Anne

Einar, sorprendido, lo miró interrogante. No sabía por qué sacaba dicha mujer en la conversación.

—¿Qué le pasa?

El rey se rio a carcajadas.

—No le pasa nada, solo quería ver tu reacción al nombrarla. He visto cómo os buscáis el uno al otro. Shelah dice que hacéis muy buena pareja.

Einar se puso más rojo ante esas palabras.

—Mi señor, yo...

—Nada de "mi señor", muchacho. Dime, ¿estás enamorado de ella sí o no? —Sagrad disfrutaba de la conversación. Le encantaba saber lo que el resto piensa que es un secreto, y poder usarlo para poner nerviosos a los demás.

Einar suspiró. Se tomó su tiempo para responder.

—Sí, estoy enamorado de ella.

Sagrad rio de nuevo y le dio un golpecito en la espalda.

—Enhorabuena, amigo mío, es una gran dama, y su padre un poderoso rey.

Einar no entendía por qué le daba la enhorabuena, si aún no sabía si ella estaba enamorada de él.

—No me deis la enhorabuena, aún ella no ha dicho nada.

—Ni lo hará —repuso Sagrad—. Ella hará lo que su padre le diga. Pero, para tranquilizarte, he de decirte que muchos lo han intentado antes, y a ninguno le ha mostrado tanto interés como a ti. Además, la reina está hablando ahora mismo con ella.

El muchacho tiró de las riendas hacia atrás y, al mismo tiempo, los pies hacia delante para detener al caballo. ¿Había oído bien? ¿Estaban arreglando su matrimonio sin él saber nada?

—Explicadme eso. ¿Que la reina está hablando con Anne?

Sagrad detuvo también a su caballo y asintió con la cabeza.

—Así es. Como ves, nos hemos adelantado a ti —le sonrió burlonamente—. Pero el problema no es Anne, sino Keldon. Ese viejo cascarrabias hará todo lo que pueda para sacar la mayor dote por su hija. Es la única descendencia que tiene. Así pues, comprenderás que quiera sacar todo lo que pueda de su matrimonio.

Pero Einar no salía de su asombro. No solo estaban preparando su matrimonio, sino que estaban hablando de una dote, cuando él lo único suyo que tenía en ese momento era el caballo que montaba.

—Sabéis perfectamente que no puedo dar ninguna dote, ya que no tengo nada que ofrecer.

Sagrad asintió mientras le escuchaba.

—Lo sé, pero eso no es problema.

—¿Cómo que no es un problema? ¿Qué pretendéis que le diga al rey Keldon? ¿Que me quiero casar con su hija, pero no tengo nada que ofrecerle ni a él ni a ella?

—Para tener el caballo parado, vas muy deprisa, amigo mío. Te he dicho que no es un problema. Keldon lleva mucho tiempo detrás de unas tierras de mi padre. En concreto, sobre una atalaya. Será muy fácil convencerle.

—Pero Sagrad, ¿cómo crees que voy a dejar que pagues la dote de mi matrimonio? No, querido amigo. Buscaré la forma de hacerlo—. Einar se lo agradecía de corazón, pero no podía consentir que él acarrease con la dote. Suficiente había hecho ya con enseñarle todo lo que sabía solo por ser hijo de un amigo suyo.

—Einar Frydon, que sea la última vez que reniegas de mi ayuda y me tuteas en esa misma frase. Eres hijo de Eoin de Collinwood, el mismo Eoin a quien le debo la vida. Y te aconsejo que aceptes sin rechistar, pues la negativa sería el destierro de mi reino bajo pena de muerte. Me daría igual que fueras hijo de mi mejor amigo. No me vuelvas a faltar de esa manera, o lo lamentarás —la voz de Sagrad era dura, claramente le había ofendido y era una de las cosas que más odiaba el rey.

—Mi señor, no ha sido mi intención molestaros. Es un honor vuestra propuesta, mas nada sabía de la deuda de vida que teníais con mi difunto padre. De haberlo sabido antes, quizás mi respuesta hubiera sido la misma. Pero tras vuestra insistencia, no me dejáis más remedio que aceptar vuestra ayuda.

—Muy bien, pues se acabó el paseo, volvamos. Hay mucho en lo que trabajar. Tendrás que cambiar de ropas y calzado, no te puedes presentar en la puerta del rey Keldon con esas que llevas.

—¿Pero tengo que ir ahora? ¿Ya?

—Mis informadores me han dicho que varios reyes están intentando formar alianza con Caerlion. Por lo tanto, se tiene que hacer con la mayor brevedad. Créeme, una alianza que junte a Cameliard, Caerlion y tu reino, cuando lo recuperes, dará mucho de qué hablar. Antes de que cualquier reino intente atacarnos a alguno de los tres, se lo pensarán dos veces. Yo salgo ganando, pues me aseguro tu lealtad, y Keldon se asegura igualmente que no dejarás caer el reino de tu esposa. Y tú, mi querido amigo, tendrás a ambos a tu disposición —Sagrad espoleó al caballo y el joven rey tuvo que hacer otro tanto para no quedarse rezagado.

Einar no sabía cómo había llegado a este punto. Por una parte, quería ser independiente y no deber nada a nadie, más de lo que ya le debía por las enseñanzas a Sagrad.

Pero una dote constituía un gran desembolso para las arcas del reino. Y el rey no le daba mayor importancia. ¿Cómo habría llegado un rey, tan aclamado y temido, a contraer esa deuda que hace referencia con su padre?

Lo más importante es que tenía mucha confianza en él. Una alianza a tres bandas era una buena manera de sentirte a salvo de ataques, pero ¿qué sucedería si uno de los tres rompiese esa alianza? ¿En qué posición quedarían los otros dos? El plan de Sagrad era tan brillante como peligroso.

Capítulo VI

VI

Hacía una semana que Sagrad había hablado con Keldon. Este había aceptado a regañadientes la dote que le ofrecía el rey, pues el pretendiente de su única hija no era de su agrado.

Einar, por el contrario, estaba hecho un lío. Todo había ido demasiado deprisa para él. Anne le volvía loco, pero apenas la conocía. Por otro lado, había jurado vengar la muerte de su familia, y sabía muy bien que para eso necesitaría apoyos. Así que, ¿qué mejor que dos reinos?

Anne se pasaba todos los días planeando su futuro con sus damas de compañía. Imaginaba el nombre que pondría a sus hijos, o cuántos iba a tener. Soñaba también con verse en su castillo, viendo correr y crecer a sus pequeños. Nada sabía de los planes de su futuro esposo, ni que iba a estar tan lejos de su hogar.

Una noche se encontraba Einar paseando por las calles cercanas al castillo. Había empezado a acusar muy pronto las obligaciones que, más tarde, tendría que asumir. Esas obligaciones le quitaban el sueño.

Sin darse cuenta, se encontró a las afueras del recinto. No se había dado cuenta de cómo había llegado hasta ahí. De repente, el crujir de una rama llamó su atención. Giró sobre sí mismo, y llevó su mano al cinturón para empuñar su espada, al mismo tiempo que daba un aviso:

—¿Quién anda ahí?

Al cabo de unos minutos salió una joven. Llevaba una túnica fina con una capucha, y un vestido debajo de esta. Cuando retiró la parte de arriba, a Einar casi le da un susto de muerte.

—¡Anne! ¿Pero se puede saber qué hacéis a estas horas de la noche fuera del castillo? ¿Acaso no sabéis que hay animales salvajes que podrían hacernos daño?

—Buenas noches, mi señor. No soy tan débil como creéis. Sé cazar y luchar, no me tratéis como a las demás damas de la corte.

—Está bien. Desde ahora, os trataré como a un igual, pero decidme, ¿qué hacéis a estas horas fuera del castillo?

.

—¿Quién me lo pregunta? ¿Mi prometido? ¿O el hombre que conocí apenas hace unos días?

—Ambos somos el mismo, mi señora. Solo estoy preocupado por si os sucediese algo.

—Y perder así la alianza con el reino de mi padre, ¿verdad?

Einar no sabía qué bicho la había picado. Parecía enfadada con él, pero ¿qué le había hecho para que le hablase así?

—¿Qué os sucede, mi señora? ¿Acaso os he faltado y no me he enterado?

—¿Faltarme? No, solo habéis acudido presto a mi señor padre, con el rey, a pedir mi mano. Pensaba que erais diferente, que me queríais conocer y no solo disponer de mí para tener una alianza. ¿Me preguntáis si me habéis ofendido? ¿Qué os parece si os digo que me hacéis sentir como una mercancía?

—Mi señora, yo no he tenido nada que ver en el asunto. Esta mañana el rey me ha puesto sobre aviso de que lo estaban arreglando todo.

—Claro y parece ser que, de buenas a primeras, el rey ha accedido a conceder a mi padre una atalaya que lleva años detrás de ella. ¿Solo porque sois vos? —Anne enarcó una ceja, mirándole—. ¿Quién sois en realidad?

Einar enarcó una ceja, mirándola. ¿Habría descubierto quién era en realidad y le ponía a prueba?

No, era imposible. Solo el rey y la reina sabían de su existencia. ¿La reina? Había hablado con ella esta mañana. Por un instante, Einar tembló ante la posibilidad de que, el trabajo de estos largos años, se hubieran ido al traste en un solo día.

—Mi señora, vos sabéis quién soy en realidad. No guardo ningún vil secreto para con vos.

—Entonces, explicadme por qué el rey ha accedido de buenas a conceder esa tierra a mi padre.

Einar suspiró. Sabía que, si la quería tranquilizar, había llegado el momento de decirle la verdad sobre él.

Le tendió la mano en un último gesto de tratar de arreglar ese malentendido.

—¿Me acompañáis? Demos un paseo y os lo contaré todo.

La princesa lo miraba algo desconfiada. Ese hombre iba a ser su esposo y, si bien aún no se había celebrado la boda, tenía que guardarle algo de respeto. Aunque esa idea cada minuto que pasaba le gustaba menos, y aún menos después de acusarle de mentir.

—Está bien, os concederé un paseo.

Así, ambos comenzaron a pasear. Einar empezó a relatarle la historia que años atrás le habían contado Megan y Joel. Anne lo miraba estupefacta. Su rostro cambiaba sin cesar, de sorpresa a tristeza, pasando por la vergüenza de haberle criticado.

—Así que, mi señora, me propongo partir dentro de poco, con la esperanza de poder recuperar aquello de lo que me privaron en mi infancia.

—Os pido disculpas, mi señor. Me siento avergonzada por mi actitud. Espero que podáis perdonarme y...—Einar la atrajo hacia él y le apretó un dedo contra los labios.

—No hay nada que perdonar, Anne. El día que nos conocimos, te dije que me gusta que las mujeres tengan su propio pensamiento.

La princesa cerró los ojos y se abrazó a él en la oscuridad. Le rodeó el cuello con los brazos, y apretó su rostro sonrosado contra su pecho. Tras unos segundos en silencio, le dijo:

—Después de que nos casemos, tu camino será el mío y tus guerras también, así como tu felicidad, tu pena y tus inquietudes. Las hare mías por igual. Te prometo que nunca volveré a dudar de ti.

Einar la besó en la frente con dulzura y repitió los mismos votos que ella había recitado unos segundos antes.

—Es tarde, será mejor que volvamos antes de que nos echen en falta.

Tras esa noche la relación entre los dos se fortaleció. Ya no eran unos simples pretendientes que urgían planes para verse, ahora confiaban el uno en el otro.

A la mañana siguiente, le despertaron las trompetas.

Unas voces que escuchó fuera de la habitación decían que venía un visitante de Penuria.

—¡Penuria! —se alarmó al oírlo de su propia voz.

Rápidamente, se vistió y bajó al salón principal, donde estaba Sagrad, Anne y demás miembros de la corte.

El visitante era un primo de su tío Leofric, el cual pidió entrevistarse a solas con el rey. Sagrad solo puso una condición.

—Comprendo que vuestras órdenes sean dármelas en privado. Pero yo estoy en mi derecho, como rey de este castillo, de pedir que se quede.

—Pero, mi señor, mis órdenes son claras al respecto.

—Es mi última palabra.

—Como deseéis, mi señor.

Sagrad se levantó del trono y pidió que le escuchasen.

—Amigos, por favor, salid todos. Este es un asunto que he de tratar en privado. Mi señor Einar, vos quedaos y acercaos, por favor.

El visitante miró hacia la gente, buscando a ese tal Einar que había nombrado el rey y que él no conocía.

El joven se acercó a las escaleras del trono e hizo una reverencia.

—Alteza.

Una vez que todas las personas hubieran salido del salón y cerrasen las puertas, el visitante empezó a hablar:

—Mi señor, en nombre de Kunibet, rey de Glevón, os hago invitación a los funerales anuales de Leofric de Collinwood, y a la coronación del nuevo rey.

Sagrad miró a Einar enarcando una ceja. Este se había quedado pálido como una piedra.

No solo ya no estaba el asesino de su familia, si no que el reino pasaba a manos de algún indeseable.

Sagrad iba a responder cuando Einar, presa del enojo, protestó:

—¿Funeral anual? ¿Y quién es el bastardo que quiere ocupar el trono? —Einar estaba empezando a sentir arcadas solo de pensarlo.

Sagrad le atravesó con la mirada y se puso en pie.

—Mi señor Einar, os ruego encarecidamente que os calléis. Este hombre está hablando conmigo y no con vos. Si queréis demostrar modales de animal, vuestro lugar está en las cuadras, no aquí —la voz del rey retumbaba por las paredes.

Einar agachó la cabeza e hincó una rodilla en el mármol.

—Ruego me disculpéis, alteza.

—Os perdono porque hasta ahora no habíais demostrado tal falta de educación. Pero recordad que con una nueva falta más, cumpliré mi palabra de tiraros al estiércol —se sentó en el trono y miró al visitante— Debéis perdonar a mi invitado. Es muy propenso a opinar cuando no se le invita a ello.

—Descuidad, alteza, no se lo tendremos en cuenta. Como os decía, estáis invitado. Esperamos que vuestra respuesta sea favorable y que partáis mañana mismo.

—¿Mañana? Va a ser complicado. El señor Einar va a celebrar su unión en estos días.

—Estoy seguro de que el rey Kunibet vería con buenos ojos que la unión se celebrase en su reino. Pero tendría que ser después de la coronación.

Einar se mordía la lengua por cada palabra que salía de ese hombre. Ardía en deseos de revelarle su identidad, de reclamar su trono y sus tierras. Pero no quería hacer enfadar a Sagrad, después de lo bien que se había portado con él.

—Y decidme una cosa, buen hombre. ¿Qué sucedería si, por casualidad, no le reconociéramos como legitimo rey?

—¿No reconocerle? Es primo de Leofric, ¿quién si no tendría más derecho a gobernar que él?

Sagrad se mantuvo unos segundos sopesando la respuesta. Fue a dar una contestación cuando se fijó en Einar. Estaba rojo de la ira. Tenía los puños cerrados, y casi se hacía sangre en las palmas de las manos.

—Tengo pruebas de que aún vive un heredero de Eoin Collinwood.

El visitante se mantuvo en silencio. La respuesta le había pillado por sorpresa. Se suponía que todos habían muerto. Él mismo dio muerte a los niños.

—Eso es imposible, murieron todos. Esa noche se acabó con su linaje.

Einar miraba continuamente a Sagrad, pidiéndole permiso para contestarle o, más bien, para sacarle a patadas del salón. Pero Sagrad parecía saber muy bien a qué jugaba.

—Mi señor Einar, ¿qué opinión tenéis al respecto?

El visitante no comprendía nada. Miró al rey y después a Einar, sin saber qué se traían entre manos.

Einar miró a Sagrad sin saber qué decir. Le había cogido por sorpresa. Cuando al final iba a contestar, el sonido de la voz del rey le detuvo.

—¡Guardias!

La guardia entró de inmediato en el salón. El visitante miraba a uno y a otro.

—Exijo saber qué ocurre aquí

Einar se decidió a rebelarse en contra del mensajero.

—Opino, mi señor, que lleváis razón. Aún queda un descendiente del linaje de Eoin —desenvainó su espada y, cogiendo al visitante de la pechera, se la enseñó–. ¿Conoces este escudo sabandija? ¿Sabes de quién es?

—Eso… eso es imposible —estaba muerto de miedo. La violencia de Einar le había cogido por sorpresa—. Esa espada… tenía que estar fundida

—Pues ya veis que no. Esta espada me pertenece. ¿Queréis saber quién soy?

—Seguramente un embustero. Un suplantador sin escrúpulos que ha envenenado la mente del rey Sagrad —se quitó a Einar de encima.

—¿Embustero? ¿Suplantador? —se puso en guardia—. Me llamo Einar Collinwood, hijo de Eoin Collinwood y de Ellie Sheridan. Soy el legítimo rey de Glevón.

—Eso…, eso no puede ser. Yo los maté. Maté a sus hijos… ¡Yo te maté! —alzó la espada para darle una estocada. En ese momento, volvió a resonar la voz de Sagrad.

—¡Quieto! Guardias, apresad al asesino.

Cinco guardias se postraron alrededor del visitante, con las espadas desenfundadas, apuntando a su estómago.

—Yo, Sagrad, rey de Cameliard, te sentencio a muerte por la horca por los delitos de asesinato y traición. Vuestra ejecución será mañana por la mañana. Llevadlo a las mazmorras.

—¡Esto es traición! Leofric es el verdadero rey. Ese bastardo miente —gritaba, forcejeando, mientras era arrastrado fuera del salón del trono.

Einar envainó la espada y, con los nervios más templados, se dirigió a Sagrad.

—¿Por qué lo habéis hecho? ¿Por qué me habéis dado a conocer?

—Porque ha llegado la hora. En unos días te vas a unir. Querrás tener un ejército para partir a Glevón.

Einar se quedó callado, sopesando las palabras dichas por Sagrad. El rey tenía razón. ¿Cómo conquistar y mantener un reino sin ejército?

Capítulo VII

VII

Einar estaba delante del espejo. Detrás de él, un grupo de sastres acababan de ultimar el traje que llevaría unas horas más tarde.

Mientras se miraba en el espejo, se repetía una y otra vez: "estoy haciendo lo correcto. Si quiero recuperar lo que es mío de nacimiento, necesito crear alianzas, dinero...".

Mientras Einar estaba absorto en sus pensamientos, la puerta de la habitación se abrió y entró Sagrad, quien, con un sutil gesto, mandó a los sastres abandonar la habitación. Se acercó al joven y lo observó, como un padre observa a su hijo el día de su boda. Le había cogido mucho cariño y, en cierta manera, lamentaba su partida.

—¿Hablaste con Anne, como te sugerí?

Einar se giró sobresaltado, pues no se había dado cuenta de que los sastres se habían ido y que ahora el rey estaba detrás de él.

—Así es, alteza, aunque no de la forma que me hubiera gustado hacerlo.

—¿Por qué dices eso? ¿Acaso te rehusó?

—No, alteza, tan solo me acusó de no ser quien dije ser. Le pareció muy extraño que, tras tanto tiempo detrás de la tierra de vuestro padre, de buenas a primeras se la cedierais, pagando así mi dote.

—Esta muchacha… —Sagrad sonrió y negó con la cabeza—. Se rumoreaba hace unos años que dejó en evidencia a su padre, delante de un señor con el que negociaba sus esponsales. Tal fue el bochorno, que ese señor salió a toda prisa del castillo y nunca más volvieron a saber de él.

—Nunca pensé que sería capaz de hacer algo así. Tuve que explicarle el motivo de mi viaje, y qué haremos una vez nos casemos.

—¿Y por eso te acusó? —Sagrad le puso las manos en los hombros y lo miró fijamente a los ojos—. Escúchame bien, Einar. Ten mucho cuidado en tu viaje, no confíes en nadie salvo en tu guardia y, aun así, no del todo.

Einar no entendía por qué le decía eso ahora. Sabía que se preocupaba por él, pero ¿confiar en la guardia? Ni si quiera tenía un soldado a su mando.

Sagrad pareció adivinarle el pensamiento y siguió hablando.

—Han llegado recientemente voluntarios para integrar tu ejército. Muchos de ellos eran soldados en el ejército de tu padre, otros integraban su guardia, y otros son hombres que buscan un sitio mejor donde vivir.

Einar se quedó perplejo. Le había salido un ejército de la nada, pero le mosqueaba que algunos hubieran huido en vez de defender a su padre. Sin embargo, al mismo tiempo, entendía que hubieran huido porque ¿qué hubieran podido hacer con un castillo vencido?

—¿Cuál es el siguiente paso, alteza?

—¿El siguiente paso? Que te cases, construye todo alrededor de tu mujer, no te cebes con los problemas, ve solucionándolos poco a poco y, ante todo, sé fiel a tus ideales y a tu esposa.

Por un momento, Einar sintió pánico. Nunca había sentido miedo ante lo que se le avecinaba.

—Pero decidme, alteza, ¿qué pasará si, cuando llego a mi castillo, pierdo la batalla? ¿Qué pasará entonces?

—¿Acaso antes de entrar en liza pensabas que ibas a perder?

—No, bueno, quizá la primera vez, pero luego confié en mí en todos los combates.

—Pues esto no es diferente, querido amigo. Llevarás a tu ejército, y tendrás tropas de tus dos aliados, ¿qué crees que pueda salir mal?

Como siempre, Sagrad sabía cómo hablar al muchacho para que no se viniera abajo.

—Y ahora será mejor que bajemos, o mi reina y tu futura reina nos asarán como a conejos.

Ambos se miraron y, sin poder evitarlo, rieron a carcajadas antes de salir por la puerta.

Cuando Einar entró en la capilla se quedó sobrecogido. Contando a bote pronto, habría más de doscientas personas y, prácticamente, no conocía a nadie.

Pero Sagrad tenía aún una última sorpresa para Einar. Hizo que unos soldados fueran a buscar a Megan, Joel e Ishel, y los había sentado en primera línea. Einar, al avanzar por el pasillo central, casi se echa a llorar al ver a la mujer que le salvó la vida y le crio como a su propio hijo. Corrió a abrazarse a ella, llevaba sin verla cinco largos años.

—¡Madre! ¡Padre! ¿Cómo habéis podido venir? Si apenas he tenido tiempo de escribir para daros la noticia.

Sus padres adoptivos se abrazaron a él, e Ishel a sus piernas, pues aún era muy baja de estatura.

—El Rey Sagrad mandó una caravana para que viniéramos. Tienes que estarle muy agradecido, parece un hombre sensacional.

—Disculpad por no avisaros. Apenas he tenido tiempo, como ya os he explicado. El rey organizó todo y yo solo he sido un espectador.

Megan cogió con sus manos el rostro de su niño y lo miró a los ojos.

—Dime la verdad, Einar, ¿la amas?

Einar correspondió el gesto de su Madre y asintió con la cabeza.

—Sí, madre, la amo. Apenas la conocí, supe que me había enamorado de ella, y a ella le sucedió lo mismo. Fue como si la Diosa quisiera unirnos desde un primer momento.

La boda transcurrió con calma. Fue una ceremonia muy bonita.

El vestido de la novia llamó la atención: estaba hecho con la más fina de las lanas, y con brocados que hacían de este una hermosa obra de arte en color marfil. El escote cuadrado dejaba parte de los hombros al descubierto, y las mangas de gasa se hacían amplias a partir del codo en una hermosa caída.

Pero lo que, en realidad, llamaba la atención era el velo y el peinado que se podía distinguir a través de este: un peinado trenzado, que se encontraba decorado con pequeñas perlas y piedras, que brillaban como las más hermosas joyas cuando el sol incidía sobre ellas.

El del novio, sin embargo, era más sobrio. Los colores que predominaban eran el negro y el rojo. Los pantalones eran de lana, ajustados y largos, cubiertos por botas del más fino de los cueros que llegaban hasta casi la rodilla. La camisa blanca había sido bordada con un intrincado de nudos celtas, y lo mismo sucedía con la chaqueta negra y roja, larga, de lana y brocados. Sobre esta descansaba una capa de piel, tan larga que rozaba el suelo, de un color que recordaba al del cielo nocturno.

Capítulo VIII

VIII

Tras la boda, pasaron tres días hasta que Einar y Anne estuvieran preparados para partir.

Sin saber cómo, el muchacho se encontró con cuatro carros llenos hasta los topes de ropas y presentes, que les ayudarían una vez recuperado el castillo.

En el viaje, Einar aprovechó para ir conociendo a sus soldados. Los más antiguos le contaban anécdotas de sus padres, de cómo su tío empezó a envenenar la mente de los aldeanos, solo porque se consideraba con mas derecho a reinar que Eoin.

Había días en que Einar se marchaba malhumorado a su tienda, y Anne le consolaba ante la impotencia que sentía por todo el mal que habían tenido que soportar sus padres y sus hermanos.

Tras tres meses de duro viaje, se acercaban a su destino. Cada día que pasaba, Einar sentía una presión en el pecho, como el que siente alguien cuando sabe que no ha hecho bien una acción y esta le pasaba factura.

Por fin, una mañana llegaron a su destino. Un explorador volvió al galope para avisar que, debajo de un acantilado, se podía ver el reino de Glevón. Einar fue a buscar a su esposa y, junto con el capitán de la guardia y el explorador, fueron hasta la orilla del acantilado. Lo que vieron a continuación les hundió la moral.

Nada quedaba de las historias que Megan le había contado.

A lo lejos, se veía el bosque totalmente seco. Los ríos y lagos también se habían secado, y la tierra parecía un desierto.

Einar no se lo podía creer. Tanto trabajo, tanto sacrificio, para recuperar una tierra muerta. Lo único que parecía estar en condiciones era el castillo. Parecía que no había sufrido con el paso de los años. Las murallas estaban intactas, o eso parecía en la distancia.

Volvieron con el grupo y continuaron el viaje.

A media tarde decidieron acampar a dos kilómetros del castillo. Daban por hecho que algún vigía los habría visto y habría dado la alarma, pero ellos no escucharon ningún sonido.

Montaron el campamento. Einar se encontraba en su tienda, apesadumbrado. Se suponía que iba a encontrar una tierra fértil donde poder cultivar, arar los campos, y cazar: pero, en vez de eso, se encontraba con una tierra a todas luces estéril, totalmente muerta. ¿Cómo era posible?

Anne se sentó a su lado. Ambos, en la intimidad que les daba las lonas, se mantenían lejos de las miradas de sus tropas y sirvientes.

—Einar, tú no tienes la culpa de que haya pasado esto. No sabes qué sucedió para que la tierra y el agua se secasen.

—Sé que no tengo la culpa, pero eso no me exime de traer a mi gente a un cementerio.

—"La Diosa proveerá". Es un refrán que siempre me decía mi padre en los duros inviernos.

—Sí, sé de lo que me hablas, Megan también me lo decía. Pero, fíjate bien, ¿de qué vamos a vivir? No hay animales, no hay agua, y no hay lugar para plantar cereales.

—Estás cansado, mi amor, desilusionado. Duerme un poco, seguro que mañana veremos las cosas de otro modo.

Einar sonrió y se abrazó a ella. Daba gracias por tenerla a su lado. Lo cuidaba y, sobre todo, lo alentaba cuando perdía la esperanza, como en ese momento. Continuaron hablando hasta que ambos, rendidos por el cansancio, cayeron en el sopor.

A la mañana siguiente, el capitán de la guardia los despertó.

—Mi señor, se acerca un jinete.

Einar rebotó en el suelo, despegándose de las sabanas como si le ardieran en la piel. Luego, se puso sus ropas. En unos pocos segundos, estaba fuera de la tienda, abrochándose los cinturones.

—¿Se sabe quién es? ¿O de dónde viene?

—Mi señor, parece que ondea un péndulo de Penuria.

—Así que sí que nos vieron anoche. Muy bien, que se preparen los guardias, las mujeres y los niños que se escondan, los soldados que se mantengan alerta ante cualquier actividad sospechosa.

Einar entró en la tienda y fue directo a por su espada.

Anne le miró preocupada, se estaba terminando de vestir.

—¿Qué sucede?

—Parece que tenemos visita.

—¿De Penuria?

—Sí, de Penuria. Quiero que te quedes atrás con tus damas de compañía. Le diré al capitán que te ponga una escolta.

—Como deseéis, mi señor.

Einar salió de la tienda con la espada en el cinturón y la mano derecha en el mango. El jinete aún estaba algo lejos, pero no se fiaba de que no hubiera más detrás de los árboles.

—Capitán, que unos soldados cubran los flancos, no quiero que nos caigan encima si esto es una emboscada.

—Mi señor, ya he dado la orden con vuestro permiso.

Einar asintió. Le caía bien el capitán, sabía perfectamente qué hacer, cuándo y cómo.

Al cabo de unos minutos, el jinete llegaba hasta ellos, portando el péndulo de Penuria. Más que un mensajero, parecía un vigilante.

—Bien hallados seáis viajeros, en nombre de Kunibet, rey de Glevón, os exijo saber quiénes sois.

Einar dio un paso al frente y, aún con la mano en la espada, se presentó.

—Me llamo Einar de Collinwood y Sheridan, hijo de Eoin Collinwood y Ellie Sheridan.

El soldado de Penuria enarcó ambas cejas y miró al frente, sondeando el número de tropas que llegaba a ver.

—¿Qué habéis venido a hacer aquí?

Einar se acercó más al jinete y alargó la mano para acariciar al caballo, el cual parecía algo nervioso. Parecía que no hubiera estado nunca antes expuesto ante tanta gente.

—He venido a reclamar lo que por nacimiento me corresponde. He venido a decir a vuestro falso rey que le doy hasta el alba para abandonar mi castillo. Todos los soldados que haya, y que ayudaron al traidor de mi tío, serán sentenciados; los que nada tuvieron que ver, se pueden quedar; lo mismo ocurre con los aldeanos. Recordad, si al alba no he visto que os hayáis retirado, cargaré con mi ejército y tendré la misma piedad que tuvisteis para con mis hermanos.

El soldado parecía presa del pánico. Habían llegado rumores de que un chico de no más de catorce años se había presentado en Cameliard, asegurando que era el heredero al trono de Glevón, pero solo eran eso, rumores. Ahora se había presentado con un groso ejército a reclamar lo que decía que le pertenecía.

Dio la vuelta al caballo y lo espoleó. En pocos segundos, el jinete cabalgaba de retorno como alma que persigue el diablo.

Einar se giró y miró al capitán.

—Quiero que todos los soldados estén listos al alba. La Diosa no quiera que tenga que cumplir mi amenaza.

El capitán asintió y fue avisando a los soldados de lo que se avecinaba.

Einar entro en la tienda y ahí estaba Anne, esperándole.

—¿De verdad ejecutarías a padres e hijos?

—Les he dado la oportunidad de marcharse. Si no lo hacen, no será culpa mía.

—No me has contestado.

Einar la miró sin saber por qué ahora le contrariaba.

—¿Qué quieres? ¿Qué deje vivir a quien, con su ayuda, mataron a mi familia?

Anne se acercó a él y lo ayudó a desvestirse.

—Un buen rey tiene clemencia hasta con sus peores enemigos. Un rey puede ser cualquiera, pero no necesitas ser un rey para perdonar una vida.

—Anne, mataron a mis padres y a mis hermanos, ¿por qué no voy a cobrarme la venganza?

—Mi amor, me dijiste que querías construir un nuevo reino. Este es tu momento. Si matas a uno solo de esos soldados o aldeanos, no serás mejor que tu tío.

Einar suspiró y bajó la mirada. Ella tenía razón. Si sucumbía a la venganza, ¿en qué sería diferente de Leofric?

—De acuerdo. Los que se queden, los expulsaré bajo pena de muerte. Si son padres o esposos, se podrán llevar a sus familias con ellos.

—Yo no gano Einar. Pero no me voy a quedar parada cuando hay niños que se pueden quedar sin sus padres. Tú sabes cómo es eso mejor que nadie, no deberías olvidarlo nunca.

Cuando acabó de ayudarle, dejó las cosas y se dirigió a la entrada de la tienda.

—¿Dónde vas? —Einar la miraba desde el lecho.

—A decir que no te molesten, necesitas dormir.

—Ahora no es eso lo que necesito, ven.

Anne intrigada se acercó a él, quedándose a los pies del lecho.

—¿Qué quieres?

—Desnúdate

A Anne esa orden la cogió de improviso. Ya habían yacido juntos en la noche de bodas, pero esa forma de decirlo la cogía por sorpresa. Se desató el nudo del vestido en la nuca y este cayó al suelo, dejando el cuerpo al descubierto.

Einar la observaba, clavando sus ojos en sus pechos, firmes y redondeados, ni muy grandes ni muy pequeños. Su mirada se perdía por debajo de sus caderas. Le tendió la mano para que subiera al lecho.

Anne sabía perfectamente lo que él quería, no era difícil adivinarlo. Cogió su mano y se subió al lecho, se tumbó a su lado y comenzó a besarlo. Sus manos acariciaban el cuerpo de él, subían y bajaban por su torso.

De repente, sintió una de sus manos sobre la suya, la obligaba a bajar hasta el miembro masculino. Ella lo miraba a los ojos mientras que lo besaba. Veía algo, notaba algo raro en su esposo en ese momento, pero no sabía qué era.

Su mano se cerró sobre el miembro obligada por la otra mano, y la guiaba moviéndola hasta que dejó que ella sola lo hiciera. Anne subía y bajaba la mano, acariciando el miembro en un ritmo suave. Einar la miraba fijamente a los ojos. Llevó su mano hacia el sexo femenino y empezó a acariciarlo.

Eso a Anne la sorprendió. No se imaginaba que su marido le dedicara esas atenciones. Estuvieron así unos minutos hasta que Einar la hizo sentarse sobre él. Colocó sus manos en las caderas de ella y la guiaba, dándole la velocidad que él quería. Anne cerraba los ojos, sentía cómo su miembro la penetraba, cómo la invadía totalmente, extasiándola.

Einar la volteó y la colocó boca abajo, llevándola hasta los pies del lecho. Anne se dejaba hacer, no podía negarse, solo hacer todo lo posible porque durase poco si ella no quería, pero no era el caso.

Ella quería que la penetrase. Alzó las caderas y se apoyó sobre las rodillas, dejándole más libertad para sus embestidas. Embestidas que, por un momento, la hacían gemir de placer y de dolor a la vez. Parecía que cargase toda su ira contra ella. Estuvo así largo rato hasta que la inundó con su esencia.

Anne no paraba de temblar, la había llevado al orgasmo. Esas embestidas la habían hecho disfrutar como ninguna vez que lo hubieran hecho.

Einar se tumbó en la cama sin decir nada, se giró y cerró los ojos.

Anne no podía entender qué es lo que le había pasado, por qué se había comportado de esa manera. Se recostó y cerró los ojos, debatiéndose entre mil pensamientos que le dieran la razón del porqué de sus formas para con ella.

Capítulo IX

IX

Antes de que rallara el alba, Einar fue despertado. Nuevamente el capitán fue el encargado.

—Mi señor, disculpad. Parece que hay movimiento en el pueblo.

Einar miró a su esposa, la cual dormía profundamente, y salió del lecho. Se vistió en la oscuridad y salió de la tienda.

—¿Qué ocurre capitán?

—Mi señor, parece que vuestra amenaza surge efecto.

Einar afinó un poco el oído. Aunque la oscuridad de la noche no le dejaba ver todo el paisaje, el ruido de caballos, carros y gentío le llegaba claramente.

—Demos gracias a la Diosa. No me hubiera gustado tener que atacar con las tropas aún recuperándose del viaje.

—Sí, mi señor. ¿Qué quiere hacer ahora?

—Esperar. Si espero que se marchen, bien podría ser una trampa. Despierta a todos los soldados y que estén alerta.

—Así se hará, mi señor.

El capitán cumplió las órdenes de su señor, y en menos de diez minutos todos los soldados estaban listos.

Einar se mantuvo en el mismo sitio. En el horizonte se podían ver los primeros rayos de luz, dando paso al nacimiento del amanecer. El cielo estaba encapotado, parecía que iba a llover en algún momento del día.

Anne, al escuchar a su esposo fuera, salió de la tienda y se acercó a él, saludándolo con un beso en los labios.

—Mi señor, ¿qué sucede?

—Parece que han decidido salvar sus vidas —la voz de Einar, aunque algo melancólica, denotaba cierto sosiego que tranquilizó a su esposa.

—¿Habéis pensado qué vais hacer con las personas que se queden?

Einar miró a Anne y asintió.

—Si quieren quedarse y jurarme lealtad, serán bienvenidos —se iba a dar la vuelta para dirigirse a la tienda, cuando la voz del capitán lo freno.

—Mi señor, se acerca un jinete.

Einar volvió sobre sus pasos, buscando con la mirada a la figura que se acercaba en el horizonte.

—Será mejor que te vayas con...—Anne lo había cortado y se disponía a replicarle.

—Hace no mucho te dije que sabía luchar. ¿Qué esposa sería si, cada vez que hay peligro, abandono a mi marido a su suerte?

—Una sabia, mi señora —la voz del capitán resonó en los oídos de Anne. No esperaba que el capitán interviniese en la conversación—. Con todos mis respetos, mis señores, una gran dama como sois vos puede hacer perder una guerra si es apresada.

—Pero a mí no me van a apresar, capitán. ¿Qué mejor sitio para estar protegida, que al lado de mi esposo y el capitán de la guardia?

—No importa, capitán, dejadla —Einar negaba con la cabeza—. Manteneos detrás de nosotros y no se os ocurra hablar.

Anne obedeció a su esposo y dio unos pasos hacia atrás. Ahora, claramente, ella también veía al jinete que se había acercado demasiado rápido a ellos.

El jinete subió la última loma y se bajó del caballo, a escasos metros de Einar y sus soldados. Esta vez no había nada que lo distinguiese. No llevaba ningún pendón o bandera. Se arrodilló y comenzó a hablar.

—Mi señor, mi señora. El rey Kunibet me ha mandado para comunicaros que rinde el castillo, pero que tiene una sola condición.

Einar suspiró aliviado y se acercó al mensajero. Le instó a levantarse, quería mirarlo a los ojos. El mensajero se levantó y, con una velocidad asombrosa, sacó un cuchillo que llevaba en una bota, clavándoselo al señor en el pecho, a la vez que le susurraba al oído:

—El rey os manda saludos y dice que, si queréis el trono, tendréis que matarlo.

Anne, que había visto cómo sacaba el cuchillo, no le dio tiempo a avisar a su esposo. Cuando el mensajero hubo clavado el filo en el cuerpo de Einar, gritó desconsolada.

El capitán de la guardia que no esperaba ningún ataque. Se lanzó a por el mensajero, quitándole el cuchillo de las manos y maniatándole.

—Rápido, llevad al señor a su tienda —dos soldados fornidos se acercaron a Einar, y lo trasladaron junto a Anne a la tienda de ambos. El capitán, por el contrario, llevó al mensajero a otra tienda, y lo ató al poste central de esta para interrogarlo.

La reina salió de la tienda donde estaba su esposo y fue a buscar al capitán.

—¡Capitán! Quiero que se me presente el capitán ahora mismo —al no ver al soldado, se lo dijo a los demás—.

El capitán apareció raudo ante la llamada de su señora.

—Mi reina, justo estaba empezando a interrogar al prisionero.

—Dejadlo para más tarde. Reunid el ejército y atacad ahora mismo. Quiero ver a ese miserable de Kunibet postrado a mis pies.

—Pero, mi señora, el señor...

—El señor ahora no está en condiciones de nada. Yo soy su esposa y, si digo que ataquemos, es que ataquemos; a menos que queráis que obligue a uno de vuestros subalternos a que os azoten.

—No, mi señora, no será necesario.

—Así lo espero —Anne se dio la vuelta y volvió a la tienda para estar con su esposo–.

El capitán empezó a movilizar las tropas y enseguida lanzó el ataque contra el castillo.

Einar estaba postrado en el lecho. Había tenido suerte y parecía que el filo no había tocado ningún órgano vital. Una muchacha, que Anne no había visto hasta ese momento, estaba limpiando la herida a su señor.

—¿Quién eres tú, muchacha? Es la primera vez que te veo.

La joven acabó de limpiar la herida y presionaba con un trapo para cortar la hemorragia. Giró su cabeza hacia Anne y se presentó.

—Disculpad, mi señora, mi nombre es Jen. Salí con sus señores y el resto de gente de Cameliard. He oído que habían herido al señor Einar, y yo tengo nociones de curandera.

—Entonces, sigue con lo que estás haciendo. Si le ocurre algo a mi esposo, te azotaré y te mataré yo misma.

Jen miró de soslayo a la señora y se volvió a centrar en la herida de Einar. Parecía que dejaba de sangrar. Vertió un poco de aguardiente para terminar de desinfectar la herida, y pidió a Anne que la presionara.

—Mi señora, la herida casi no sangra ya, pero necesito que me ayudéis. Tenéis que presionar con la mano el trapo; mientras, yo prepararé la aguja para coser la herida.

Anne rápidamente hizo lo que le dijo la muchacha. Se arrodilló delante de su marido, y presionó el trapo que estaba cubierto de sangre.

—¿Dónde aprendisteis a coser heridas? —Anne observaba cómo metía la aguja en un recipiente con aguardiente, y después la pasaba por la llama de una vela sin llegar a quemarla.

—Soy la hija mayor de siete hermanos, mi señora. A mis padres los asesinaron de viaje a Cameliard; así pues, tuve que hacerme cargo de mis otros seis hermanos. Siempre había que coser brechas en la frente o heridas que curar.

—¿Pero antes dijisteis que teníais nociones de curandera?

—En Cameliard tuve que llevar a mi hermano más pequeño a la curandera de la aldea. Esta, al ver que había desinfectado la herida, me enseñó a coserla y me acogió bajo sus enseñanzas.

—Entiendo, os doy las gracias por acudir tan rápida —Anne se retiró cuando vio acercarse a la muchacha con la aguja. Echaba humo y la punta parecía al rojo vivo.

—Ahora, mi señora, ayudadme. Necesito que agarréis con todas vuestras fuerzas a vuestro esposo. Seguro que gritará, pero tengo que coserla para que se cierre.

Anne se acercó a la cabecera del lecho y sujetó como pudo el cuerpo de su esposo.

Sin previo aviso, Jen empezó a coser la herida. En el mismo momento que la punta tocó la carne, Einar lanzó un grito de dolor muy agudo e hizo ademán de levantarse. Anne, con ayuda de varias mujeres más, lograron sujetarlo. La señora intentaba tranquilizar a su esposo, pero era un dolor tan grande que se desmayó.

—¿Qué? ¿Qué le ha pasado?

—Tranquila, mi señora, solo se ha desmayado. El coser heridas produce mucho dolor, y no muchos lo soportan.

La señora respiró aliviada y asintió, acariciándole el cabello y limpiándole el sudor.

—He mandado al capitán que ataque el castillo. No sé si habré hecho lo correcto. Quizás...

—No, mi señora, habéis hecho lo que cualquier esposa hubiera ordenado. Yo misma hubiera ordenado también el ataque.

Anne miró a la muchacha y le sonrió. Le caía bien, parecía saber lo que hacía y en ese momento necesitaba que alguien, quien fuese, le dijese que había obrado bien.

Capítulo X

X

Gregory, como capitán del ejército, comandaba en primera fila el contingente. Avanzaban cautos, pues ya había participado en varios asedios y sabía del peligro de los las catapultas y de las balistas. Cómo si de una película se tratara, la lluvia hizo acto de presencia, primero en formas de gotas pequeñas, para acompañarlas los primeros truenos y relámpagos... iba a ser una noche muy larga.

Según se acercaban al castillo pudo ver como se encendían las murallas, como corrían los soldados colocándose en sus posiciones de defensa. Él tenía la orden de atacar, si por lo menos le hubieran dejando un poco más de tiempo para planear el ataque, unas horas... habría podido elegir el flanco correcto por el que comenzar el ataque, había podido mandar espías para saber con qué defensas contaba el castillo, pero ir a ciegas era completamente un suicidio. Aun así como buen soldado, acató la orden de su señora y en poco tiempo, todos los soldados estaban preparados para el asalto. Ahora a pocos metros de las puertas, veía la empresa demasiado complicada, esperaba que al menos la Diosa estuviera de su lado.

Repartió el ejército entre los dos flancos y el iría con el resto del contingente por el medio, hacia el castillo.

Frente a él y como si los estuvieran esperando, estaba las defensas del impostor. Su número era menor que las tropas de Einar, pero contaban con la baza de las murallas.

Tras haber repartido a sus hombres y ordenar la formación escalonada, esta, aunque algo lenta en abrir una brecha en las defensas enemigas, les permitía a los caballeros que iban detrás del primero, elegir su embate si el primero había fallado, les permitía cambiar el ataque y al mismo tiempo más producir un continuo desgaste en las defensas.

Solo se escuchaba el replicar de las gotas sobre las armaduras, el nerviosismo de los caballos y los rezos de los hombres a sus dioses, para poder terminar esa noche y volver a salvo con sus familias.

Gregory sabía que, de esperar un poco más, el campo se volvería un lodazal que complicaría cualquier situación, por el contrario, las defensas estaban inquietas, hacía mucho tiempo que no llovía en sus tierras y algunos lo veían como una señal, de que la Diosa estaba del lado enemigo.

El capitán se había percatado de ese detalle, ya que cuando llegaron escuchó a su rey quejarse del estado del reino, de lo seco y muerto que parecía, contó hasta diez, tomo aire y ordenó cargar.

—¡Muchachos, ha llegado la hora de expulsar al impostor de estas tierras.! ¡Por el rey!

—¡Por el rey!

Más de un centenar de bocas, lanzaron el grito de carga al unísono.

De inmediato todos los caballos protestaron por el pinchazo de las espuelas en sus flancos y comenzaron a galopar como se les ordenaba. De no haber hecho acto de presencia la lluvia, una gran humareda se habría levantado, pero, por el contrario, solo se alzaba de la tierra, las gotas de los charcos donde las patas de los equinos pasaban con gran violencia.

El aire transportaba un silbido hacia las tropas enemigas, que se transformó en un centenar de flechas, dirigidas a los cuerpos de los jinetes, más de una treintena cayeron muertos y los que sobrevivieron, vieron a sus monturas en el suelo presas de las flechas y alguna lanza, lanzada desde alguna balista.

El primer choque de los dos ejércitos no se hizo esperar, y la caballería tenía a su favor la fuerza de la velocidad. Embistieron con violencia las líneas enemigas, abriendo paso a los siguientes, que, con sus espadas, atacaban a las tropas de Kunivet, unos haciendo blanco en los hombres y otros fallando su intento... en vez de volver a cargar, los que pasaban y sobrevivían a la carga, desmontaban, pues detrás de la primera línea, había otra más de lanceros y caballeros esperándolos.

El capitán fue uno de los primeros en cargar y desmontar. Espada y escudo en mano, se defendía de los ataques y los hacía él mismo a la vez. A su lado se pusieron sus lugartenientes, protegiendo al que en ese momento era su líder en la batalla, si lograban ganarla, el honor sería suyo.

Con gran maestría iba deshaciéndose de sus atacantes, bien por estocadas tras haber roto la defensa con el escudo o bien con la misma empuñadura, usándola como objeto romo, atacando el rostro enemigo. Cualquier forma era buena si hacía caer y perder la vida a su oponente.

Después de un largo tiempo atacando y defendiéndose, notaba el brazo del escudo entumecido, aguantar tanto rato el peso de la defensa personal que a su vez tenía que moverse con la armadura, suponía pasado cierto tiempo un calvario. En un momento de supuesta tranquilidad, clavó la espada en la tierra, que estaba tintada de la sangre de hombres que había dado su vida durante esa noche. Se quitó el casco y pudo contemplar un montón de cuerpos ya fuera de hermanos de armas o de defensores e incluso, extremidades de los equinos que los defensores del castillo habían seccionado, tratando de desmontar a los jinetes.

—Que la diosa se apiade de ellos.

El paisaje era desolador, el olor de la lluvia y de la muerte entraba por sus fosas nasales haciendo que su cerebro mandara la orden de vomitar.

Sus hombres habían logrado el objetivo de reducir a menos de medio centenar de hombres las defensas que corrían al interior del castillo. Varios intentaron cerrar las puertas de roble, pero varios arqueros lo impidieron, dejando el paso libre para que el ejército de Gregory entrara y diera el último golpe.

Ya dentro del recinto, dio orden a sus hombres, de ofrecer la rendición a cambio de la vida.

—¡Todo aquel que no quiera morir, que tire las armas!

Poco a poco el grueso defensor se terminó rindiendo. Solo unos pocos, leales al impostor se negaron y tuvieron la muerte que buscaban. El señor del castillo se atrincheró en el salón del trono, donde lo encontró Gregory tras derrotar a los guardias apostados en las puertas. Cuando entró y gracias a sus reflejos de soldado curtido en mil batallas, esquivó un cuchillo que no sin maestría iba directo a su rostro. Buscó con la mirada al atacante, no era otro que Kunivet, que ahora parecía quererse quitar la vida con una daga sin éxito, pues los hombres del capitán lo apresaron antes de que pudiera huir al otro mundo.

Con el castillo tomado no sin perdidas, se dejó caer en el suelo, exhausto. Mando un jinete al campamento, para informar de la victoria, mientras que los demás hombres lanzaban gritos de victoria.

Ahora era momento de descansar, más tarde llegaría la ardua tarea de enterrar a los muertos.

Capítulo XI

XI

Había pasado una semana desde el atentado hacia Einar. Este se recuperaba bien. Había pasado la mayor parte de los días en cama. Sus hombres habían tomado el castillo, tomando prisionero al rey y a muchos de los hombres. Algunos de estos huyeron y, los que no apresaron, cayeron en combate.

Anne había dirigido con maestría inusitada al ejército. Cualquier hombre que se pensase que una mujer no podría comandarlos, esos días habría visto lo equivocado que estaba.

En el campamento no se hablaba de otra cosa. Detrás de ese frágil cuerpo, ardía con furia un auténtico líder.

Einar salió de su tienda. Usaba un bastón de madera ideado por Jen, hecho con una rama de un árbol, para que no castigase demasiado la zona dañada. Sabía de la gesta de su esposa y se sentía orgulloso de ella, pero también celoso.

Se suponía que él era quien debía tomar su castillo, su lugar de nacimiento. Al menos, tendría la oportunidad de tener unas palabras con Kunibet. Si bien no era Leofric que, en ese caso, disfrutaría aún más; se contentaría con su primo. Así pues, se encaminó hacia la tienda donde tenían a los prisioneros.

Entró en la tienda y observó a los hombres, que estaban atados con las manos a la espalda. Se fijó en sus guardias, tres hombres corpulentos con las espadas prestas a salir de su vaina. Dio un par de pasos hacia delante y se paró, sin por el momento decir una sola palabra.

Los soldados al verle inclinaron la cabeza y casi parecía que le leían la mente, pues fueron directamente a por Kunibet. Lo levantaron con esfuerzo, pues el primo de Leofric no quería ser levantado. Una vez cerca de Einar, lo tiraron a sus pies despectivamente. Kunibet se intentó levantar, pero de nuevo le hicieron arrodillarse con una patada en los gemelos.

Einar, que hasta ese momento no había dicho nada, pidió a sus soldados que parasen.

—Es suficiente.

—Como digáis, mi señor —contestó el soldado que tenía más rango.

Einar caminó al lado de los prisioneros, observándolos. Cuando dio una vuelta entera, se paró de nuevo frente a Kunibet.

—Liberad a todos los prisioneros, menos a este —señaló al hombre que tenía delante—. Si sus soldados quieren unirse a nuestro ejército, los aceptaremos; a los que no, los dejaremos ir.

—Así se hará, mi señor. ¿Qué queréis hacer con él?

—Dejadnos solos

Los soldados empezaron a sacar a los prisioneros de la tienda, mientras que Kunibet seguía de rodillas. La patada del guardia le había hecho bastante daño.

Una vez hubieron salido, Einar se dirigió a su prisionero.

—¿Sabéis quién soy?

—¿Creéis que me importa quién sois?

—Os debe de importar, si intentasteis asesinarme.

—Ah, eso... El tonto de Pat no sirve ni para matar a un hombre muerto.

—Con que soy un hombre muerto, ¿eh? Pues yo me veo muy vivo. La herida del puñal así lo atestigua.

—¿Qué queréis de mí? Yo no soy mi primo.

—Es cierto, no sois mi tío; pero os habéis beneficiado de lo que él hizo. Habéis usurpado un trono que no es vuestro, habéis matado una tierra que no es vuestra, y habéis intentado asesinar al verdadero heredero del trono y, por lo tanto, legítimo rey.

—Yo no he usurpado nada, solo accedí al trono porque era el siguiente en la sucesión; además, tú no estabas.

—Os aconsejo que no me tuteéis, más aún cuando habéis querido acabar conmigo. Solo tengo una pregunta para vos: ¿por qué mataron a mis hermanos? ¿No bastaba con exiliarlos? ¿Con hacer que mis padres firmaran un convenio para desheredarlos?

—Leofric no quería correr ningún riesgo. Vuestro padre era más astuto, pero a la vez muy confiado, y esa fue su perdición. Respecto a vuestros hermanos, él no dio la orden. Solo eran moscas frente a nuestras espadas.

Einar enarcó una ceja. Si no había oído mal, el hombre que tenía delante había contribuido a matar a su familia.

—¿Estáis diciendo que vos estabais ahí?

—No estabais enterado, ¿verdad? ¿No sabéis qué les hicimos? Os lo contaré: primero, cogimos a vuestros hermanos y los colgamos en las torres; luego, agarramos a vuestras dos hermanas y nos beneficiamos de ellas. Si hubierais oído cómo lloraban, cómo gritaban… Fue una pena que vuestro tío no nos dejó hacerlas prisioneras; sobre todo a la mayor, con ese cuerpecito…

Einar trataba de mantenerse frío. Sabía que buscaba sacarle de los nervios, violentarle, pero le estaba costando muchísimo. Al menos, hasta que escuchó lo que hicieron con sus hermanas. Cerró los ojos y apretó los puños hasta clavarse las uñas en la piel de las manos.

—Será mejor que no continuéis. No pretendo mataros, pero no me desafiéis.

—Oh, ¿os incomoda oír qué les sucedió? Puedo continuar, parece que las estoy viendo ahora mismo: "¡papá, papá!" —imitaba las voces de las niñas, en un intento de sacarle de quicio. No quería ser torturado, así que buscaba que lo matase directamente.

—Vos lo habéis querido. ¡Guardias!

Los dos soldados, que antes estaban en la tienda, entraron de nuevo al llamarlos su señor.

—¿Mi señor?

—Llevad a este bastardo a las mazmorras de mi castillo, cuando lleguemos a él. Que tenga la compañía de las ratas, seguro que se llevará muy bien con ellas.

—Como ordenéis, mi señor. Vamos, rata de cloaca, levanta que por fortuna volverás a casa.

Einar salió apretando los dientes y los puños. Se apoyaba en el bastón para andar, encaminándose hacia su tienda;

luego, entró y, una vez a salvo de las miradas de sus hombres, se echó a llorar.

Anne estaba sentada en un tronco que le habían traído los soldados a forma de banco. Cuando vio a su esposo entrar y echarse a llorar, fue hacia él y lo abrazó.

—¿Qué os pasa, mi señor? ¿Qué os ha dicho ese mal nacido?

—Los colgaron y las violaron, los colgaron y las violaron, los colgaron y las violaron… —no paraba de repetir una y otra vez lo que Kunibet le había dicho. Había entrado en shock.

Anne lo ayudó a tumbarse en la cama. Hizo todo lo que estaba a su alcance para calmarlo.

—Eso es lo que quiere que penséis, mi señor. Quiere que caigáis en su juego, así que no os dejéis vencer —Anne no sabía hasta qué punto eran ciertas esas palabras, pero, de ser verdad, fue una muerte muy atroz para unas niñas inocentes.

Einar al rato se quedó dormido. Quizá por cansancio, o quizá solo por querer olvidarse de aquello.

A la mañana siguiente partieron hacia su castillo. Según entraban en la aldea, algunas personas salieron a recibirle entre aplausos y vítores, lanzaban pétalos de rosas, margaritas, o cualquier pétalo de cualquier planta para dar la bienvenida a su nuevo rey.

Einar, aun recordando las palabras de Kunibet, los saludaba un poco absorto en sus pensamientos. Anne se fijó en ello. Se acercó al caballo de él y le dio un codazo en el costado.

—Te está aclamando tu propio pueblo, deja el duelo para cuando te hayas instalado. Ahora esta gente te necesita, ellos están muertos.

El nuevo rey miró a su esposa, cerró los ojos, tragó saliva y, como dejando ir la pesadumbre que reinaba en su corazón, cambió el semblante de su rostro. Dejó entrar en él las muestras de cariño de un pueblo que, años atrás, había asesinado a su propia familia; pero que pagó muy cara la traición, viendo cómo la tierra en la que vivían se iba marchitando a lo largo de los años.

Capítulo XII

XII

Han pasado seis meses desde que Einar y Anne entrasen triunfantes en Glevón. Seis meses en los que el reino vio un cambio sideral en sus vidas. Aún no habían tenido tiempo de poner a funcionar el reino al completo. No era extraño ver carretillas de mercaderes, subiendo la gran cuesta que separaba la villa del castillo. El mercado parecía funcionar bien. Tampoco era extraño ver a patrullas de soldados por todas las fronteras, en las almenaras o en las torres. Los pendones hacían bailar al sol en llamas, protegido por sendas espadas en cruz.

Pero lo verdaderamente increíble fue lo sucedido durante este corto periodo de tiempo. Una primavera adelantada bañó de lluvias torrenciales todo el reino. Destruyó numerosas casas, y se llevó unas cuantas vidas por la fuerza de las aguas; pero la tierra inerte, estéril y arenisca en la que se había convertido el reino, empezó a florecer. Los más viejos del lugar, decían que se debía a una maldición que echó una gitana al rey Leofric, la noche de la matanza. Otros decían que el rey Einar tenía la bendición de la Diosa. Fuera como fuere, el reino empezó a prosperar y, al cabo de muchos meses, empezaba a parecerse a lo que un día fue.

Por el contrario, Einar se sentía vacío. Había perdido la oportunidad de reconquistar su propio reino, debido al atentado sufrido contra su persona. Al rey no le gustó del todo que la reina ordenase el ataque. Tampoco le gustó que no le dejase sentir el duelo cuando entraban triunfantes. Se habían empezado a distanciar. Lo que antes era amor, ahora era obligación.

La reina no entendía lo que pasaba. Ella seguía totalmente enamorada del rey, pero este no tenía las atenciones de antaño para con ella, y sabía que no era fruto del trabajo.

Por el día pasaban las horas juntos, aparentando amarse como meses atrás, pero por las noches Einar no aparecía.

El rey había cogido por costumbre ausentarse por las noches. Montaba en su yegua y salía a cabalgar. Ni el anuncio de la reina, diciendo que iban a ser padres, pareció importarle. Nadie comprendía qué es lo que sucedía.

Una noche como otra cualquiera, Einar salió a cabalgar. No se quitaba de la cabeza la burla de Kunibet, cuando le narró lo sucedido con sus hermanas. Que hubiesen colgado a sus hermanos era algo a esperar, podían haber muerto en combate igualmente; pero ultrajar el honor de unas niñas inocentes no. Einar nunca lo llegó a superar.

De repente, y sin saber por qué, su yegua paró en seco. Dicho parón hizo que casi se cayera del caballo, pero recobró la compostura y vio a una muchacha en el camino, a escasos milímetros del animal. Einar no pudo, o no quiso, despegar la mirada de la joven. Su rostro, sus ojos, su cabello, pero, sobre todo, su figura, lo habían hecho presa de sus encantos. Parecía que la yegua se sentía incómoda, y solo el relinchar del animal sacó al rey de un estado de estupor.

—¿Os encontráis bien? —no sabía el por qué le costaba hablar. Se bajó del caballo manteniendo las riendas en la mano.

—Sí —fue la escueta palabra de la joven. Tenía una voz angelical

La muchacha parecía no estar muy asustada. Al notar los ojos del hombre sobre ella, hizo que su piel ya rosada adquiriera un tono más rojizo. No pudo contenerse y sus ojos buscaron los de él, como si fuera el preámbulo del primer beso entre dos amantes. Al final la muchacha reaccionó. Tosió un par de veces, apartando la mirada de él, y le recriminó:

—Si vais a mirarme de esa manera todo el rato, pensaré que habéis visto a una hechicera.

—Oh, sí, claro. Disculpad, mi señora.

Einar buscó nuevos objetivos en los cuales posar su vista. Ahora era él quien sentía el azoramiento.

—¿Qué hacéis a estas horas en campo abierto y sin escolta?

—Cazar —así de sutil pero concisa fue la respuesta de la muchacha—. Bueno, estaba cazando, mejor dicho, pero creo que el alboroto de vuestro caballo acabó con mis oportunidades.

Esa respuesta dejó desarmado a Einar que, desde ese momento, se sintió más intrigado por la joven.

—¿Cazando a estas horas? —de nuevo, miró a la joven. Había esperado cualquier otra respuesta: que se había perdido por los caminos, que la habían raptado o que se había escapado; pero, lo de cazar, jamás se lo hubiese imaginado.

—Digamos que me siento más segura de noche. Al abrigo de esta, con el manto de Selene guiándome y a salvo de miradas de hombres que, como vos, ahora mismo no entienden cómo una simple muchacha, pueda llevar la muerte consigo.

Einar estaba tan absorto con esta novedad que el destino había puesto en su camino, que no salía de su asombro. A cada frase que ella le decía, a cada explicación que le daba sobre sus cacerías nocturnas, se sentía cada vez más intrigado.

Varias horas pasaron como si fueran minutos para los dos. Pues poco antes del alba, la muchacha dio por finalizada la conversación, alegando que se había descuidado mucho en el tiempo, y que la estarían esperando.

Einar, como buen caballero y señor, se ofreció a acompañarla y dar las explicaciones precisas a quien hiciera falta; pero esta decidió no dejarle, alegando que solo conseguiría agraviar más la situación.

Sin apenas despedirse, la muchacha se perdió en el abrigo de los árboles, y bajo la atenta mirada de Selene.

Einar negó con la cabeza, contrariado. Habían hablado de todo y, sin embargo, no le había preguntado su nombre.

Merian avanzó por el bosque, siempre mirando hacia delante y sonriendo.

—Bien, mi rey, hace unos años puse una piedra en tu camino, hoy he puesto otra. Muy pronto serás solo mío.

Merian se sentía fatigada por tanto viajar. Quería quedarse en un sitio fijo, pero ansiaba a la vez tener un puesto importante, desde donde poder manejar a la gente a su antojo. También echaba de menos mezclarse con la gente. "Jugar al baile de las máscaras", así lo llamaba ella. Uno donde cada uno podía ser quien quisiera. En ese juego, ella era una maestra.

Merian llegó al castillo donde vivía, bajo una barrera protectora que lo mantenía a salvo de ojos curiosos. Así había sido durante muchos largos años.

Cuando hubo entrado, dejó el carcaj y el arco en la mesa, y se sentó en una silla. Descansó su rostro de niña feliz sobre sus manos y codos, apoyados en la mesa. Parecía una cría prestando atención a una lección.

Al poco rato de llegar ella, apareció un muchacho de no más de dieciséis años. Era alto, moreno, flacucho, y llevaba una bandeja de plata y, sobre esta, una copa con un líquido rojo escarlata en su interior.

—Gracias, Peter, siempre sabes llegar en el momento adecuado —dio un sorbo a la copa y la dejó en la mesa.

—¿Cómo ha ido la cacería esta noche, mi señora? ¿Habéis hablado esta noche con él? —Peter inclinó la cabeza, agradeciendo el comentario anterior.

—Así es, Peter, lo tendrías que haber visto. He plantado mi semilla en él. Ahora toca esperar, pronto vendrá a mí.

Peter asintió y se retiró, inclinando nuevamente la cabeza. Era leal a su señora desde hacía muchos años. Más que sirviente, se había convertido en su confidente.

Cuando Merian se hubo terminado la copa, se levantó y subió las escaleras hacia sus habitaciones. En ellas, había un ataúd de plata. Parecía hecho a su medida. Tenía inscripciones en relieve a los lados, y el pentagrama de akasha en la tapa. Abrió esta y, tal y como los primeros rayos del alba amenazaban al terciopelo rojo que cubría las ventanas, cerró la tapa para sumirse en el sopor vespertino.

Capítulo XIII

XIII

Al llegar a su castillo y dejar el caballo a manos del mozo, se dirigió a sus aposentos. Estos últimamente estaban vacíos. Como excusa, le dijo a la reina que necesitaba tiempo para reponerse de lo sucedido meses atrás.

Por la mañana, mientras desayunaban, la reina no pudo retenerse más y le recriminó, hasta el punto de dar un ultimátum.

—Si el bebé que llevo dentro es niño, no podré hacer nada. Me iré sola con mi padre a Caerlion. Pero si la Diosa me bendice con una niña, me la llevaré conmigo y jamás nos volverás a ver —hubo un tiempo en que los ojos de la reina se habrían llenado de lágrimas, pero ahora mismo habían llorado tanto que no les quedaban—. Mi cometido aquí ha terminado. Estoy segura de que podrás encontrar una nodriza de entre todas las mujeres del reino.

Einar se mantuvo en silencio, seguía desayunando sin más. No entendía cómo su mujer, su esposa, la madre de su futuro vástago, esa muchacha de la que se enamoró hace tan poco tiempo amenace con irse, y que no pueda sentir ningún remordimiento. Quizá sea mejor así, se decía así mismo.

—Como quieras, Anne. Mandaré a buscar una nodriza. Pasará el tiempo contigo hasta que paras a mi hijo.

Anne se quedó muda y sorprendida ante lo cruel de sus palabras. Buscaba espolearlo y hacerlo reaccionar. Jamás pensó que su relación con él acabaría de ese modo.

Se levantó y salió con paso firme, pero con la cabeza alta al jardín. Una vez allí escondida, lloró e imploró a la Diosa que el retoño que llevaba en su vientre fuera una niña, y así no tener que cumplir su amenaza.

Unos meses más tarde, todo el castillo se despertó en medio de unos gritos desgarradores. La reina estaba dando a luz. Las habitaciones reales se habían convertido en un ir y venir de doncellas y galenos. Al cabo de cinco horas de sufrimiento, la reina dio a luz a un niño. Cuando se lo dijeron, estalló en llanto. Solo ella sabía por qué lloraba.

Einar acudió horas más tarde a ver a su esposa y a su primogénito. Durante unos segundos, se quedó en la puerta, mirándola; y observando al pequeño, que ya estaba mamando del pecho de su madre.

—Ya he terminado mi trabajo, mi señor —Anne no era capaz de mirarlo a los ojos—. En cuanto me asegure que esté sano, se lo entregaré a la nodriza y me marcharé.

Einar seguía ahí de pie, mirando al pequeño.

—¿Alguna vez me has amado de verdad? —Anne giró su cabeza y clavó sus ojos en los de Einar, quien mantuvo la respiración al contemplar todo el odio acumulado de quien sabe que ha sido utilizado.

—Viendo el odio en tus ojos, no creo que necesite responderte —su voz era cortante, carente de cualquier sentimiento hacia la madre de su hijo.

Einar se dio media vuelta y salió por donde había entrado, cogiendo el camino de las caballerizas. Solo cuando el rey había salido del pasillo, entraron las doncellas de la reina a consolarla.

Un relámpago rasgó la tranquilidad de la noche y, tras él, empezó a caer una gran cortina de agua que se estrellaba contra el tejado, provocando un insistente ruido.

Einar tuvo que controlar al caballo que, con el ruido ensordecedor del trueno, se puso a dos patas y muy cerca estuvo de derribar a su jinete, sin proponérselo. Una vez recuperado el control del animal, ambos se pusieron en marcha.

La tormenta se hizo poco a poco más fuerte. Realmente era un aguacero. Tan solo el resplandor de los relámpagos iluminaba los campos, y fue gracias a uno de ellos cuando realmente se dio cuenta de que se había perdido.

Frente a él, se alzaba un castillo. Nunca tuvo constancia de él. Estaba chorreando, tenía frío, las manos no le obedecían y los pies tampoco. Se acercó a la puerta, bajándose del caballo como pudo, y llamó una y otra vez sin obtener respuesta. Tras decidir dar un rodeo para buscar algún lugar donde protegerse de la tormenta, un ruido sordo le indicó que la puerta se había abierto.

Tras titubear unos segundos, decidió entrar en el castillo, dejando a su yegua atada a un poste cercano. Al entrar, la puerta se cerró como por arte de magia. Estaba oscuro y solo un candelabro iluminaba una vieja mesa, donde unos ojos almendrados le miraban curiosos

—¿Qué hacéis aquí?

Einar se sorprendió al escuchar esa voz. No esperaba escucharla esa noche y menos en ese lugar.

—Eso mismo me pregunto yo. ¿De dónde ha salido este castillo? Tenía entendido que solo el mío quedó intacto.

—Este castillo es más antiguo que vuestro linaje, mi señor —la muchacha se levantó con el candelabro en la mano y se lo acercó.

Einar no salía de su asombro. No sabía quién era esa muchacha, pero parecía saberlo todo de él, incluso la antigüedad de su propio linaje.

—¿Quién eres? —se atrevió a preguntar el rey, aun temiendo saber la respuesta.

Ante aquella mínima luz, la piel de la muchacha era especial. Si a la luz de la luna, le parecía bellísima, ahora juraría que le faltaba ese color rosado en ella. Pero de igual modo era atrayente: sus finos labios y carnosos, su hermoso cabello, ahora sin moverse, y su delgada figura. Todo parecía tan simétrico, tan igual, tan perfecto. Era imposible no detenerse a recorrerla con la mirada.

La muchacha sonreía levemente. No había esperado ningún invitado, pero de igual modo tampoco le desagradaba la idea. Sin responder a su pregunta, dejó el candelabro en la mesa y empezó a desnudarlo.

—Si seguís con esta ropa, cogeréis una pulmonía.

Una vez estuvo solo en ropa interior, lo condujo hasta la chimenea y, tras avivar el fuego que parecía apagado, le trajo una manta que le sirvió de abrigo.

Einar se dejó hacer. Su instinto le alertaba de un peligro, pero su cabeza se negaba a atenderlo. Al cabo de un rato, se dio cuenta que no sabía su nombre.

—¿Cómo te llamas? —giró su cabeza, mirándola mientras volvía a la mesa.

—Merian —respondió ella —Y, por favor, no hagas preguntas que carecen de sentido. A nadie le importa quién soy, dónde voy o de dónde vengo. Estoy aquí y es suficiente por ahora.

Einar se sintió intrigado ante la respuesta, pero se mantuvo callado durante un momento. Seguía tiritando. A cada intento de conversación, la muchacha respondía cortante.

Merian se acercó, abrió la manta y se abrazó a él. Sabía que solo el fuego no sería capaz de hacerlo entrar en calor, o no tan rápido como debiese.

Einar se reclinó sobre ella aún tiritando. Parecía que su cuerpo buscaba el calor del cuerpo femenino.

Merian cerró los ojos. Estar tan cerca de él, la hacía sentir mareada. Esa noche no había cazado, y apenas se mantenía con fuerzas para mantenerse despierta. Podía oler su sangre, podía escuchar el latido del vigoroso corazón del hombre que tenía en sus brazos; pero se negaba a beber de él. Como vampira, había tomado la decisión de solo alimentarse de animales. Tan solo se permitía el lujo de cazar a humanos cuando se sentía cerca de enfermar de locura.

Lentamente, comenzó a acariciar el cuerpo de Einar: la espalda, los hombros; hacía que entrase en calor y, de paso, torturándose de la manera más cruel. Cada fibra de su ser le pedía a gritos un sorbo de esa sangre que tenía al alcance, pero su cabeza le impedía hacerlo. De él, no.

Einar apenas tenía frío. Había dejado de tiritar gracias a los masajes de Merian de pronto y, sin esperarlo, sintió un pinchazo en el cuello. Empezó a nublársele la vista, pero no tenía miedo. Cerró los ojos y se entregó a esa sensación placentera.

Merian se sentía morir. Por un lado, odiaba tener que alimentarse de un humano, pero por otro lado ese hombre, que tenía en sus brazos, estaba enamorado de ella. Su cuerpo se lo revelaba y su sangre era exquisita, se entregaba a ella sin saber lo que en realidad hacía.

Cuando la vampira se hubo separado de él, sintió un ligero hormigueo en la misma zona. Se llevó la mano a esa zona y se la miró, no vio nada. No sabía qué había pasado. Quizá se hubiera rasgado con alguna joya de la mujer, por lo que no le dio importancia.

Merian se levantó sin más y fue hacia una habitación. Al cabo de unos segundos, salió con una copa de vino caliente.

—Bebed esto, hará que vuestro cuerpo termine de calentarse.

Einar la miró. No sabía por qué le había besado el cuello, o eso pensaba él. Cogió la copa y se la bebió de un trago. Al cabo de un momento, empezó a marearse y sintió que perdía el conocimiento, desmayándose y dejando caer la copa al suelo, pero sin romperse.

Merian le había dado su propia sangre a propósito. Tenía que hacerle enfermar para poder enviarle con su yegua a su castillo, sin tener que darle explicaciones.

Al día siguiente, Einar se encontró recostado en su cama. No sabía cómo ni por qué estaba ahí. Empezó a dudar que todo hubiera sido un sueño. Al ir a levantarse, se produjo otro mareo que hizo que se sentase de nuevo. Llamó a un sirviente para que avisara a un galeno. Tras observarle, durante una hora, el diagnóstico fue un desequilibrio de los humores.

Esa misma noche el rey volvió a salir. No sabía cómo había llegado al castillo donde estuvo, pero tenía una baza que jugar. En Cameliard le habían enseñado que los caballos tienen buena memoria para los caminos, así que no dudó en probarlo.

Mandó a su yegua que fuera donde estuvieron la noche anterior. El animal parece que lo entendió. Se puso y al cabo de un rato apareció donde quería el rey. Pero para su sorpresa, no había nada. Ese era el lugar. Aunquefuera de noche, reconocía la localización. No lo podía entender.

Las siguientes noches hizo el mismo ritual: bajaba a las caballerizas, montaba en su yegua y la instaba a que lo llevase siempre al mismo sitio, sin suerte alguna.

A la mañana siguiente, al llegar a su castillo, recibió un papiro de su esposa. Sin muchas ganas, lo leyó ahí mismo:

«Como te podrás imaginar, no te escribo para decirte lo mucho que te amo.

Tal y como te dije en el nacimiento de Khein– sí, así he llamado a tu hijo, ya que no tienes el valor de ir a verlo–, mi trabajo aquí ha concluido. Cumpliré mi promesa. Esperaré en la linde del reino esta noche por si recapacitas. Si antes de que caiga el sol no estás, me iré.

Sin más que decirte, adiós».

Einar estrujó el papiro y lo tiró a una fogata, ya no sentía amor por ella. ¿Entonces por qué tenía que ir?

Subió a sus habitaciones, donde lo esperaba la nodriza con su hijo. Se lo entregó y se apartó unos pasos. Einar alzó al niño en brazos, observándole. Tenía ciertos rasgos que eran de Anne, pero otros eran suyos propios, como la matilla de cabello y los ojos. Se lo entregó de nuevo a la nodriza y bajó al salón.

Cuando entró en el salón del trono, se quedó de piedra. Ahí estaban algunos de los pocos amigos que hizo en Cameliard, y algún otro de Arimar. Pero de entre todos, había una figura que no conocía. Era una muchacha de apenas veintidós años, morena con el pelo largo, con ojos cautivadores, así como su mirada, la cual demostraba sapiencia. No era muy alta, pero tampoco baja, siendo de una estatura normal. Todo ello fue un buen reclamo para que Einar se fijase en ella.

Cuando hubo saludado a los demás y habló unas palabras con ella, se dio cuenta que la mujer había ayudado a su esposa a dar a luz, por lo que entendió que llevaba ya unos días en el castillo. ¿Cuántas más cosas habían pasado y él no sabía?

Cayó la noche y como todas las anteriores cabalgó. No había casi llegado a mitad de camino de su destino, cuando los árboles y el viento transportaron la voz de Merian. Ni los truenos lograban que dejara de oírla. Raudo, espoleó a la yegua para llegar lo antes posible. Cuando llegó, se quedó perplejo. El castillo había vuelto a aparecer de la nada. Entró en él sin atar a la yegua, se veía luz en el interior.

Ya en el interior del castillo, la vio. Tan majestuosa de pie, delante de la chimenea, cual musa pintada en un cuadro.

De repente todo cobró sentido. Lo que sucedió noches atrás, ocurrió de verdad. Se sentía en éxtasis. Avanzó sin dilación hacia ella, clavando sus ojos en ese cuerpo maravilloso, en esos labios devoradores que habían, o creía, besado su cuello.

Al llegar a su altura, la mujer se levantó. Lo miraba con gesto serio, duro. No sabía el porqué de esa mirada.

—¿Qué diablos haces aquí? ¿Acaso el no encontrarme todas estas noches no te ha hecho recapacitar?

De repente, a Einar se le cayó el mundo encima. No entendía nada, esa voz era la misma voz que corría a lomos del viento hacia él.

—Tú me has llamado. No sé cómo lo has hecho, ni por qué; pero era tu voz la que oía una y otra vez. Cuanto más me acercaba, más fuerte era.

Merian enarcó una ceja. No le gustaba nada lo que le estaba diciendo Einar. De pronto, todo su cuerpo se tensó. Notaba una presencia, oía unos pasos que solo ella podía oír.

—¡Fuera, vete! Rápido.

Einar no entendía lo que estaba sucediendo. No se dio cuenta de que ella estaba intentando protegerlo.

—¿Por qué? ¿Por qué me mandas que me vaya?

De repente, una risa cruzó la sala de norte a sur y de este a oeste. Era una risa malvada, cruel.

—¿Así me pagas que te sirva la cena a domicilio, Merian?

Einar escuchó a alguien bajar por las escaleras en dirección a ellos. Un hombre alto, con el pelo negro y ojos que parecían de serpiente. Su rostro era cruel, todas sus facciones hacían invitar a pensar que no sentía remordimientos por nada en absoluto. El joven rey pensó que parecía el Mal absoluto, si este tuviera forma humana.

—Lo he llamado yo. Quería ver cómo era aquel humano por el que tantas molestias te has tomado. Sí, niño, puedo imitar cualquier voz que me proponga.

Nicholas empezó a imitar a Einar burlonamente:

—Oh Merian. ¿Por qué me echas? ¿Ya no me quieres? —Nicholas se reía de ellos.

Merian parecía asustada, pero no la detuvo al interponerse entre Nicholas y Einar.

—¿Qué haces aquí? ¿Acaso te ha enviado el maestro a espiarme? —sobra este espacio su voz se había vuelto más dura, más ruda. Parecía que estaba enfadada.

—Solamente estoy de paso. Vi cómo lo salvaste noches atrás y me entraron náuseas. Merian, tú me perteneces; no permitiré que ningún trozo de carne te roce ni si quiera la piel.

Einar no podía dar crédito a lo que veía y mucho menos a lo que escuchaba. Tenía delante de él a dos vampiros, seres que él creía que solo vivían en las fábulas. Para más inri, uno de ellos lo había atraído para matarle. Tenía que salir de ahí. Poco a poco fue dando pasos hacia atrás.

Merian lo cogió del brazo con fuerza y lo empujó hacia la puerta.

—¡CORRE! Y no vuelvas jamás, pase lo que pase.

Nicholas sonrió divertido y, en un visto y no visto, se colocó detrás de Einar, alzándolo un par de pies del suelo sin ningún esfuerzo.

—¿Dónde te crees que vas? Vaya rey que está hecho, si a la mínima sale huyendo —en otro movimiento casi instantáneo, lanzó a Einar volando por la sala hasta darse con la barandilla de la escalera en la espalda, cayendo al suelo.

Merian rápidamente fue a socorrerlo, pero se libró fácilmente también, empujándola contra la pared de piedra.

—¿Pero se puede saber qué te sucede, Merian? ¿Atacas a los de tu misma especie? Eso solo tiene un castigo.

Nicholas avanzó hacia Einar, lo cogió del cuello y lo alzó en volandas. Si hubiera querido, habría partido los frágiles huesos de esa parte del cuerpo; pero se quería divertir y sacar algo de provecho de paso.

Merian se empezaba a levantar cuando vio que se dirigía a Einar. Él era más fuerte que ella, por lo que, en un enfrentamiento cara a cara, perdería.

—Detente, Nicholas. Te lo suplico, no lo mates.

—¿Pero se puede saber qué has visto en este trozo de carne y huesos? —nada más terminar de hablar, clavó sus colmillos en el cuello de Einar. Los clavó a conciencia, desgarrándole la piel. Se giró sobre sí mismo para que, mientras bebía, Merian lo viera.

Einar gritó de dolor. Un dolor agónico, un dolor que le hacía sentir cómo su vida se le escapaba sin poder hacer nada por evitarlo.

—¡Basta! Seré tuya. Haré lo que me ordenes, me iré contigo, pero no lo mates.

Nicholas soltó a Einar y este cayó en el suelo, rebotando su cabeza por dos veces contra el piso.

—Más te vale que sea verdad. Te casaste conmigo cuando éramos humanos y me juraste amor eterno. Te exijo que cumplas esa promesa.

Merian se acercó a Einar, le curó la herida del cuello con el tacto de su mano, y miró echa una furia a Nicholas.

—Te juré amor hasta que la muerte nos separase. Yo morí primero. No te debo nada, hipócrita. Me iré contigo cuando el rey se haya recuperado.

Nicholas había desaparecido, solo se escuchaba su risa.

Einar estaba en el umbral de la muerte y Merian lo sabía. Había faltado muy poco para que lo matase o, peor aún, para que lo convirtiera. Se mordió su propia muñeca y le dio de beber un poco de su sangre. Eso reactivaría la circulación en el cuerpo del rey.

El rey obedeció y bebió. No sabía lo que era. Lo único que sabía era que le abrasaba la garganta, pero no podía dejar de tragar.

Merian lo apartó cuando consideró que era oportuno. Ahora era ella la que estaba débil. Tenía que salir a alimentarse, pero era tarde, solo quedaban como mucho tres horas de luz.

Cargó con el cuerpo de Einar y lo recostó sobre una cama, cerró la puerta y salió a cazar.

Tuvieron que pasar dos días para que Einar despertase. Dos días en los que Merian se maldijo, ya que vio que todo por lo que había trabajado, se había esfumado en un segundo. Preparó lo poco que tenía para marcharse cuando Einar se recuperase.

Einar se levantó de la cama y lo primero que hizo fue tocarse el cuello. Recordaba el dolor inhumano que había sentido.

Bajó las escaleras, llevaba una túnica que había encontrado a los pies de su cama. Merian estaba en el salón, mirándolo incluso antes de que apareciera.

—Bien, veo que te has despertado. Ahora quiero que te vayas de aquí. Tienes ropa nueva en esa habitación. Cuando te vayas, jamás volverás a verme —la voz de la muchacha sonaba dolida, resignada.

—No, no me iré. Sé muy bien lo que eres y no te tengo miedo. Estoy enamorado de ti y sé que tú también te has enamorado de mí.

—Pero qué insensato eres —Merian dio un grácil salto y se encaramó a la barandilla de la primera planta. Desde ahí, lo miraba con odio.

—No tienes ni idea de dónde estás, de lo que soy capaz de hacerte. Preferirías estar muerto a sentir que se alimentan de ti una y otra vez. No consentiré que hagas eso —cruzó la barandilla y se perdió por los pasillos.

Einar se resignó. Cogió las ropas que le había preparado y sus armas; luego, se vistió y preparó para marcharse. Una vez en la puerta, algo lo paró. Un pensamiento. Algo estúpido estaba a punto de suceder y no le importaba en absoluto.

Sacó un puñal del cinturón y, sin pensárselo dos veces, se cortó las venas. El cuchillo cayó al suelo rebotando unas cuantas veces, y él se puso de rodillas.

Merian se encontraba en su habitación, con una copa de sangre en la mano. Cuando escuchó el ruido que hizo el puñal contra el suelo, supo que algo malo había pasado. Rauda, se dirigió hacia el salón. Cuando llegó, se quedó petrificada al ver a Einar con las venas cortadas.

—Pero ¿qué has hecho, insensato? He puesto mi vida en peligro para salvar la tuya y ¿así es como me lo pagas?

—Si no puedo tenerte en vida…—le costaba hablar—. ¿Para qué esperar a la muerte?

Merian se debatía entre dejarle morir o matarlo en vida. Las dos opciones la hacían morir. De haber querido lo hubiera matado en Arimar, en vez de proponerle que vengase a su familia. Pero el chico tenía algo que la cautivó. Ahora yacía a sus pies, desangrándose por cabezonería.

—No deberías obligarme a tomar una decisión así, de esta forma. Si te dejo morir, jamás me lo perdonaré. Si te hago como yo, jamás volveremos a vernos. Sea como fuere, el que pierdes eres tú.

Einar cerró los ojos, sabiendo que había cometido un error que le costaría la vida. Ahora se preguntaba por qué no luchó por Anne, y qué sería de Khein si el moría ahí. ¿Cómo podía haber estado tan ciego?

Merian también cerró los ojos al mismo tiempo que él. Sabía que en el momento en que hiciera lo que había decidido, su vida cambiaría para siempre. Abandonaría su moralidad, la poca humanidad que la mantenía aún cuerda, la que la hacía diferente de Nicholas. Se entregaría totalmente a la oscuridad y dejaría de ser quien era.

—Esta noche, Einar de Collinwood, no acabas solamente con tu vida; acabas con la de los dos. Te llevas la última gota de humanidad que quedaba en mí. La última barrera que me protegía de ser una bestia asesina.

Se arrodilló sobre Einar y alzó su cuello. Observó a su alrededor, rememorando todos los recuerdos vividos con él. Un par de lágrimas caían sobre sus mejillas. Se despidió de la vida que había mantenido durante cincuenta años. Cincuenta años en los que luchó por no matar por matar. Nada más despedirse, lo mordió.

Según bebía de él, crecía dentro de ella un sentimiento de odio hacia Einar que no podía parar de crecer. Cuando hubo bebido toda la sangre del rey, se mordió la muñeca y dejo que su sangre entrase en la de él.

Einar bebía como si no hubiera un mañana, apretaba las manos sobre la muñeca de ella, aferrándola más a su boca.

De repente tuvo que soltarla. Empezó a sentir dolores intensos. En su mente, escuchaba la voz de Merian:

«*Ahora vas a morir, pero te volverás a levantar. Tu cuerpo morirá, pero tú vivirás*»

Capítulo XIV

XIV

Llegó la hora acordada y ahí estaba Anne, con un par de sirvientas, esperando en la colina, con el deseo de que su amor, su rey, apareciera y la librase de cumplir su promesa. Poco a poco comenzó a darse cuenta de que allí, no iba a llegar nadie. Con todo el dolor de su corazón al tener que dejar a su propio hijo, dio la vuelta y emprendió el camino hacia las tierras de su padre. Llevaba como escolta a una cuadrilla de caballeros. Gregory incluido, que habían jurado delante de su padre, protegerla aún de su mismo esposo si fuese necesario. En el caso del capitán, su lealtad cambió la noche que Anne mandó tomar el castillo, nunca antes había pensado en jurar fidelidad a una mujer antes que a un hombre.

Fue un viaje muy triste, en el que Anne perdió varios kilos de peso y se le secaron los ojos. Era incapaz de llorar más. Aún con los dolores del parto, seguía adelante, su única meta ahora, era llegar al castillo de Keldon y no salir de su habitación.

Sabía qué pasaría cuando su padre se enterase, que Einar no solo había roto las alianzas que firmó, sino que además se había quedado con su nieto. Sin duda alguna, informaría al rey Sagrad, para que iniciara las negociaciones para evitar que ese cruel bastardo, criase a su nieto.

Después de casi tres meses de travesía y casi cumpliendo justamente un año desde que se marchó, Anne cruzaba las fronteras de Cameliard y más tarde las de Caerlión.

Cuando Lord Keldon se hubo enterado de que su hija volvía sola, mandó preparar una compañía y salió a su encuentro.

Cabalgaron un día entero, hasta dar con la columna donde iba su única hija. Al llegar a su altura y ver a su retoña algo más que demacrada por el viaje y la tristeza, la abrazó consolándola como solo un padre puede consolar a una hija.

—Ya me han llegado las noticias de lo que ha pasado. ¿Cómo se te ocurre viajar sin avisarme?

—Padre por favor, solo quiero llegar a casa y tumbarme... estoy cansada de viajar y llorar.

—Mira que te dije, que ese hombre no te convenía, nunca me gustó, por muy heredero de Eoin que fuese...

—Padre, os los ruego... aún es mi esposo.

Keldon fue a protestar nuevamente, pero se contuvo al ver como su hija se desplomaba agotada frente a él.

Cuando la cogió en brazos con ayuda de los soldados, juró que se vengaría.

Pasaron dos días, con sus soles y sus lunas, hasta que Anne recobrara la consciencia. A su lado estaba su padre, recostado con medio cuerpo en la cama. No se había dado cuenta de que estaba en su habitación, donde tantas y tantas noches, aquel hombre la había instruido en secreto, para que se pudiera defender en la vida. Ahora pensaba que todas esas enseñanzas no la habían servido de nada.

Una vez algo más recuperada, recibieron la visita del rey Sagrad y de la reina Sheelah, la reina que cogió mucho cariño a la muchacha en su estancia en Cameliard, cuando la vio en ese estado, se dirigió rápido hacia ella y la abrazó, llevándosela a un lugar a parte para hablar a solas.

En cambio, los dos hombres se quedaron en el salón del trono, preparando la acción a seguir.

—Lord Sagrad, quiero que ese mal nacido pague por lo que le ha hecho a mi hija. ¡Exijo que esa rata, pague por mancillar el honor de mi hija!

El rey comprendía el enfado de su homologo, pero no tenía todas consigo, sabedor del mal genio de Keldon y su afán por crear montañas de un grano de arroz. Antes quería hablar con la muchacha, para saber de primera mano, qué había pasado.

—Primero hablaré con vuestra hija, después decidiremos juntos, los pasos a seguir. Créeme Lord Keldon, yo también me siento traicionado.

Siguieron debatiendo hasta casi la hora de la cena, cuando Sagrad mandó ir a buscar a las dos mujeres.

Pasado un rato, ambas volvieron, la reina transportaba un gran pesar sobre sus hombros, confidencias que la muchacha le había contado.

Al ver llegar a las dos, el rey pidió que les dejasen solos, para que la muchacha hablara con libertad, ya que comprendía que delante de su padre, Anne no dijese todo lo necesario.

Así pues, una vez que se quedaron solos, el rey comenzó a preguntarle.

—Anne, vuestro padre me pide que tome medidas, pero ambos sabemos cómo es. Necesito que me digáis, qué es lo que ha ocurrido realmente.

—Mi lord, he perdido el amor de mi señor. No necesito una guerra para sentirme mejor. Os ruego que olvidéis este suceso, si no lo hacéis por mí, hacerlo por mi hijo, que espero poder ver algún día.

—Mi querida Anne, os conozco bastante bien... habéis sido amiga, antes que reina consorte. Confío en vuestro criterio, pero no me pidáis que no haga nada. Vuestro esposo, no solo ha traicionado a vuestro padre, también me ha traicionado amí. Como rey, no puedo dejarlo impune.

—Os comprendo mi señor. Retirarle vuestro apoyo, así como mi padre lo hará, cerrarle las fronteras, declararle non grato, pero por lo que más queráis, no iniciéis una guerra, en la que mi hijo pueda salir mal herido o incluso muerto.

A Sagrad se le partía el corazón escuchando a Anne, la había visto crecer y la tenía un afecto especial.

—Será como desees, tu padre no puede ordenarte que te retractes, pues aún perteneces a tu esposo. Mandaré una misiva, con todo lo que has dicho y unas cuantas de mi haber. No habrá guerra, pero si por algún casual, vuestro esposo, se acerca a mis tierras, lo mataré yo mismo.

Anne se inclinó levemente, agradeciendo el gesto que acababa de tener para con ella.

—Sois un rey muy benévolo mi señor. Ojalá algún día mi esposo recobre el buen camino que le marcasteis.

Capítulo XV

XV

Einar se retorcía de dolor. No sabía qué le pasaba, solo sentía que su cuerpo se descomponía por dentro. De repente, el dolor cesó. Abrió los ojos y vio un mundo nuevo ante él. Las paredes parecían tener vida propia, daba la impresión de que se movían, se reincorporó poco a poco hasta ponerse de pie. Todo lo que sus ojos le habían hecho ver hasta ese momento, no era nada comparado con lo que la sangre de la vampira influía en ellos. Era un mundo nuevo, un mundo en que la mota de polvo más pequeña parecía bailar un vals. Su mente procesaba cada dato como si toda su vida lo hubiera hecho, como si todo se moviese, pero el ojo humano no fuese consciente, o si lo era, su razón le obligase a no verlo. Fuera como fuese ahora era capaz de verlo y no se trataba solo de eso. Fuera del castillo, escuchaba la respiración de Yersi, el aleteo de un gorrión, incluso el cuerpo de una serpiente arrastrándose por el suelo.

¿Cómo era posible? Quiso dar un paso adelante, pero se encontró en el final de la sala.

¿Y cómo había llegado hasta aquí? No dejaba de sentirse sorprendido por los cambios que se habían producido en él, pero aún le quedaba mucho por sentir y por aprender. Se giró sobre sí mismo, alarmado al caer en la cuenta de que no había visto a Merian. La buscó por todos lados, en todas las habitaciones, en todos los pisos del castillo, pero no estaba en ninguna parte. En vez de preocupado, estaba en éxtasis. ¡No sabía cuántas horas habían pasado desde que se cortó las venas! Las venas, Einar se miró las muñecas buscando las heridas o cicatrices que por norma general deberían estar abiertas, pero no encontró nada, su piel aparecía impoluta. De nuevo, y con más asombro aún, se preguntó cómo era posible.

Cogió el puñal que estaba en el suelo y se hizo un corte en la base de la mano. La sangre actuó de inmediato y cerró la herida, no dejando escapar ni una gota de sangre. Se había regenerado al instante. Una carcajada inusual escapó de su boca. Al cerrarla, se mordió la lengua. Un hilillo de sangre descendió por su garganta, y notó que su cuerpo se erizaba por el sabor de la misma.

Se sentía pletórico, no lo había probado, pero algo dentro de él sabía que podía saltar como había hecho Merian ¿hacía cuánto?, ¿unas horas? En realidad, desconocía el tiempo que había estado inconsciente. Se encontraba en la segunda planta y tuvo el impulso de saltar por la barandilla. Dicho y hecho. Se lanzó al vacío, y aunque la distancia no era muy grande, cayó de pie sin ningún problema.

Siguió observándolo todo. Encima de la mesa donde se sentaba la vampira había un papiro. Pensó que tenía que cogerlo y de inmediato lo tuvo en la mano. Cerró los ojos para tranquilizarse, el éxtasis inicial se transformó en terror. Al abrirlos, leyó el manuscrito.

«*Cuando te hayas despertado yo ya me habré ido. No me busques, no volveremos a vernos. Si te escribo en este trozo de papiro es porque me siento en la obligación. Sí, nosotros también tenemos reglas. Reglas que yo me voy a saltar por lo mucho que me has obligado a odiarte. Habrás advertido que hay muchas cosas en ti que han cambiado. No son ni la cuarta parte de lo que notarás los primeros días. Solo te indicaré tres reglas.*

»*La primera. Aléjate del sol. Si por algún motivo te bañas en su luz, explotarás y morirás. Lo mismo sucederá con el fuego.*

»*La segunda. Ya nunca podrás ingerir comida humana. Solo te alimentarás de la sangre. Sangre humana o animal, como prefieras, pero sangre.*

»*La tercera. No se te ocurra jamás decir lo que eres. Eso pondría a tus iguales en peligro.*

»*Solo tengo una cosa más que decirte. Te odio. Nunca llegarás a saber el odio que ha crecido en mí hacia ti. Quise salvarte, quise protegerte y lo único que tú hiciste fue condenarme. Ojalá camines solo el resto de la eternidad*».

Einar dejó caer el papiro al suelo. Estaba empezando a comprender lo que había hecho. Comenzaba a entender lo estúpido que había sido. Nunca vería la luz del sol, nunca comería, nunca... Se había condenado por un arrebato de furia y ahora lo pagaría toda la eternidad.

Salió del castillo y montó en Yersi. Al principio, la yegua recelaba de él, notaba que no era el mismo. Después de un buen rato consiguió montarla, clavó los talones en los flancos del animal y huyó del lugar para no volver jamás.

Cuando llegó a su ciudadela no quiso hablar con nadie, ni atender a los criados que le esperaban para darle los partes de los días en que estuvo ausente. Fue directamente a la habitación de Khein y cerró la puerta.

Allí paso dos horas, las mismas que separaban la oscuridad del amanecer. Antes del alba bajó a las mazmorras, se encontró con un guardia al que invitó a terminar su turno y se encerró en la misma celda que Kunibet.

Este, al ver al nuevo rey entrar en su celda, le preguntó qué quería.

—Solo vengo a cobrarme vuestra miserable vida.

—¿No jurasteis a vuestra adorable esposa que nunca arrebataríais una vida?

—Por suerte para mí o desgracia para vos, mi adorable esposa no se encuentra en el reino. Soy libre para ejecutaros.

A Kunibet se le borró cualquier sonrisa que pudiera tener en el rostro. La baza de seguir vivo, aunque fuese encarcelado, se le escapaba de las manos y no podía sujetarla.

—¿Por qué ahora? ¿Por qué después de seis meses? Exijo un juicio por combate. —Nada más decirlo supo que había sido un error.

—¿Acaso pretendes salir impune? De acuerdo, pero antes déjame que te susurre una cosa al oído.

Einar necesitaba practicar, y quién mejor que con el asesino y violador. Lo cogió por la solapa y se acercó a él. Podía oler y sentir la sangre que recorría ese cuerpo. Sin previo aviso y sin haber practicado, hincó sus colmillos en el cuello del usurpador. Este lanzó un alarido que retumbó en todas y cada una de las celdas de las mazmorras. Einar, mientras bebía de su cuello, le tapó la boca con una mano, lo agarró del cabello con la otra, y le ladeó la cabeza para ejercer mayor presión contra su cuello.

El rey usurpador poco pudo hacer contra el violento ataque de Einar. El vampiro lo tenía dominado por completo. Esa sería la primera víctima que se cobraría el nuevo rey oscuro de Glevón.

Una vez hubo drenado el cuerpo de Kunibet, Einar se acurrucó en una esquina de la celda y empezó a llorar.

Lloraba no por lo que había hecho, si no por lo que había perdido. No volvería a ver a Anne, no volvería a salir durante el día ni volvería a probar un buen asado. Se había condenado él mismo al más terrible y sombrío castigo.

Capítulo XVI

XVI

En la tarde del día siguiente, salió de la celda y subió por las escaleras. Había indicado al vigilante que nadie bajase a las mazmorras hasta que él lo ordenara. A pesar de haberse alimentado unas horas antes, sentía la necesidad de volver a hacerlo, pero se negaba a ello. Una cosa era acabar con el único hombre que quedaba vivo culpable de la real matanza, y otra aprovecharse de gente que nada le había hecho.

Y fueron pasando las horas. Las horas en días. Por las noches salía como siempre a cabalgar, pero en vez de dar los antiguos paseos, se dedicaba a atrapar animales salvajes con los que saciar su sed.

De nuevo en su ciudadela, y al caer la noche del séptimo día, la muchacha que había conocido en sus últimas horas como humano se le acercó.

—Con el permiso de su señoría, me gustaría poder hablar a solas con vos.

Einar se encogió de hombros. Le daba igual hablar o no hablar. Solo deseaba que llegase el momento en que todos se fueran para poder salir a beber.

Con un ligero gesto, invitó a la joven a pasar a la biblioteca. Cerró las puertas una vez entraron los dos, se apoyó sobre una de las hojas y la miró fijamente.

—¿De qué queréis hablar, mi señora?

—Mi nombre es Alana, no recuerdo si os lo había dicho antes.

—¿Por qué creéis que me importa cómo os llaméis? Decidme lo que deseáis, tengo mucho que hacer.

—Unos pocos modales no os vendrían mal, mi señor. —La muchacha no parecía tener miedo a encararse con el rey.

Einar alzó una ceja al escucharla y se acercó a ella furioso.

—¿Cómo osáis dirigiros a mí en ese tono? ¿Acaso se os ha olvidado quién soy?

—Puede que lo haya olvidado, no estoy muy segura. —Su voz era demasiado insolente—. Quizás seáis un rey, o quizás solo seáis un simple vampiro recién creado que ignora cómo pasar inadvertido ante unos simples humanos.

Einar, molesto con el tono de la muchacha, escuchó cómo le señalaba como vampiro.

—¿Puedo saber de qué estáis hablando? ¿Habéis bebido demasiado esta noche, mi señora?

—No comes, no bebes, por el día no se te ve por ningún lado, solo a la noche un par de horas, y en el pueblo hablan de una bestia que mata a animales. Como ves, no es muy difícil juntar cabos, si sabes.

La última frase usó un tono demasiado irónico como para que Einar no supiese que le había desenmascarado.

—¿Quién eres tú, muchacha? —le preguntó con intriga y terror a partes iguales. No hacía una semana que era vampiro y ya había roto una de las reglas indicadas por Merian.

—Tranquilo, no tengo nada contra los vampiros. Mientras sepan ocupar su lugar, claro está.

—No sé quién eres ni qué pretendes. Te agradecería que fueras más explícita.

—Me llamo Alana y soy una sacerdotisa de la Madre. He sido enviada por la Orden para hacer de mediadora entre ellas y tú.

—¿Sacerdotisa? ¿Mediadora? —Einar no entendía nada de nada, para más inri, sentía un dolor en el pecho, una presión que le hacía tenerse que doblar.

—¿Sabes por qué duele tanto? ¿Cuánto hace que no te alimentas como es debido?

—Hace siete días asesiné a Kunibet, lo dejé completamente seco.

—¡Ah! Muy bien. Imagino que te desharías del cuerpo, ¿verdad?

—Pues lo cierto es que no. No pensé en eso.

Alana negó con la cabeza y se acercó a las puertas. Abrió una de las hojas y reclamó a un guardia. Le ordenó, bajo la autoridad del rey, que hiciese desaparecer el cadáver de las mazmorras con suma discreción, asegurándole que, si fallaba, se las vería con el monarca en persona. Cerró de nuevo la puerta y se dirigió hacia Einar.

—Vale, primera norma, nunca dejes los cuerpos a la vista —le dijo la muchacha. Él la miró sin comprender. Era una sacerdotisa, no debería protegerlo.

—¿Por qué me ayudas?

—Digamos que alguien muy próximo a mí me enseñó que no todos sois bestias. —Respondida la pregunta, se acercó aún más.

Alana comenzó a quitarse el pañuelo que llevaba anudado al cuello y apartó el cabello mientras le clavaba su mirada.

—Si vas a gobernar siendo vampiro, tienes que aprender a alimentarte sin atraer la atención. Abrázame.

Einar avanzó hacia la muchacha. Su cuerpo delgado parecía fácil de quebrar, pero en sus ojos había una determinación que lo cautivó. Cuando estuvieron a punto los cuerpos de tocarse la abrazó como ella le demandó.

—Ahora, suavemente, quiero que me beses en el cuello, como si besases a la madre de tu hijo.

Einar recibió sus palabras igual que una daga clavada en su corazón. Sentía una gran vergüenza por cómo había tratado a la reina. Cerró los brazos en torno al cuerpo femenino y besó su cuello con delicadeza, aspirando al mismo tiempo su aroma impregnado con el de la sangre.

Alana notó cómo se le erizaba el vello. Un estallido de electricidad la recorrió de arriba abajo. Sentía la fortaleza de los brazos del rey alrededor de ella, podía imaginarse a sí misma fuera de su cuerpo, abrazada y a punto de caer víctima de un ser de la noche.

—Ahora, con mucho cuidado, muérdeme. Piensa que cuanto menos lo sientan, más podrás beber de ellos y más larga será tu eterna oscuridad.

Einar clavó sus colmillos despacio, rasgando ligeramente la tersa piel femenina. Enseguida, un torrente de sangre inundó su garganta, haciéndole cerrar los ojos para disfrutar de ese sabor tan placentero que no había percibido en la sangre del usurpador.

Alana sintió un pinchazo doloroso en la piel, pero optó por no decir nada. Un nuevo escalofrío sacudió su cuerpo, pero mucho más fuerte esta vez. Elevó su mano derecha hasta el cuello del vampiro, empujándolo más hacia ella. Un ligero gemido salió de sus labios junto con una señal para que parase.

Einar se apartó un poco y vio cómo la muchacha pasaba su mano por los dos agujerillos de su cuello para cerrarlos.

La miró intrigado a los ojos y encontró cierto goce en ellos.

—No lo has hecho muy mal. Te falta práctica, pero pronto lo harás mejor. Te propongo un trato.

—¿Un trato? ¿Qué trato?

Alana se separó de él, caminó hacia una de las ventanas y miró por el cristal dándole la espalda.

—Tú necesitas aprender a vivir como un vampiro. Mientras tanto, podrás alimentarte de mí por las noches, así nadie sospechará nada.

Einar hizo una mueca de duda, era una oferta suculenta a la vez que insólita.

—¿Por qué lo harías?

Alana se giró y le miró fijamente a los ojos.

—No puedo tener hijos. De pequeña me asolaron unas fiebres que me dejaron estéril. Mi oferta es esta: Seré la madre de tu hijo, haré las funciones de reina y tú te ejercitarás para ser un verdadero vampiro.

A Einar le pareció una locura, pero Khein necesitaba una madre y él sabía que si alguien descubría quién acababa con los animales por la noche, podría correr la misma suerte que sus padres años atrás.

—De acuerdo. Acepto.

—Estoy segura de que no te arrepentirás. —Ella sonrió levemente y volvió a besarle en los labios para firmar así el pacto.

Capítulo XVII

XVII

Llegó la estación de las nieves y con ella un frío desolador. Las tierras se helaron, al igual que los lagos y los ríos. Las cosechas se echaron a perder y la gente apenas podía sobrevivir. Fue un principio de invierno terrible.

Dentro del castillo se anunció el nuevo enlace del joven rey con la misteriosa viajera. Nadie sabía que en realidad era una sacerdotisa, y si alguien llegase a descubrirlo, tendría que escapar por desobedecer el juramento que hizo al entrar en ella.

Con la marcha de Anne, Einar perdió la alianza con el rey Sagrad y el rey Keldon. Ambos le juzgaron por su actitud reprochable y retiraron el apoyo que le habían dado.

Sus tíos tampoco asistirían a la boda, pues el frío y el viento habían cortado los caminos.

La ceremonia sería de lo más sencilla e íntima. Einar trató de convencer a Alana para que fuese más llamativa, pero la sacerdotisa no quiso, alegando que podría llamar una atención indeseada. Así pues, no hubo invitados, ni música, ni ropas elegantes.

A la nueva reina se le ocurrió la idea de abrir el castillo a los más pobres con ocasión de la boda. Sabía de su extrema necesidad, y qué mejor manera de mantener las miradas lejos del vampiro que invitar a sus gentes al banquete.

Esa noche sería siempre recordada por los aldeanos. Fue la primera vez que entraban en un castillo y comían auténticos manjares. La llamaron *La Boda Blanca*, por la inmensa nevada que cayó en el reino.

Meses después del enlace y una vez pasado el peor invierno del que los más ancianos del lugar tenían memoria, llegó por fin la primavera. El reino parecía recobrarse de la escasez del año anterior. Los deshielos azotaron el pueblo, inundando casas, llevándose de nuevo a gente en las crecidas, pero al mismo tiempo, dio más vida a la tierra, que florecía y daba sus primeros frutos y cereales.

El mercado se volvió a recuperar tras arreglar los caminos, y muchos caballeros se unieron al ejército de Einar.

Sobre todo, caballeros errantes que habían decidido buscar fortuna.

Einar había aprendido mucho de Alana en los cuatro meses invernales, sentía cómo su fuerza había aumentado con el suministro de sangre que obtenía de su nueva mujer. Esta le había aconsejado que, además de beber de ella, aumentase el servicio, y le enseñó a servirse de sus criados para alimentarse de ellos también.

Esa primavera marcó la vida de Einar para la eternidad. Wyrlum, un caballero de los recién llegados, comenzó a fijarse en Alana.

Esta, sabedora de que su marido por las mañanas estaba ausente, empezó a crear amistad con él. La reina era conocida por sus paseos a caballo. Los usaba cuando necesitaba evadirse de las miradas indiscretas de la gente. Al principio, se negó a que nadie la acompañara, pero más tarde aceptó que Wyrlum la escoltase. El caballero empezó a obsesionarse con la reina. Donde ella veía una simple amistad, el veía deseo.

Una mañana de abril, la reina se disponía a salir, pero el caballero no daba señales de vida. En vez de quedarse o pedir que otro hombre la acompañase, decidió cabalgar sola. A mitad de recorrido, se paró en un prado y bajó del caballo. Planeaba recoger unas flores para hacer un collar. De repente, una rama crujió detrás de ella. Sin darle tiempo a girarse, oyó la voz del caballero.

—Buenos días, mi señora. Veo que me estabais esperando.

Alana pegó un brinco, sintió cómo el corazón le latía muy deprisa.

—¿Cuántas veces os he de repetir que no os acerquéis a mí como un asaltante de caminos?

—Tantas como sean necesarias para escuchar vuestra hermosa voz.

—Wyrlum, os he dicho muchas veces que no me habléis de ese modo, soy vuestra reina.

—Lo sé alteza, por eso cuando os he visto deteneros en este prado he sabido que me estabais esperando.

Alana frunció el ceño. Llevaba tiempo notando algo extraño en ese hombre, siempre tan atento con ella, tan servicial.

—No os esperaba, Wyrlum, he venido a recoger unas flores, no abuséis de nuestra amistad con ilusiones falsas.

—¿Ilusiones falsas, majestad? ¿Acaso me vais a decir que no os complace mi compañía?

—Me complace, sois un buen amigo, pero solo eso. Soy la esposa de vuestro rey.

—Yo no tengo rey, alteza, no sigo a un soberano que prefiere dormir por el día dejando a su bella mujer al alcance de los demás. —Se acercó a ella para abrazarla.

—Os aconsejo que no habléis así de vuestro rey, mi señor, o tendré que... —Se calló de repente al ver el gesto del caballero y dio un par de pasos atrás, tropezando y cayendo al suelo.

Wyrlum se lanzó sobre ella sujetándole las manos por las muñecas.

—¿Qué me aconsejáis, alteza? ¿Que me calle? Quizás os calle mejor yo a vos. —La intentó besar en los labios.

—¡Apartaos inmediatamente! Esto es un ultraje. ¡Soy vuestra reina!

—Hoy no Alana, hoy eres una simple mujer que va a ver lo que es un verdadero hombre.

Alana, aterrorizada, intentó zafarse de sus manos. Al ver que nada podía hacer por soltarse, mordió uno de los brazos con todas sus fuerzas. Wyrlum lanzó un alarido al aire, tenía que soltarse para quitársela de encima. Cuando logró librarse de los dientes de la mujer, la abofeteó.

—Así aprenderéis a no morder como un animal.

De repente, el aire transportó un grito de orden.

—¡Alto! ¡Aléjate de la reina o muere!

Wyrlum se giró y vio una patrulla de guerreros montados a caballo. Se separó de la mujer y se hizo a un lado. Sin una espada con la que luchar era hombre muerto.

—¡Guardias! Encerrad a este loco en las mazmorras. El rey querrá dar buena cuenta de él. —Wyrlum sangraba por el labio roto que le había producido el bofetón.

—Como ordenéis, alteza. ¡Vamos, escoria! En buena te has metido, si no te ahorcan, con suerte te echarán a los lobos.

Uno de los hombres bajó del caballo y ayudó a la reina aún asustada a montar en el suyo, luego cogió las riendas y volvieron al castillo.

Alana no podía creer lo que había pasado. Jamás se había interesado en tener una relación con ese hombre.

Einar no había despertado todavía, pero a sus oídos llegaba todo lo que sucedía en el castillo. Al escuchar el ataque a su esposa, abrió los ojos, colérico. Deseaba matar a ese hombre, deseaba arrebatarle toda la sangre de la peor manera posible.

Alana estaba en la habitación cuando el rey despertó.

—¿Cómo estás, querida? —Le preguntó cuando salió del ataúd.

—Ya te has enterado, ¿verdad?

—Sí, te juro que lo va a pagar caro. Pienso hacerle ver lo que soy, pienso desangrarle tan lentamente que me va a suplicar que lo mate.

—En el viaje, cuando vine por primera vez a tu reino, escuché historias sobre un poderoso brujo que se vendía al mejor postor.

—¿Y qué hago yo con un brujo, querida?

—Se ha portado como un animal. Quiero que viva el resto de sus días como un animal.

Einar sonrió. Desde que se convirtió en vampiro, una mancha negra iba creciendo en su interior, cada día que pasaba más negra se hacía su alma.

—Me gusta esa idea. ¿Sabes dónde encontrar a ese brujo?

—Creo estar segura. Envía a unos guardias al este de la torre negra. Dicen que vive en una cabaña, bajo la montaña.

—Esta noche se lo diré al capitán y mañana mandará un grupo de exploradores.

—Gracias, esposo. He pasado mucho miedo, pensaba que me iba a...

Einar la atrajo hacia sí para consolarla.

—Ya pasó, pronto cobrarás tu venganza.

A la mañana siguiente, una partida de cinco rastreadores partió a buscar al brujo. Tardaron algo más de un mes en llegar a la torre negra, capturarlo y volver.

Durante ese tiempo, Einar bajó todas las noches a las mazmorras para alimentarse del caballero. Wyrlum estaba más agotado cada día por la falta de comida y la pérdida de sangre.

Alana tuvo que intervenir para recordarle a Einar que la venganza era suya, no de él.

Al fin, a primeros de junio, el grupo de exploradores volvió con el brujo. Helm, como se hacía llamar el hechicero, parecía un hombre simple, de lo más normal, a no ser por la carreta que transportaba. En su interior había componentes de todo tipo. Ancas de rana, colmillos de serpiente, patas de rata, etc.

Fue llevado ante la presencia de los reyes en la biblioteca. A Alana le gustaba esa habitación. Era grande, acogedora y había infinidad de libros que leer.

Cuando los guardias cerraron las puertas, Einar se levantó de la silla y avanzó unos pasos hacia el brujo.

—Bienvenido seáis. Ante todo, quiero daros las gracias por acudir con tanta premura.

—Siempre es interesante trabajar para un rey. —Su voz parecía sacada de lo más profundo de una caverna.

—Soy Einar Collinwood y esta es mi esposa, la reina Alana.

Helm inclinó levemente la cabeza.

—Yo soy Helm. A vuestro servicio, siempre que paguéis como es debido.

—¿Y cuánto es lo debido? —Se apresuró a preguntar la reina.

—Depende de lo que queráis. No es lo mismo un veneno que una ilusión.

—Nada de venenos ni de ilusiones. Lo que yo quiero es una maldición. ¿Puedes hacerla?

Helm se rascó la barbilla mirándoles a los dos. Parecían tener muy claro lo que querían.

—¿De qué clase, mis señores?

—De esas que no desaparecen una vez muerto el maldecido —contestó la reina.

Einar miro a Alana y frunció el ceño.

—¿Quieres condenar a su estirpe también?

—Él se lo buscó —dijo la reina escueta.

—Serán diez monedas de oro.

Alana miró a Einar deseando que este aceptase el trato.

Einar se lo pensó, pero al final asintió con un gesto. Le debía más que la vida a esa mujer.

—¿Para cuándo la necesitáis? —preguntó Helm.

—Lo más pronto posible —contestó Alana.

—Una semana.

—Que así sea. ¡Guardias! —llamó Einar.

Dos soldados abrieron la puerta raudos a la llamada de su señor.

—Acompañad a este hombre a la posada. Procurad que no se le moleste.

—Así se hará, mi señor —contestaron los hombres al unísono.

A la semana siguiente, previo pago, Einar, con la ayuda de Helm, echó una maldición a Wyrlum. De nada sirvieron los ruegos y lágrimas del caballero, al conocer el grado y el alcance de la sentencia. Había condenado a toda su descendencia por una tontería.

Por el contrario, Einar se daría cuenta, con el paso del tiempo, del error que cometió esa fatídica noche.

SEGUNDA PARTE

EL CROMLECH DE LA LOBA BLANCA

JAVIER PIÑA CRUZ

Capítulo XVIII

XVIII

Natasha dormía plácidamente en su cama, cerca de la chimenea que caldeaba o intentaba caldear la habitación. Fuera, la temperatura había descendido a menos treinta y dos grados.

Una sombra se fue acercando a ella, deslizándose en la oscuridad hacia su lecho. Se paró a los pies de este, y fijó sus ojos en la muchacha. Unos susurros salieron de su boca y llegaron a los oídos de Natasha que continuaba dormida.

«Ven a Yellowstone, te necesitamos».

Un gran parque apareció en sus sueños. La chica empezó a removerse entre las sábanas, inquieta. Se veía a sí misma dirigiéndose a un parque en compañía de sus padres, muertos en un accidente de coche hacía seis meses. Parecía ser otra ciudad, otro país; un lugar que ella no había visitado jamás, pero que conocía por los documentales.

En su sueño, estaba rodeada de gente desconocida que la trataba de igual a igual y de una manada de lobos que la reconocían y por los que sentía cariño.

Se despertó asustada, por un momento le pareció ver algo desapareciendo en las sombras, pero no le dio importancia. Pensó que se debía a sus ojos, que estaban acostumbrándose a la luz tenue que desprendía el fuego del hogar.

Se sentó en la cama con las piernas cruzadas. ¿Qué significaba ese sueño?

Abrió la mesilla de noche y cogió su diario. Fue a la primera página en blanco y anotó lo que había visto. Se levantó y se abrochó la bata. Caminó hacia la cocina y bebió un vaso de leche. De nuevo se metió en la cama, pero ya no pudo dormir. Aquel sueño volvió a repetirse una y otra vez durante los últimos seis meses. Justamente desde aquella noche en que se convirtió en una huérfana.

Vio pasar las horas del reloj como quien ve caer las hojas en otoño. ¿Se estaría volviendo loca?

Apenas comía ni dormía. Cuando podía hacerlo, soñaba con la noche del accidente, y durante el día, unos extraños sentimientos anidaban en ella.

Decidió ir a un especialista. Las primeras noches consiguió dormir bien, gracias a los fármacos que le recetó el psicólogo, pero aquello no duró mucho. Al comenzar la segunda semana de tratamiento, de nuevo se vio en el parque, volvió a no poder dormir esa noche y esa sensación que habitaba en su interior aumentaba sin que pudiera hacer nada para evitarlo.

Natasha nació en San Petersburgo. Desde muy pequeña se sintió diferente. Algo en ella invitaba a los otros niños a no compartir sus juegos. Percibían algo en su persona que los alejaba.

Cuando la niña se lo contaba a sus padres, estos solían lanzarse miradas cómplices que la pequeña no llegaba a descifrar.

Según crecía, el temor de los otros lo hacía también.

Estudiaba medicina en la Universidad Estatal, y su popularidad subió un poco debido a que era de las pocas chicas que medía un metro ochenta y ocho centímetros.

Tash, como la llamaban sus padres, era rubia natural, tenía los ojos de color verde y una sonrisa cautivadora. Pesaba sesenta kilos y podía correr a gran velocidad, lo que le facilitó el ingreso con una beca de atletismo.

Se pasaba el día entero entre libros. Le apasionaba todo lo relacionado con la medicina. En su mente tenía grabado ser una pediatra de renombre. Si había algo que le gustase más que la medicina, eran los niños.

Muchas veces trabajaba de canguro de la hija menor de los señores Kozlóv, un matrimonio que vivía enfrente de su casa.

La noche de su decimo octavo cumpleaños cambió su vida para siempre. Tash había salido de un centro comercial. Se había *auto regalado* un móvil de última generación. Mientras iba caminando calle abajo, empezó a sentirse más rara de lo normal. Un sentimiento de odio y rabia comenzaba a crecer en ella. Sin saber cómo, fue arrastrada hacia un callejón por dos hombres que habían salido de la nada. Tash forcejeó, intentó gritar, pero uno de ellos rápidamente le puso un trapo en la boca y lo apretó con la mano para que no pudiera pedir auxilio. El otro le sujetó los brazos y tiró de ella hacia una puerta de una trastienda abandonada. La metieron dentro y la tiraron al suelo.

Era un local oscuro que parecía abandonado desde hacía muchos años. Había telarañas por las esquinas. Las vigas estaban a simple vista. Los ladrillos se veían desgastados, y de las dos ventanas que daban a la calle, una tenía los cristales rotos, con cartones en su lugar que impedían ver el interior. El suelo estaba lleno de polvo y suciedad. Al caer al piso vio huir unas ratas hacia la oscuridad. Se levantó una espesa capa de polvo, lo que hizo que tosiera varias veces.

Natasha, sumida en el miedo, miraba a los dos hombres. Uno de ellos tendría alrededor de cuarenta años, el otro era más joven, no llegaría a la treintena. Ambos tenían miradas lascivas que recorrieron el cuerpo de la joven. Natasha se había hecho un ovillo, con su espalda apoyada contra una pared. La cogieron de las piernas y tiraron de ella, despojándola de la escasa seguridad que le proporcionaba el contacto de la fría piedra. El de mayor edad le sujetó los brazos valiéndose de sus rodillas. Tash sentía todo el peso del hombre, calculó que pesaba unos ochenta kilos. El más joven intentó abrir sus piernas para separarlas.

Natasha se encontró impotente, la fuerza de su cuerpo no era suficiente para enfrentarse a los dos individuos. Quiso gritar, luchar contra ellos, pero era imposible. Cerró los párpados y pidió auxilio entre lágrimas. Un rugido rasgó su garganta. Cuando abrió los ojos ya no eran verdes, sino amarillos; su mirada de adolescente dejó pasó a otra muy distinta, de ira y de hambre. Sin saber cómo, liberó sus brazos prisioneros del hombre de más edad. De sus manos habían crecido unas garras muy afiladas. Las clavó en la carne del agresor y lo lanzó por encima de su compañero. Sin mediar palabra, se quitó el trapo de la boca y se deshizo del segundo asaltante, abalanzándose sobre él y mordiéndolo en la yugular. Sentía la sangre manar del cuello del más joven. Tiró de la carne y la hizo jirones. El hombre más mayor que había presenciado la transformación *in situ* cogió una barra y se mostró amenazante, blandiéndola con las dos manos mientras se protegía el cuerpo con el metal.

—¡No sé qué monstruo eres, pero ven a por mí, si te atreves!

Sin dudarlo, Tash se lanzó hacia él, le arrebató la barra de un mordisco y lo destripó con sus garras. Un montón de vísceras, órganos y sangre cayeron a sus pies y ella no podía detenerse. Los dos hombres gritaban y lloraban, presas del dolor y del miedo. No podían haber previsto que aquella muchacha dulce e inocente se convertiría en una bestia asesina. Una criatura entre un ser humano y un animal.

De pronto, recibió un empujón que la hizo caer al suelo. Se sintió mareada por un momento, pero buscó de inmediato a su agresor. Cuando lo localizó, un pequeño gruñido salió de su garganta. Frente a ella había un gran lobo. Sus ojos eran amarillos como el sol y tenía su pelaje anaranjado. La miró fijamente y se aproximó sin dejar de observarla. Era como si no tuviese miedo, sus orejas se movían cuando captaba algún sonido de fuera del local. Cuando llegó a la altura de la chica se sentó frente a ella. Natasha lo miró intrigada. Alargó la mano para tocar el pelaje del animal. Era suave, sedoso. Sentía dentro de ella que no la temía. El animal bajó un poco la testa y le permitió que lo acariciara. Después lamió la mano de la muchacha, cuyas garras comenzaron a transformarse en uñas de nuevo. En pocos segundos, volvió a ser la misma de siempre. Pero totalmente desnuda.

Natasha soltó un grito de pánico, se arrimó a la pared y empezó a llorar cubriéndose la cara con sus dedos.

—¡Oh, Dios mío! ¿Qué he hecho? ¡Los he matado! —gritó. Inspeccionó sus manos en busca de las garras, pero no las encontró.

—Será mejor que nos vayamos, tu vida aquí a partir de ahora corre peligro. —Tash se sobresaltó, no esperaba que hubiera nadie más, y era cierto. La voz provenía del lobo.

—¿Cómo puedes hablar? ¿Cómo es posible que te entienda si eres un lobo?

La bestia movió la oreja al captar un sonido, giró la cabeza y enseñó sus dientes. Había percibido algo que la chica no podía.

—No hay tiempo de explicaciones. Han oído gritar a los humanos, debemos irnos o te encerrarán y te matarán.

—¿Pero irme dónde? Además, es imposible que te pueda escuchar. Eres un simple lobo y los lobos no hablan.

Tash se sentía ridícula hablando con un animal salvaje. De pronto se vio a sí misma de niña, hablando con perros y gatos, y eso la hizo sonreír de melancolía.

El lobo, ante la inminente amenaza y el deseo de salir de ese lugar, se transformó en humano. Era un hombre calvo, de unos cuarenta años. Sus facciones eran amigables, pero dentro, ocultas a la vista, podían convertirse en fieras e intimidantes. Su cuerpo parecía una roca, llevaba una camiseta sin mangas, unos pantalones hasta la rodilla y en la cintura dos cuchillos, uno en cada cadera que brillaban en la oscuridad.

—¿Quieres levantarte de una vez? No me está permitido hacer daño a los humanos.

Tash se incorporó poco a poco, estaba aterrada. Hacía solo un momento había visto un lobo anaranjado y ahora estaba hablando con un hombre.

—¿Qué… o quién eres?

—Tu protector. Ahora no hay tiempo de presentaciones. Comenzó a desnudar al hombre que en mejor estado había quedado su ropa y se la lanzó.

—Vístete rápido.

Natasha comenzó a ponerse la ropa con cierto asco, cuando acabo se sintió algo agradecida de poder tapar su cuerpo.

—Dame la mano y corre.

—Al menos dime cómo te llamas.

—Jason McAdams.

Natasha no entendía nada de lo que estaba pasando. Miró a los dos hombres que la querían agredir y comprendió que no tenía explicación para lo ocurrido. Si se quedaba y explicaba que algo se apoderó de ella y desmembró a los hombres que yacían tirados, la tacharían de loca y la internarían en un psiquiátrico. Su única oportunidad era irse con el desconocido, ese hombre mitad lobo, mitad humano. Él tendría las respuestas que ella necesitaba. Le tendió su mano y salieron corriendo atravesando las ventanas.

Jason llevó a la chica a su piso, en las afueras de la ciudad. Allí le dio ropa nueva y le dejó que se duchara mientras él preparaba café.

Natasha entró al baño y abrió los grifos para que el agua se calentase mientras se desnudaba. En su mente no dejaba de ver lo que había hecho. Tash sabía que no era responsable ni había sido consciente de aquello. Tocó el agua, y cuando fue de su agrado, entró en la ducha y cerró la mampara.

Permaneció quince minutos sentada en el suelo, mientras el líquido humeante acariciaba cada centímetro de su suave piel.

Se preguntaba por qué había pasado eso, por qué habría ido a ese centro comercial cuando tenía una tienda de telefonía más cerca. Buscó cualquier excusa para culparse de los actos de aquella noche.

Escuchó a Jason avisarla de que el café estaba listo. Cerró el agua y cogió una toalla pequeña para secarse el pelo, se la enrolló en la cabeza y luego cogió otra mayor para el cuerpo. Miró la ropa que le había prestado. Era ropa de mujer, una camiseta ajustada que no le hizo mucha gracia por lo pequeña que era, unos pantalones y ropa interior. Todo de su talla, aquello le extrañó. Cuando se vistió, salió del baño y fue hacia el salón.

Ahí estaba Jason, sentado en un sofá con una taza en la mano. Cuando la vio acercarse se levantó y la invitó a que se acomodara frente a él. Cogió la cafetera italiana, le llenó la taza y luego volvió a su asiento. La miró fijamente.

—Imagino que te preguntarás qué ha pasado esta noche. Te voy a contar todo, pero necesito que tengas la mente abierta. Créeme, no eres la primera ni la última en pasar por esto.

Natasha tomó la taza y se la llevó a los labios. El café estaba caliente pero no quemaba y el suave aroma que desprendía le resultaba placentero. Lo miró y asintió con la cabeza. Aún estaba algo nerviosa, pero necesitaba saber lo que había ocurrido.

—¿Sabes qué son los hombres lobo?

Tash enarcó las cejas. Esto era demasiado para ella. Primero la intentan violar, luego algo que la controla asesina a los violadores y ahora un completo desconocido le habla de hombres lobo.

—Creo que tengo que irme. Te agradezco lo que has hecho, pero esto es demasiado para mí. Cuando llegue a casa, te devolveré la ropa. No sé qué habrá pasado esta noche, pero dudo que tenga que ver con hombres lobo.

Jason negó con la cabeza a la vez que sonreía irónicamente.

—¿Por qué siempre los cachorros os comportáis como borregos? Olvida todo lo que creas saber de los hombres lobo, todas las películas, libros..., todo lo que hayas visto o leído es mentira. No somos animales que pierden el control cuando se transforman, tampoco necesitamos la luna llena para ello.

Jason la miraba, mientras hablaba sabía que a la chica le costaría entenderlo.

—Apuesto que, de pequeña, los otros niños se apartaban de ti y que fue a peor a medida que ibas creciendo. A eso lo llamamos «el espíritu del lobo». El lobo siempre ha estado en tu sangre, desde que naciste, ha madurado contigo, día a día, año a año. Cuando te has hecho una herida ha curado deprisa, cuando te has roto un hueso ha soldado más rápido. Y me atrevería a decir que casi nunca has estado enferma. ¿Me equivoco?

Natasha tenía la boca abierta. Las manos le temblaban. ¿Cómo podía ese extraño conocerla tan bien? Sacudió la cabeza.

—¿Cómo sabes todo eso?

—Te lo he dicho antes. No eres ni la primera ni la última.

Tash comenzaba a creer en lo que decía aquel hombre.

—¿Hay más como nosotros?

—Sí, y mi misión como tu protector es llevarte al Crómlech.

—¿Qué es un crómlech?

Jason sonrió y bebió un poco más de café.

—Ahora es tarde, tu cuerpo necesita descansar. Usa mi cama, yo dormiré en el sofá.

Tash se levantó, dejó la taza en la mesa y fue hacia la habitación que le había señalado. Antes de entrar, se dio la vuelta hacia él.

- Gracias, por haberme detenido…

Capítulo XIX

XIX

Natasha se despertó desorientada y miró el reloj de la mesilla, marcaba las nueve de la mañana. Se sentó en la cama y recordó el día anterior, el ataque, su defensa, la aparición de Jason. Se levantó y se vistió. Mientras lo hacía, escuchaba los pasos del hombre al otro lado de la pared. Sin duda, llevaría un rato despierto.

Abrió la puerta y se dirigió al salón. Cuando llegó, se encontró con el desayuno en la mesa.

—Buenos días —dijo ella.

Jason se había sentado a leer el periódico, alzó la vista de la tablet y le devolvió el saludo.

—Buenos días, Natasha. ¿Has dormido bien?

—Sí, muchas gracias por dejarme tu cama, he dormido del tirón.

—Me alegro, porque hoy empieza una nueva vida para ti. Desayuna, dentro de una hora nos iremos.

—¿Irnos? ¿Dónde?

—Al Crómlech, nuestros hermanos y hermanas te querrán conocer.

Natasha no continuó preguntando, no quería parecer impertinente. Se sentó y observó lo que Jason había preparado.

En el centro de la mesa estaba la cafetera italiana, a un lado un plato con distintos bollos y al otro, huevos y beicon.

Natasha se relamió, se sirvió una taza de café y cogió dos crujientes lonchas y unos huevos.

Lo observó durante el desayuno. Parecía dedicar muchas horas al gimnasio. Estaba muy musculado, como los hombres que había visto en las revistas. Sabía que podría levantarla del suelo con un solo brazo. Realmente le parecía apuesto, pero desechó ese pensamiento enseguida. Su anfitrión tenía edad suficiente para ser su padre.

—¿A qué te dedicas, Jason?

—Trabajo de guardia de seguridad —respondió él, lacónico.

—¿Y todos los guardias sois tan musculosos?

Jason levantó la mirada de la tablet una vez más y la fijó en la chica.

—Se me había olvidado lo curiosos que sois los cachorros. Hazme un favor, acábate el desayuno.

Tash se mordió levemente el labio y siguió desayunando en silencio.

El móvil de Jason empezó a sonar, el hombre se levantó y contestó.

—Hola, Madre. Sí, está desayunando —declaró—. Fue muy brusco, hubo mucha sangre. Desde luego, ahí estaremos.

Jason colgó el teléfono y miro a Tash.

—Nos vamos. Si no has acabado, termínatelo por el camino.

Natasha se levantó con rapidez y fue a coger sus objetos personales a la habitación. Cuando volvió, Jason ya estaba preparado. Sujetaba una bolsa de deportes que tendió a la chica.

—Toma. Aquí hay un poco de dinero, ropa, un pasaporte nuevo y la tarjeta del seguro médico.

Natasha la agarró sin preguntar. Había matado a dos hombres y sabía por la televisión que las cárceles rusas eran de las peores.

Jason y Tash abandonaron el piso y bajaron por las escaleras hasta el portal. Salieron a la calle y se montaron en un Lada Vesta de color negro.

Ya en el coche, Jason condujo hasta el Parque Alejandra. El viaje duraría cerca de cuarenta minutos. Abrió la guantera y sacó un cigarro del paquete que guardaba, lo encendió y la miró.

—Ahora te voy a llevar con la anciana de la manada. Ante todo, muéstrale respeto, es una mujer muy temperamental, así que no conviene enfadarla —advirtió—. Te hará muchas preguntas, contesta la verdad.

—¿Me va a interrogar?

A Jason se le escapó una carcajada mientras bajaba la ventanilla para que saliese el humo.

—¿Aceptarías en tu casa a cualquier desconocido?

—No, pero no es igual.

—Claro que lo es. El Crómlech es un lugar místico, en donde nuestros espíritus de lobos reposan y recobran energía.

Tash intentaba asimilar todo lo que Jason le decía. Estaba asustada, su vida había cambiado de repente y no sabía qué hacer ni hacia dónde la llevaría el camino que iba a emprender.

Bajaron del coche y Jason se paró, la cogió de la mano, haciendo que la chica se parase en seco.

—Estás nerviosa y no deberías. No hay lugar más seguro que el Crómlech. Es un lugar apacible en mitad de la naturaleza, sin coches, sin gente que te quiera hacer daño. Ahí únicamente está tu familia.

—Te equivocas, Jason, mi familia murió hace seis meses. ¿Por qué te empeñas en usar esa expresión?

—¿Prefieres que diga «manada»? Porque eso es lo que somos.

—Preferiría despertarme en mi cama y que todo esto fuera solo una pesadilla.

Jason la rodeó con sus brazos e intentó tranquilizarla.

—Mira, pequeña, ¿no sientes curiosidad por lo que te ha pasado? ¿Por qué ahora? ¿Qué es lo que puedes hacer? —preguntó en tono retórico—. Yo a tu edad la sentía y la manada me ayudó a despejarla.

—Pero, ¿y si me rechazan? ¿Qué haré? ¿Dónde iré?

Jason se mordió el labio, dubitativo. No tenía muy claro si debía hacer lo que estaba pensando. Se pusieron en camino lentamente.

—Si por alguna casualidad te ocurriese algo, te prometo que te sacaré de aquí y nos iremos a los Estados Unidos. Me han hablado de un Crómlech, en Wyoming, en el parque de Yellowstone.

Natasha enarcó las cejas y le miró sorprendida.

—¿Yellowstone? ¿Estás seguro?

—A menos que lo hayan abandonado, sí. ¿Por qué lo dices?

—Desde que murieron mis padres no hago más que tener sueños con ese parque, hasta el punto de creer que me estaba volviendo loca.

—Tash, no estás loca —afirmó él—. Por algún motivo, el Crómlech te está llamando y hasta que no vayas no dejará de hacerlo.

El hombre se detuvo y sacó el móvil del bolsillo.

—Me tendrías que haber dicho antes lo de esos sueños. Tu sitio no está aquí.

—¿Cómo dices? ¿Cómo podría saber si eso era importante?

Jason se separó un poco de ella cuando alguien al otro lado contestó al teléfono.

—¿Da?

—Iván, soy Jason. Pásame con la madre.

—¿Ocurre algo, Jason?

—Madre, ha habido un cambio de planes.

—¿A qué te refieres?

—A que nos vamos a los Estados Unidos. Natasha ha tenido sueños con el Crómlech de Yellowstone.

—¿Cómo es eso posible?

—No lo sé, pero mi deber es acompañarla. Te llamaré cuando lleguemos.

—Ten cuidado —pidió la mujer—. He sabido que los vampiros atacaron Central Park no hace mucho.

—Lo tendré.

Jason se guardó el móvil en el bolsillo y se giró hacia Natasha que le estaba observando sin saber qué pasaba.

—¿Te apetece hacer un viaje?

Natasha le miró incrédula. Tenía la sensación de que ese hombre le estaba organizando la vida sin tener en cuenta su opinión.

—No. No hasta que me expliques qué está ocurriendo.

—Lo que ocurre, pequeña, es que este no es tu sitio.

—¡Vaya! Y según tú, ¿cuál es mi sitio? —preguntó Tash alterada.

Jason le indicó con un movimienro movimiento de cabeza que volviera a andar, esta vez de regreso al coche.

—No es lo que yo decida, Tash. Si un Crómlech te llama tan insistentemente debes ir. Algo está pasando o está a punto de pasar, y necesita que estés allí.

Tash se paró en seco y empezó a resoplar. Estaba cansada de que hablase y hablase y no le explicase nada. A sus dieciocho años, su vida no paraba de cambiar y no podía soportar no tener ni un pequeño atisbo de control sobre ella.

—Se acabó, no me moveré de aquí hasta que me digas de una vez de qué va todo esto. Es de mi vida de lo que estamos hablando. ¿Lo entiendes? —Se cruzó de brazos y lo miró enfadada.

Jason tensó la mandíbula. No le gustaba tratar con cachorros, hacían que las cosas más fáciles se convirtieran en imposibles.

—Vamos al coche, aquí hay demasiada gente.

—Está bien, pero como no comiences a largar, me bajo y me voy por mi cuenta.

Ambos se dirigieron de nuevo al coche, que estaba en el parking. Una vez dentro, Tash no se puso el cinturón esperando que Jason no hablase y así tener una salida.

Este abrió la guantera, cogió el paquete de tabaco y encendió un cigarrillo, luego guardó la cajetilla en el mismo sitio y miró a Tash.

—Bien. Hablemos desde el principio, pero antes déjame decirte una cosa. A mí me da igual lo que hagas. Soy tu protector, pero no soy tu padre. Si quieres irte, vete, pero no esperes ayuda cuando la necesites. —Intentó asustarla. Tal vez así lo escuchase.

Natasha lo miró fijamente y se mantuvo callada a pesar de la regañina que le había echado.

—Todo empezó en la antigüedad. —Jason comenzó a hablar—. Nadie sabe la fecha. Se cuenta que un rey llamado Einar encargó a un brujo que maldijera a un caballero por cometer el grave delito de intentar forzar a la reina. Lo condenaron a vivir siendo un animal. Pero no solo eso, su maldición también afectaría a sus hijos y a los hijos de sus hijos. El caballero suplicó al rey que le castigase a él, pero no a su descendencia. El brujo se apiadó del caballero y manipuló la fórmula. Esta, en lugar de actuar sobre toda la descendencia, solo lo haría cada dos generaciones en el futuro.

»Tras maldecir al caballero, el rey se dio cuenta del error que había cometido. Había creado toda una raza de hombres lobo a la que no podía controlar.

»Lejos de quedarse satisfecho por haber arruinado la vida al caballero, Einar volvió a requerir al hechicero y le ordenó crear un nuevo conjuro. No solo seguirían siendo hombres lobo, también portarían una enfermedad llamada «rabia de lobo» que los enfrentaría entre sí. Einar, además del soberano, era un vampiro, y él no podía combatirlos a causa de su debilidad diurna y su menor fuerza. Antes, los usaría a ellos para que se destruyeran mutuamente.

»Así fue como el brujo ordenó para ello la fabricación de flechas bañadas en un ungüento maldito. Como los primeros hombres lobo no pudieron huir del reino, el monarca ordenó una purga. Todos los niños y niñas fueron asesinados para evitar más nacimientos, y los padres, usados para prácticas de tiro de la guardia real. Finalmente, a los supervivientes de la matanza se les separó por sexo. Nunca más engendrarían nuevos monstruos.

»Pero la misma fuerza que castigó años atrás a su tío Leofric por asesinar a su propia familia, consiguió que unos cuantos escaparan. Aprendieron a cambiar de forma, pues antes de la purga, únicamente podían transformarse en bestias que andaban a dos patas y llegaban a medir hasta dos metros de altura. Ahora que habían conseguido dominar el odio que habitaba en sus almas, eran capaces de cambiar de humanos a lobo y así camuflarse entre los animales salvajes. Pero seguían teniendo una debilidad: La procreación solo tenía éxito dentro de su misma especie.

»Pasaron años hasta que lograron formar lo que hoy conocen como «manada».

»Y no fue hasta treinta años después que empezasen a rendir culto al Espíritu del Lobo, el cual les había salvado de la cruel y abominable matanza de Einar.

»Más tarde, el mismo brujo que los había condenado, huyó del rey cansado de sus abusos, y los ayudó a vincular el espíritu del animal al de los hombres lobo, dando vida a los Crómlech donde residiría su esencia.

»Siete siglos después de que el rey maldijera al primer hombre lobo y cansado de ver cómo sus intentos fracasaban una y otra vez, ha decidido crear a nuevos vampiros con una única meta. Hundir el mundo en una auténtica oscuridad

Natasha escuchó incrédula la historia. No se imaginaba qué afrenta merecía una venganza tan horrorosa.

—Y de esa maldición hemos nacido nosotros ¿verdad? ¿Hay forma de romper la maldición? —Quiso saber Tash.

—Si la hay, nadie lo ha sabido —respondió Jason—. Desde la antigüedad hemos sobrevivido adaptándonos al entorno. Tomamos costumbres de otros humanos, nos mezclamos y alguna vez los defendemos de ellos mismos —explicó—, pero nunca dejamos ver lo que somos realmente. Si algún día lo descubriesen, la guerra sería contra nosotros.

Tash asintió, dando a entender que había comprendido lo que Jason le había contado. Más tranquila, se abrochó el cinturón de seguridad y se preparó para un viaje incierto.

Capítulo XX

XX

Después de que Jason hiciera todos los trámites necesarios para salir del país, tomaron un avión rumbo a los Estados Unidos.

Fue un viaje largo, Natasha nunca había estado fuera de su ciudad. Por un lado, tenía interés, curiosidad por ver el país que todos idolatraban por la televisión. Por otro, sentía un miedo atroz. Se veía sola con un desconocido en la otra parte del mundo.

Después de casi un día entero en avión y cuatro escalas, por fin llegaron a Jackson Hole, un pueblo de veintitrés mil personas a las faldas del parque nacional de Yellowstone.

Reservaron habitación en un motel donde pasaron la noche después de tomar una relajante ducha. Al día siguiente, ya descansados del viaje, se internaron en el parque.

Jason comandaba la travesía con un paso militar que la joven seguía sin problemas. Tash no dejaba de observar la maravilla de paisaje que se mostraba ante sus ojos. Caminaban por una senda que subía a las montañas. De pronto, escuchó unos aullidos a lo lejos. Podía ser una bienvenida o una advertencia por estar a punto de entrar en territorio ajeno.

Jason se paró en seco. Él también los había oído. Olfateó el ambiente y se acercó a una curva que había en el camino. Al rebasarla, un joven lobo los contemplaba a poca distancia. No medía más de metro y medio, el pelaje era grisáceo y sus ojos marrón avellana no perdían detalle de lo que sucedía frente a ellos.

Jason advirtió, por el movimiento en zig zag de la cola, que se trataba de una bienvenida. Indicó a la chica que se acercara. Natasha se colocó a su lado y ambos se aproximaron al animal. El lobo echó a correr en la misma dirección por la que había llegado y se escondió entre unos matorrales. Pasados unos minutos, salió en forma humana y se dirigió hacia la pareja.

Era un chico de no más edad que Natasha. El cabello moreno le llegaba hasta los hombros y enmarcaba un rostro simpático. Los ojos castaños emanaban cierto aire de madurez.

—Buenos días tengáis, hermanos —saludó el crío—. Mi nombre es Jhonny, he sido enviado por el anciano para llevaros ante él.

—Buenos días a ti también. Yo me llamo Jason y ella es Natasha

Jhonny miró alternativamente a la muchacha y al visitante que la acompañaba. A pesar de ser hombres lobo también podían ser una amenaza.

Cuando estuvo seguro les hizo una señal con la mano para que lo siguieran. Comenzó a caminar a buen ritmo para poner a prueba a los forasteros. Estos lo mantuvieron sin problemas y entonces lo aumentó un poco más. El Crómlech quedaba a media jordana y tenía muchas cosas que hacer cuando llegasen.

Tash marchaba tranquila, seguía observándolo todo, desde las copas de los árboles, que empezaban a dar la bienvenida al otoño, hasta los animales más pequeños como conejos y ratones. Lo que más le impactó fue la presencia de un lobo negro en lo alto de una loma. Parecía que los estaban estudiando. Hizo una señal a Jason para que lo mirase.

—Un vigía —dijo este escueto, y siguió caminando.

Tardaron casi cuatro horas en llegar a su destino.

Jhonny se detuvo ante una de las vallas que rodeaban lo que parecía ser un rancho. Había varias cabañas dentro del cercado, algunas estaban habitadas, otras parecían cerradas. Un pozo en mitad de la explanada central abastecía de agua al complejo. Fuera del perímetro, a unos centenares de metros, se encontraba el lago Jackson.

De todo lo visto en ese momento, lo que más le llamo la atención a Tash fue la vestimenta de los lugareños. Reconoció al instante la indumentaria de los Amish gracias a algunas películas que había visto en Rusia. Se acercó a Jhonny y le preguntó sobre esto.

—Es fácil, verás —contestó él con una sonrisa—. La comunidad Amish vive aislada de las ciudades, no suelen tener visitas que no desean, por lo tanto, este es un buen disfraz para nosotros. Y también lo será para vosotros, si queréis pasar desapercibidos.

Jason sonrió ante la perspectiva, y Natasha se quedó asombrada por la inteligencia de la táctica.

Jhonny abrió la puerta de la valla y los invitó a entrar, cerró tras ellos y se dirigió directo hacia la casa más grande. En la puerta los esperaba el Anciano. Un hombre de unos cincuenta años, con el pelo cano y una cicatriz en la mejilla, no demasiado grande, pero sí lo suficiente para impresionar en un cara a cara. Llevaba el sombrero en la mano, como si hubiera salido de la casa no hace mucho.

Al llegar a su altura se detuvieron y Jhonny se adelantó un par de pasos.

—Anciano, ¿estos son los visitantes que predijiste que vendrían?

—Así es, cachorro —dijo el anciano. Luego caminó hacia Jason y Natasha—. Bienvenido seas, hermano. Sé que has hecho un gran esfuerzo para traer a esta loba con nosotros.

Jason inclinó la cabeza en señal de respeto.

—Fui nombrado su protector desde antes que ella naciese, mi lugar está donde ella vaya.

El anciano asintió y miró a Natasha.

—Y tú, cachorra, gracias por haber venido. Urin, el espíritu del Crómlech me ha hablado de ti en sueños. Eres muy importante para esta manada. No en todas las generaciones nace una loba pura.

Natasha enarcó una ceja y buscó la mirada de Jason. No sabía a qué se refería con «pura», pero aun así inclinó la cabeza. Más tarde preguntaría a Jason por aquello.

El anciano ordenó a Jhonny llevar a los invitados a una casa vacía donde poder alojarse. A ambos les gustó la idea, había sido un viaje muy largo y necesitaban descansar.

Ya en la cabaña y después de haberse duchado, Tash se dispuso a preparar una sopa en la cocina. Jason, por su parte, se encargó de guardar la documentación a buen recaudo. El hecho de pertenecer a la misma especie no le bastaba para darles su total confianza.

Mientras Natasha removía la sopa, su mente no paraba de procesar la conversación con el anciano. ¿A qué se referiría con «ser pura»? Decidió preguntárselo a la única persona que había mostrado algún interés por ella.

—Jason. ¿Qué quiso decir el anciano al llamarme «pura»?

—No lo sé, pequeña. No tengo todas las respuestas sobre nosotros, pero es algo que a mí también me ha llamado la atención y deduzco que pronto lo averiguaremos.

Tash se quedó como estaba. Hizo un mohín y se entretuvo en rebuscar en los cajones y armarios los enseres para la cena. Poco después, preparó la mesa y ambos se sentaron en silencio.

Mientras tanto, en la cabaña del anciano, Jhonny esperaba pacientemente que este le diera alguna instrucción sobre los visitantes.

El anciano parecía estar meditando, tenía la mirada fija en las llamas de la chimenea, después de unos minutos, se giró para mirar al muchacho.

—Necesito que hagas una cosa que quizás no te guste, pero es necesario.

—Usted dígame qué hacer.

—Es imperativo que te hagas amigo de Natasha. Ella parece ser importante para Urin.

—¿Y se puede saber cómo lo voy hacer?

—Viene de un país diferente, una cultura distinta a la nuestra. Enséñale el lugar, dile cómo comportarse para no sobresalir, nuestro idioma, si es que no lo sabe. El engaño es nuestra supervivencia.

Jhonny se mesó el cabello. No solo tenía que hacer de canguro, además tenía que hacer de maestro. Como si no tuviera bastante con aguantar a Mary, la loba que le impuso el anciano para aparearse.

—Haré lo que ordenes, anciano. Pero debes saber que cuando ella esté preparada, yo me iré. Quiero conocer el mundo exterior, estoy cansado de ver siempre lo mismo.

El anciano asintió y se dio media vuelta para mirar otra vez las llamas.

—Hay otra cosa que debes saber y no podrás rechazar.

Jhonny ya iba a marcharse y se giró sobre sus talones.

—Dispare.

El anciano siguió contemplando el fuego. Parecía estar preocupado.

—Llegado el momento, tendrás que unirte a ella.

—¿Es una broma, anciano? Primero me emparejas con Mary, y ahora pretendes que rompa el compromiso por una chica que no conozco.

—Natasha es una loba pura, cachorro. Solo los lobos puros pueden liderar el Crómlech, deberías saberlo.

—Lo sé. Pero ¿por qué ella? Ni siquiera la conozco.

—Urin nos la envió para salvar la manada, ella nació para ser anciana, igual que tú.

—Espero que esto no sea una treta para que no me vaya —resopló el joven.

El anciano se levantó y clavó sus ojos en él.

—Mucho cuidado, cachorro. Mi deber es con la manada. Eres mi nieto, pero también eres un hombre lobo, compórtate como tal.

—¿Tengo que hacer algo más por la manada? ¿O me puedo retirar a ver cómo se desvanece mi vida otra vez?

—Puedes irte. —La voz del anciano sonó ruda.

Jhonny salió dando un portazo. Una vez más, veía cómo el sueño de ver mundo se iba al traste. Caminó hacia la taberna con la idea de abstraerse del mundo durante unas horas.

Al día siguiente, tal y como le dijo al anciano que haría, Jhonny fue a buscar a Natasha. Iba vestido con una camisa negra y unos pantalones del mismo color sujetos por unos tirantes. En sus manos llevaba un paquete con ropa para Jason y Natasha. Cuando llegó a la cabaña, llamó a la puerta y esperó a que abrieran.

Jason se encontraba deshaciendo las mochilas, la noche anterior cayeron dormidos nada más acostarse. Natasha estaba haciendo las camas. Cuando oyó llamar a la puerta, salió al pasillo y miró a Jason que se había apresurado a abrir.

Al otro lado vio a Jhonny con un paquete en las manos.

—Buenos días, Jason, Natasha, ¿puedo pasar?

—Claro, adelante.

El joven entró y esperó a que el hombre cerrase la puerta.

—El anciano me ha dado estas ropas para vosotros, debéis ponéroslas enseguida.

Jason cogió las ropas y se las dio a Natasha.

—Ya has oído –le dijo a esta con una mueca.

Natasha cogió el vestido negro y el delantal, entró en su habitación y echó el pestillo para cambiarse.

Jason fue también a vestirse. Jhonny se sentó en una silla a esperar que ambos saliesen con las ropas nuevas.

El primero que salió fue Jason, llevaba el mismo color de ropa que Jhonny, además de un chaleco de color gris.

A los pocos minutos salió Tash. Llevaba puesto el delantal y se había recogido el pelo con pulcritud, sin que un solo mechón asomase fuera de la cofia. Caminó hacia ellos sintiéndose ridícula.

Jason contuvo una carcajada al ver la cara de la chica. En cambio, Jhonny no le quitaba ojo. Nunca le había atraído ninguna mujer de la parcela, pero ahora que veía a Natasha vestida como las demás, no podía negar que le gustaba.

Tash atravesó con la mirada a Jason, que estaba aguantando la risa. Después se ocupó de Jhonny, pero al cruzar sus ojos con los suyos, bajó la cabeza ruborizada.

—Me siento ridícula con estas ropas, no entiendo cómo podéis llevarlas.

—Acostúmbrate, cachorra, pues es lo que vas a usar una buena temporada. —Jason se acercó a ella para enderezar su tocado.

Jhonny observó a Natasha. Parecía una mujer más de la comunidad y después, apartó la vista de la joven centrándose en Jason.

—¿Qué sabes de los Amish?

—Que son muy cerrados, y poco más.

Jhonny miró ahora a Natasha y le hizo la misma pregunta.

—¿Y tú?

—Nada —le respondió volviendo a levantar la cabeza.

Jhonny suspiró y les indicó que se sentasen. Cuando lo hicieron, comenzó a hablar.

—Vale, os explicaré algunas cosas. Empezaré por Jason. Como vives en la misma casa que Natasha, vas a ser su hermano. Tu trabajo consistirá en hacerte pasar por granjero. Si quieres, podrás entrenar de vez en cuando en una zona habilitada para ello, luego te la mostraré.

»Ahora, tú, Natasha. Como eres una mujer y no tienes padres, Jason tendrá tu potestad. El trabajo de una mujer se basa principalmente en las labores de la casa. Mantenerla limpia, cocinar y cualquier cosa que él te pida. De puertas hacia dentro, es decir cuando seamos hombres lobo, dispondrás de total libertad, pero a ojos de los humanos eres una mujer Amish. ¿Podrás hacerlo?

Natasha alzó la barbilla. No le gustaba lo que estaba escuchando. Ella siempre fue libre para hacer o deshacer en su vida. Ahora tenía que acostumbrarse a un estilo de vivir que no era el suyo.

—No te prometo nada.

—Mal, muy mal —se quejó Jhonny—. Una mujer Amish no contradice a un hombre. En este caso no importa, pero fuera nunca debes contradecir a ninguno.

—Tranquilo, pasaremos inadvertidos, te lo prometo —intervino Jason antes de que Tash dijese algo más.

Jhonny asintió y se dirigió a la salida.

—Natasha —dijo volviéndose hacia ella—. Mañana te enseñaré todo esto. Tendrás que conocerlo si va a ser tu nuevo hogar.

Natasha miró a Jason.

—Hermano, ¿puedo ir mañana con Jhonny a conocer nuestro territorio?

—Tienes mi permiso —respondió Jason jocoso.

—Voy a informar al anciano —dijo el muchacho antes de despedirse—. Si necesitáis algo hacerlo saber.

Natasha se quitó la cofia y la dejó sobre la mesa.

—Creo que estaba mejor en Rusia.

—Tienes que dar tiempo —declaró Jason—. No podemos acostumbrarnos de la noche a la mañana.

Tash suspiró. No las tenía todas consigo.

Capítulo XXI

XXI

Durante su infancia, Jhonny fue un niño feliz, vivía en una comunidad Amish, en contacto con la naturaleza, rodeado de sus seres queridos, y pese a que no salía de su entorno ni disponía de tecnología, no lo echaba en falta, pues nunca había conocido otra cosa.

A sus nueve años, Jhonny iba a la escuela de la comunidad. Era muy buen estudiante, y aunque sus padres se mostraban muy severos con él, le decían que era alguien muy especial y que debía aprender mucho para el día de mañana. A él no parecía importarle todo aquello siempre que le dejaran salir a jugar un rato después.

Normalmente, pasaba el día con su madre y su abuela. Su abuelo era quien llevaba las cosas de la comunidad, y solía andar muy ocupado, mientras que su padre, se encargaba de las compras y otras cosas que él desconocía, pero que le hacían estar poco o nada en casa. Hasta que un día este enfermó.

Jonathan, el padre de Jhonny, era un hombre corpulento y fuerte, jamás había enfermado en su vida, pero de repente, lo que parecía una simple gripe le hizo quedarse en cama. Madeline, la madre de Jhonny, le había prohibido entrar en el dormitorio y acercarse a su padre por miedo a un contagio.

Madeline cuidaba de su esposo día y noche, así que su abuela decidió hacerse cargo de Jhonny. Jonathan, su primogénito y único hijo, lejos de mejorar, parecía empeorar por días, y Madeline comenzaba a estar agotada. Jonatahn tuvo alucinaciones a causa de las altas fiebres, y el médico de la comunidad no parecía encontrar un diagnóstico y mucho menos la forma de curarlo.

—Estoy preocupada por Jonathan, abuela Danna —le dijo Madeline—. El doctor le ha recetado antibióticos, pero no tiene ni idea de qué se trata. Llevo dos días sin dormir y las fiebres no cesan de provocarle pesadillas y alucinaciones. Estoy muy preocupada.

Danna reflexionó mientras la veía poner en la mesa el café y unos dulces para ella.

—Creo que lo mejor será que me lleve a Jhonny a casa conmigo y con su abuelo, así podrás descansar un poco al menos y evitamos que el pequeño se contagie. Sea lo que sea que tenga mi hijo, también estoy muy preocupada, jamás ha enfermado, y ahora... se me rompe el corazón de verlo así. ¿Jhonny cómo lo lleva? —preguntó la anciana a la vez que lo veía jugar a través de la ventana.

—Ya tiene nueve años, sabe que algo pasa, al principio me preguntaba por su padre, porque no podía entrar en la habitación, pero ya ha dejado de hacerlo, no sé si eso es bueno o malo. A veces lo sorprendo mirando hacia el cuarto con gesto alterado... —contestó Madeline con un suspiro.

—Decididamente, vendrá con nosotros. Prepárale algo de ropa, le diré que tienes que quedarte en su cuarto porque su papá no te deja dormir —añadió mientras tomaba asiento y ponía azúcar en el café.

—Sí, será lo mejor —acordó Madeline con la vista fija en los cristales—. Espero que pase pronto todo esto.

—Madeline... —murmuró la abuela—. ¿Has pensado que puede ser...?

—¡No, Danna! ¡No quiero pensar en eso! —la interrumpió Madeline—. Estoy segura de que no es nada. Iré a preparar las cosas de Jhonny.

—Como desees, yo me encargaré de decírselo. —Danna apuró el café y salió de la casa en busca del crío.

Jhonny dejó de jugar y corrió hacia su abuela al verla llegar. La recibió con una sonrisa como si ya supiera que deseaba hablar con él.

—Jhonny, hemos estado hablando tu madre y yo, y hemos decidido que vendrás unos días a casa conmigo y el abuelo. ¿Te parece bien? —Danna intentó que su voz no la delatase.

—Sí, abuela Danna, me parece bien —respondió el niño sin preguntar nada, lo cual sorprendió bastante a su abuela.

—Jhonny, ¿hay algo que te preocupe o me quieras preguntar? Sabes que puedes confiar en mí. —La anciana le devolvió la sonrisa.

—¿Puedo llevarme mis canicas?

—Claro hijo, corre a cogerlas, nos vamos en cuanto tu madre tenga tus cosas listas.

Habían pasado diez días desde que Jonathan enfermó, y una semana desde que Jhonny se había ido a la cabaña de sus abuelos. Echaba de menos sobre todo a su madre, por lo que decidió salir a escondidas para ir a su casa. La puerta jamás estaba cerrada con llave, allí no hacía falta eso. Entró sin problemas y cerró tras él, dirigiéndose al dormitorio de sus padres. Escuchó ruidos, parece que sus padres estaban discutiendo, quizás otro día cualquiera no habría entrado, pero ese día necesitaba ver a su familia.

Jhonny deambuló en silencio por la casa en penumbras para llegar al cuarto de sus padres. Durante el trayecto, aquellos sonidos se hicieron más claros, hasta convertirse en gritos. No podía entender lo que su padre decía, pero reconoció que su madre intentaba tranquilizarlo. Cuando alcanzó el dormitorio de sus padres, vio a un ser enorme y horrible, con todo el cuerpo cubierto de un pelaje opaco, enmarañado y con algunas claras visibles, como si fuera un enorme perro sarnoso. A través de sus afilados colmillos caía una baba blanca y repugnante. De repente, aquel ser de más de tres metros de altura, una mezcla entre hombre y lobo, se lanzó hacia su madre y la mordió en el cuello. Jhonny vio paralizado cómo aquella bestia la derribó y comenzó a devorarla sin piedad en el suelo. Antes de escuchar el grito de terror de su madre, él ya había reconocido que ese ser horripilante era su propio padre. Apenas tuvo tiempo de reaccionar. Aquel monstruo, con el hocico bañado con la sangre y la piel de su madre, se abalanzó sobre él. Jhonny cobró en ese instante la forma de un cachorro de lobo. Con una agilidad asombrosa, logró librarse del ataque de aquellas zarpas que trataban de desgarrarlo, mientras se golpeaba con el escaso mobiliario de la cabaña que saltó hecho astillas.

Jhonny aulló pidiendo ayuda. Intentó salir de la casa, pero con su cuerpo de lobo le fue imposible abrir la puerta. Esta fue abierta por fin desde el exterior y él salió corriendo entre los hombres que habían acudido alertados por los gritos. Más tarde supo que aquel animal logró asesinar a cuatro de ellos antes de conseguir escapar.

Jhonny estuvo varios días oculto en el bosque, sin que nadie supiera de él. Todos creyeron que su padre le había dado caza y que estaba muerto. Nadie supo jamás qué hizo esos días solo, dónde estuvo ni cómo consiguió esquivarlo. Necesitaba asimilar lo ocurrido, fundirse con la naturaleza. La verdad es que no se perdonaba el haber huido sin enfrentarse con ese ser, por mucho que supiese que no habría tenido ninguna posibilidad.

Cuando regresó se presentó ante sus abuelos. Era de noche. Al verlo, lo abrazaron llorando.

—¿Jhonny, estás bien? ¿Dónde estabas? Nos tenías tan preocupados… —dijo Danna mientras comprobaba que no estuviese herido.

—Estaba en el bosque, abuela Danna, estoy bien, no os preocupéis por mí, ¿puedo irme a dormir? —dijo Jhonny con voz cansada.

—Claro, cariño, acuéstate, te llevaré un poco de caldo, debes estar hambriento —añadió mirando a Christopher para que se quedara con él en tanto ella iba a la cocina.

—Jhonny, no puedes desaparecer durante días y aún eres muy joven para estar en el bosque, es peligroso, te lo hemos dicho muchas veces. Prométenos que no volverás a hacerlo —le pidió Christopher a Jhonny de camino a su habitación.

—Te lo prometo, abuelo —contestó el muchacho a la vez que se ponía el pijama.

—Sé que has visto lo que ha pasado con tu padre y tu madre. Lo siento mucho, Jhonny, supongo que tendrás muchas preguntas que hacer. Mañana, cuando estés más descansado, hablaremos de ello. —El anciano hizo un esfuerzo por contener las lágrimas.

—Abuelo, no hace falta, sé que escapó, lo vi en el bosque y ya sé qué es. No tenéis que preocuparos por mí, solo estoy cansado.

Jhonny se echó a sus brazos y lo besó. Luego miró a Andrew, que dormía en la cama de al lado.

—Será mejor que me acueste ya o lo despertaremos.

—Sí, Jhonny, tienes razón, como siempre. Pero tómate antes la sopa que ha preparado tu abuela. Que descanses, hijo mío —Se despidió con un beso de buenas noches y salió de la habitación.

Desde entonces cuidaron de él. Le enseñaron todo lo que debía saber para reclamar su herencia el día que ellos faltaran. Pero Jhonny ya no volvió a ser el chico alegre de antes. Con tan solo nueve años, se había convertido en un hombre con responsabilidades y con un pasado demasiado duro para superarlo o hablar de él. Se aisló del mundo y se dedicó a cumplir con sus nuevas obligaciones, especialmente, a aprender a luchar y moverse para hacer frente algún día al monstruo que le había arrebatado su infancia. Como si eso fuera poco, su abuela murió meses después. Muchos dijeron que ella también se culpó por la muerte de su hijo y no pudo soportarlo.

Jhonny no se crio solo con su abuelo. Su padre había dejado huérfano a otro chico, Andrew, un año mayor, con quien creó un vínculo de amistad. Aunque este no podía adoptar ninguna forma, lo ayudó en aquellos días de soledad.

Las cosas empeoraron el día que su abuelo lo comprometió con Mary Ann al cumplir quince años.

Mary Ann era una chica del poblado bastante guapa, pero esa no era la razón por la que la había emparejado con él, sino porque tenía la raza más pura de toda la comunidad.

Ella tenía diecisiete años, y pese a seguir las normas Amish, de cara al resto, y tras el *Rumspringa*, el periodo de prueba en que los jóvenes Amish salen de su mundo, se volvió demasiado presumida y con virtudes poco bellas, sobre todo para Jhonny, que no la soportaba.

Mary Ann no habría vuelto tan pronto al poblado, pero casarse con quien un día sería el líder era demasiado sugerente, y cuando vio que él no solo no sentía nada por ella, sino que además le huía, intentó varias veces por medio de alcohol y otros medios impedirle que rompiera su compromiso.

Por suerte, Jhonny no era tan tonto como para dejarse llevar por las triquiñuelas de Mary Ann. Andrew lo ayudó también en ello, aunque poco después Jhonny se las tuvo que arreglar solo cuando a su amigo le llegó el turno de irse al *Rumspringa*. Se había ofrecido a quedarse, pero el propio Jhonny le convenció de que era mejor que se fuera. Así pasó un año huyendo no solo de Mary Ann, sino también del hermano de esta.

Capítulo XXII

XXII

Natasha dormía. Había pensado durante toda la tarde en las reglas de Jhonny y en su nueva vida, y su mente seguía dando vueltas incluso ahora.

Se veía acatando las órdenes de su "hermano" Jason. Pero el de los sueños no era el Jason que la había salvado de la violación, sino uno de los dos hombres que la atacó.

Se despertó asustada. Las sábanas estaban en el suelo. Se levantó y las recogió para doblarlas y dejarlas sobre la cama.

Eran las cinco de la mañana, se vistió y salió con cuidado de no hacer ruido al pasillo. Ahí se paró y escuchó al otro lado de la puerta de su protector por si este estaba despierto. Lo oyó roncar y suspiró aliviada. Continuó hasta la puerta de salida y la abrió. Una brisa de aire le pegó en toda la cara. Ella la recibió con una sonrisa y cerró la puerta. Llevaba puesto el vestido que le dio Jhonny. En ese momento agradeció el color, pues hacía juego con la oscuridad. Solo su cabello desentonaba en la noche. Anduvo por los alrededores, observándolo todo y sin acercare a los límites para no llamar la atención de los guardias.

—¿Qué haces a estas horas por aquí? —Le preguntó una voz cogiéndola desprevenida.

Natasha sintió un escalofrió por toda la espalda, se giró y vio al anciano detrás de ella.

—No podía dormir y salí a dar un paseo. —La voz de la muchacha temblaba del susto.

El anciano notó el miedo de la muchacha y le sonrió.

—Tranquila, no voy a hacerte nada, solo me había extrañado ver a alguien fuera a estas horas.

—¿Usted tampoco puede dormir? —preguntó Natasha cuando hubo recuperado la compostura.

—Ya he dormido, me gusta levantarme pronto y revisar que no haya pasado nada durante la noche. ¿Quieres acompañarme y hablamos?

Natasha asintió y se colocó al lado del anciano, al mismo tiempo que este echaba a andar hacia los límites de los árboles.

—¿Qué tal llevas el cambio de país?

—Me está costando un poco, si le soy sincera. Hace unos días veía la nieve caer por mi ventana, mientras escuchaba música, y ahora me encuentro encerrada en un trozo gigantesco de tierra.

—No estás encerrada, Natasha, puedes ir y venir a tu gusto, pero no dejamos salir a nadie al pueblo por precaución. Solo los que están entrenados bajan a por provisiones. —El anciano se detuvo y la sujetó del brazo con suavidad. Imagínate que estando en el pueblo perdieses el control y te convirtieses en lobo.

—Nunca me he transformado en lobo. Solo en… —Natasha calló al recordar aquella noche.

—¿En qué te convertiste, cachorra? —El anciano parecía intrigado.

—No llegué a transformarme, solo tuve deseos de matar. —La muchacha se cogió los codos intentando olvidar.

—Fue tu primer cambio, ¿verdad? Aún no lo has completado, pero debes hacerlo.

—¿Cómo lo hago?

El anciano se separó de ella unos pasos y le indicó que se quedase ahí. El hombre cerró los ojos y en unos segundos se convirtió en un gran lobo negro con ojos amarillos.

—Tan solo tienes que dejar salir al lobo que tienes dentro.

Natasha ahogó un grito de asombro. Era un lobo perfecto, no había ningún fallo en él. Cualquiera lo tomaría por un animal auténtico. Decidió probar, cerró los ojos tanto como pudo, pero no sucedió nada. Los abrió de nuevo y miró al animal.

—Es inútil —dijo desilusionada.

—Relájate, no pienses que tienes que ser una loba, deja que la esencia del lobo se apodere de ti, deja que te lama entera, escúchale, siempre te está hablando.

—Yo nunca he oído esa voz.

—Porque nunca has sabido escucharla. Siéntate en el suelo y cruza las piernas. Relaja tu cuerpo, siente cómo el aire se desliza por tus facciones, cómo el pelo baila al compás de las notas que viajan en él.

Natasha hizo lo que le dijo el anciano. Se sentó y cerró los ojos. Esto le recordaba a las películas de ciencia ficción que ponían los sábados por la noche. Tomó aire y se concentró. En su mente se dibujaban cosas abstractas, muchas formas, hasta que poco a poco todas se fueron juntando y dibujaron la forma de un lobo. Se asustó y perdió la concentración. Abrió los ojos y miró al animal.

—¿Qué has visto? —preguntó el anciano.

—Un lobo blanco.

—Una loba, solo las lobas son blancas. Es signo de que son puras.

—¿Puras? Eso me dijiste cuando llegué. ¿Por qué soy pura?

—Prueba otra vez —respondió el hombre.

Natasha se dio cuenta de que perdería el tiempo preguntándole. Cerró de nuevo los ojos y se volvió a concentrar.

Esta vez la forma de la loba apareció en su mente instantáneamente, no se asustó, dejó que la imagen penetrase hasta lo más hondo de ella. Poco a poco, empezó a oír susurros dentro de su cabeza, después oyó los sonidos del parque a una distancia considerable, los ruidos de los animales, incluso su olor. ¿Cómo era posible sentir eso? Abrió los párpados y en ese momento se sintió extraña. Veía todo diferente, de distintos colores. Cuando se levantó, lo hizo apoyada sobre cuatro patas. Lo había conseguido, se había transformado en loba.

—Muy bien —la felicitó el anciano visiblemente orgulloso.

Tash caminó unos metros. Jamás había andado a cuatro patas, pero daba la impresión de que lo había hecho toda su vida. Empezó a correr, sentía su corazón latir mucho más rápido, cada milímetro de sus músculos trabajando para impulsarla hacia delante, el aire golpeándole en el morro, deslizándose por su pelaje, las patas acariciando la tierra, la cola totalmente recta. Si hubiera tenido que describir lo que experimentó en ese momento, no habría podido.

Se paró frente al viejo, con la lengua colgándole de un lado mientras intentaba recuperar el aliento. Se había abierto ante ella un mundo totalmente nuevo.

—Por hoy es suficiente, cachorra. Concéntrate de nuevo para volver a ser humana.

Natasha cerró los ojos. Esta vez sintió el cambio. Sus patas crecieron hasta convertirse en piernas, el pelaje pasó a ser la piel y el morro se ocultó para dejar paso al rostro de la mujer. Lo que le pareció asombroso fue, no sentir nada de dolor. Siempre pensó y presenció en las películas cómo los actores incluso lloraban, pero su cuerpo parecía estar hecho para ese cambio, lo cual agradeció.

Vio al anciano caminar hacia las casas. Ella se quedó unos minutos sentada en la hierba, sintiendo el frescor de esta, del aire. Cuando fue a coger su ropa se dio cuenta de que estaba totalmente destrozada.

Miró hacia todas partes, no se había percatado hasta ese momento de que estaba totalmente desnuda. De pronto, localizó una roca en la que había una túnica. La miró y luego observó al anciano que se había alejado bastante ya. ¿La habría dejado él? La cogió y se la puso, no le quedaba mal, quizás algo corta debido a su altura, pero al menos no enseñaría nada de camino a su cabaña.

Cuando llegó, Jason aún no se había levantado. Se fue directa a su habitación y se tumbó en la cama totalmente excitada por los acontecimientos.

Capítulo XXIII

XXIII

A media mañana, se despertó al oír llamar a la puerta. No sabía cuándo se había dormido, pero tampoco se habría quejado. Ahora sabía que, después de hacer un cambio de forma, debía descansar.

Salió de la habitación y vio a Jason hablando con Jhonny. Se acercó a ambos y les saludó.

—Buenos días, chicos.

—Buenos días, Tash —respondieron ambos.

—Tash, le estaba proponiendo a Jason que os vinierais a la taberna, es el mejor sitio para relacionarse.

—¿A ti qué te parece, Jason? —preguntó Natasha.

—Por mí vale, tengo ganas de tomarme una cerveza.

—De acuerdo, dejad que me cambie.

Diez minutos después, Natasha salió de la habitación. Llevaba puesto un vestido de color azul, el delantal en color blanco y la cofia.

Jhonny les guio hasta la taberna. Cuando entraron, se encargó de hacer las presentaciones.

—Hermanos, hermanas, estos son Jason y Natasha, van a quedarse un tiempo con nosotros.

Todos se acercaron a estrecharles las manos a los dos visitantes. Luego llegó la camarera con una libreta en la mano.

—Hola, soy Naomi, ¿qué tomáis?

—Buenas, Naomi, yo soy Jason. Encantado. —La muchacha recibió dos besos sin esperarlo.

Naomi alzó una ceja mirando a Jhonny. Este parecía más atento en hablar con Tash que de lo que pasaba dentro de la taberna.

—Bueno, ¿pedís algo, o me voy a la barra otra vez? —preguntó la muchacha algo molesta.

—Yo quiero una cerveza muy fría, por favor —respondió Jason con una sonrisa.

—Yo un batido de chocolate —dijo Natasha.

Naomi apuntó las bebidas y dirigió a Jhonny un gesto interrogativo. El chico le dijo que bebería lo de siempre. Cuando la camarera lo hubo apuntado todo se dio la vuelta y fue a preparar las bebidas. Jason se acercó a la barra para hablar con ella, mientras que Tash y Jhonny se sentaron en una mesa a charlar.

Natasha le contó sus avances con el anciano y lo que sintió al convertirse en loba. Pasaron horas así, hablando en la mesa y después en la barra. Hasta que Naomi les avisó que tenía que cerrar.

Jason la ayudó a recoger las botellas y vasos vacíos, mientras que la camarera limpiaba la barra y fregaba el suelo.

Tash se había despedido de su protector y salió de la taberna junto con Jhonny.

—¿Quieres que te enseñe un sitio muy especial? —preguntó a Natasha.

—Me encantaría —respondió sonriéndole.

Jhonny la condujo por el parque hasta la base de una pared.

—¿Has escalado alguna vez?

—No, nunca, pero me apetecería intentarlo.

—De acuerdo, sube detrás de mí, agárrate donde yo lo haga y fíjate dónde pongo los pies.

—Vale —acordó ella.

El chico abrió la marcha. Se sujetó a un canto romo con la mano izquierda, y subió la pierna derecha sobre una piedra que sobresalía, luego se dio impulso y empezó a escalar lentamente.

La pared tenía más de diez metros de altura, pero había muchos huecos y picos en las piedras donde sujetarse. A Tash no le fue difícil seguirle el paso.

Tras un par de horas de ascenso, Natasha llegó a la cima con las piernas y brazos entumecidos. Desde lo alto se veía el perímetro del lago, que bajaba hasta el horizonte. A ambos lados de la orilla había distintas clases de animales. Unos pastaban y otros descansaban. También divisó aves nadando orgullosas en las templadas aguas. Era una vista extraordinaria.

Después de grabarla en su memoria, se giró para mirar a Jhonny. Se acercó a él y lo besó en la mejilla.

—Tenías razón, es muy especial.

Jhonny sonrió y se adelantó hasta el borde.

—Quería enseñarte tu nuevo hogar. Por esto nosotros protegemos esta tierra. Cuando las dudas te asalten, este rincón las hará desaparecer.

—Nunca he visto nada tan hermoso —declaró la chica agarrándose a su brazo.

—¿Sabes? El anciano me ordenó que me hiciera amigo tuyo. Está muy preocupado por tus sueños.

—¿Te ordenó? ¿Estás aquí porque él te lo ha ordenado?

—No, bueno, pensé que era un buen sitio para pasar un rato solos e ir conociéndonos. Yo nunca he tenido esas visiones que tienes tú. Pero al ser el nieto del anciano, estoy obligado a dirigir la manada cuando él no esté.

Natasha soltó el brazo del chico y se dio la vuelta. Se sentía molesta, engañada.

—No tienes por qué hacerlo, Jhonny. No necesito que nadie se haga pasar por mi amigo. Descubriré qué tengo que hacer aquí y me iré de nuevo a mi país.

El chico la miró y negó con la cabeza. Había cometido un gran error al ser tan sincero.

—Él solo quiere que estés a gusto. Algún día lideraremos esta manada juntos.

—¿Cómo que juntos? ¿Tú y yo?

—Según el anciano, sí.

Natasha resopló, se estaba cansando de que dirigieran su vida. No era suficiente con todo lo que había tenido que hacer. Ahora le imponían otra norma más.

—Parece que todo el mundo quiere controlar cada cosa que haga.

—Bienvenida al club —dijo él con una sonrisa amarga—. A mí me lo llevan haciendo desde que mi padre...

—¿Qué pasó con tu padre? —preguntó Natasha intrigada.

—Nada, se está haciendo tarde, debería...

Jhonny no pudo terminar la frase, comenzó a sentir un escalofrío en la nuca y un dolor de cabeza que parecía que le iba a estallar. Cayó de rodillas al suelo. Miró hacia Tash, pero esta ya no estaba. Había desaparecido.

Se puso de pie como pudo y la buscó alrededor, hasta que se dio cuenta de que ella no se había ido, era él quien estaba en otro lugar. ¿Cómo podía ser posible? Se veía así mismo, a Natasha junto a Jason y varios integrantes de la manada defendiendo el Crómlech de un ataque. ¿Dónde estaba su abuelo?

De nuevo cayó al suelo, cubierto de sudor, el cuerpo le temblaba. La imagen se había desvanecido. Volvía a estar al lado de la loba.

Natasha se arrodilló y le abrazó intentando tranquilizarle.

—¿Qué te ha pasado? Te has derrumbado y has empezado a temblar.

—No lo sé. —No podía dejar de estremecerse—. Creo que he tenido una visión.

—¿Qué has visto? —Tash se separó de él, lo justo para mirarle de frente.

—Era un ataque, estábamos defendiendo el hogar, tú, Jason y varios más, pero no vi a mi abuelo y eso me preocupa.

Natasha lo abrazó y le ayudó a levantarse.

—Debemos contárselo al anciano —afirmó la chica preocupada.

—Sí, tienes razón, vamos.

Antes de que se dispusieran a descender, una voz rasgó el aire.

*«Cachorros, no os asustéis. Soy Urin y tengo un mensaje que daros».*mejor en cursiva

Ambos se miraron asustados, buscaron el origen de aquella voz, pero allí no había nadie más que ellos.

De repente, empezó a crearse un banco de espesa niebla que fue adoptando formas extrañas, hasta que por fin pudieron distinguir la silueta de una gran loba blanca.

Tenía los ojos amarillos, el pelaje más blanco que la nieve y estaba sentada sobre los cuartos traseros. Sus ojos y su mirada transmitían serenidad. De inmediato ambos sintieron un halo de tranquilidad y seguridad.

«*La guerra se avecina, siento cómo la tierra comienza a corromperse, tenéis que hacer frente al mal o todo lo que conocéis será consumido por la oscuridad. He conseguido atraer a Natasha hasta aquí, pero no os puedo decir la razón. Tampoco puedo decirte, Jhonny, por qué te he elegido. Sois los únicos capaces de descubrirlo.*»

—¿Cuánto tiempo tenemos? —preguntó Jhonny.

«*Poco, ni yo misma dispongo de mucho. Estoy drenando energía de la tierra que ya está muy frágil. Tenéis que estar unidos, solo vosotros salvaréis a la manada.* »

Jhonny asintió, se le hacía raro que Urin se le presentase, Tash, sin embargo, parecía mucho más tranquila que él. Reconoció la voz de la loba, era la misma que escuchaba en sus sueños. Pasado el primer susto, sus ojos transmitían mucha seguridad.

«Siempre te quiso, nunca pretendió hacer lo que hizo, no odies a quien no pudo defenderse. —La voz de Urin sonaba ahora en la mente de Jhonny.»

La imagen de Urin empezó a difuminarse, dejando paso de nuevo al banco de niebla, hasta que solo quedó la imagen del paisaje.

Ambos se miraron a la vez. No hizo falta que ninguno hablase. Se pusieron en marcha, bajaron de la pared lo más rápido que pudieron y corrieron hacia las cabañas.

Cuando llegaron se dirigieron a la casa del anciano, llamaron a la puerta y esperaron hasta que la voz del anciano les dio permiso para entrar.

Jhonny fue el que empezó a hablar una vez dentro de la casa.

Anciano, tenemos que decirte algo urgentemente.

—¿Qué ha pasado? —preguntó su abuelo con gesto de alarma.

—Urin se ha presentado ante nosotros. Bueno, su espíritu.

El anciano dejó lo que estaba haciendo y le prestó toda su atención.

—Nos ha dicho que los vampiros atacarán pronto —explicó el muchacho—. También ha dicho que tenemos que estar unidos ella y yo —concluyó refiriéndose a Natasha.

—Está bien, mañana hablaré con los padres de Mary. Romperé el compromiso.

—También me dijo algo a mí, su voz resonó en mi mente.

—Lo que te haya dicho Urin se queda entre tú y ella. Guárdatelo, úsalo como creas que debes usarlo, pero es solo para ti.

—De acuerdo. —Jhonny miró preocupado a Natasha, sabía que no estaba preparada para un ataque.

—Respecto a ti, cachorra —dijo el anciano acercándose a Tash—. Tendrás que esforzarte día y noche, a partir de mañana empezaremos tu adiestramiento.

Después de relatarle al anciano el suceso, volvieron a su cabaña. Jason se encargó de preparar la comida. Desde su habitación, ella supo que estaba cocinando pasta. Se acercó hasta la cocina y se apoyó en el marco de la puerta para observarlo. Para su sorpresa, estaba acompañado por Naomi.

—Buenas tardes a los dos.

—Hola Tash, Jason me ha invitado a comer, espero que no te moleste. —La camarera se acercó y le dio dos besos.

—¿Por qué me iba a molestar?

—Eso le he dicho yo. Pero parece que a mí no me hace caso. —Jason rio de buena gana—. Por cierto, ¿dónde habéis ido? Os fuisteis muy deprisa.

—Fuimos a escalar una pared. Jhonny insistió en que le acompañase. No os imagináis lo que nos ha pasado.

Naomi y Jason se miraron y se sentaron en la mesa esperando a que Natasha les contase.

—Jhonny tuvo una visión, en ella unos vampiros nos atacaban. Y después se nos apareció Urin.

—¿Urin? ¿Y cómo era? —preguntó con impaciencia Naomi.

—¿Quién es Urin? —Quiso saber Jason.

—El espíritu del Crómlech, es muy bonita. Blanca toda ella, sus ojos amarillos, el rostro lleno de bondad. Ha sido muy emocionante.

—Volvamos al ataque —pidió Jason—. ¿Habéis hablado con el anciano?

—Sí, y me ha emplazado a mañana para empezar mi entrenamiento.

—De acuerdo, luego hablare con él, quiero ser yo quien te adiestre.

Naomi se levantó y empezó a preparar la mesa para comer. Prefirió dejarlos hablar, ya que habían llegado juntos y él decía ser su protector.

Mientras comían, Natasha recordaba la imagen de Urin y la intentaba asociar a la que le pareció ver en su cuarto la primera noche que soñó con el parque. Al poco rato de estar recordando, solo conseguía asimilar, que era la misma voz.

Jhonny, después de hablar con el anciano, se marchó a su lugar de reposo. Le gustaba estar solo en el lago, se había quitado la ropa y estaba dejándose mover por el agua. Estaba boca arriba, mirando al cielo y pensando en sus padres. Tras ese fatídico día, notaba que nadie le respetaba. Hacían lo que mandaba por ser el nieto del anciano, al morir su padre se convertiría en el siguiente líder de la manada. No dejaba de preguntarse cómo se podría imponer a los demás, cómo hacerse respetar. Eso, y la muerte de sus padres le habían cambiado el humor.

Capítulo XXIV

XXIV

Era de noche cuando Jhonny decidió volver al rancho. Había tomado la decisión de redoblar la vigilancia. Cuando amaneciera, mandaría a unos hermanos a otros Crómlech para alertar de un posible ataque, ya que la visión que tuvo no declaraba el día exacto del mismo.

Llegó a su cabaña y se quedó en la puerta, no le apetecía entrar, sus pasos le habían llevado hasta ahí como de costumbre, pero su mente no quería dejar de funcionar.

Caminó hasta la cabaña de Jason y Tash. Si el espíritu de la loba quería que se aparease con Natasha, tendría que conocerla mejor y, lo que más miedo le daba, ella debería conocerlo a él. A su paso, la noche estaba envuelta en silencio. Era raro no oír nada. Se detuvo y afinó mejor el oído. Buscaba algún sonido, por pequeño que fuera, de algún ave, alguna ardilla corriendo hacia su madriguera, de un conejo o liebre esquivando a los depredadores que ansiaban darse un festín con su carne... Nada, no escuchaba nada. Era un silencio alarmante. Olfateó el aire en busca de algún olor desconocido, pero tampoco halló respuesta. Suspiró. No era normal tanta quietud. Decidió cambiar de forma, comenzó a desnudarse para no tener que regresar desnudo una vez recuperase su forma humana. Tendría que comenzar el ritual que ligaba sus ropas a su espíritu. En forma de lobo le sería más fácil huir o atacar si fuera preciso. Se mantuvo inmóvil durante un rato. Sus orejas se movieron de un lado hacia otro buscando algún sonido que le pudiera tranquilizar, su nariz se dirigió en busca de algún aroma transportado por el aire. Todo fue en vano y se desilusionó al no percibir nada. No llegaba a comprender el porqué de esa completa calma. Decidió investigarlo por su cuenta.

Avanzó hacia los vigilantes que se encargaban de tener el perímetro controlado.

—¿Habéis escuchado algún ruido?

—No, no hemos escuchado nada —contestaron los dos hombres que vigilaban una de las entradas al rancho mirándose entre sí.

—No me gusta —declaró Jhonny—. Parece como si todo hubiera enmudecido en un instante.

De pronto, su olfato captó algo. Enseguida su pelaje se erizó, sus colmillos salieron a relucir y un gruñido amenazante creció en su garganta. Todos sus músculos se tensaron, se prepararon en menos de un segundo para lo que pudiera ocurrir. Los guardias al verlo, adoptaron una posición defensiva. No sabía distinguir el olor que el viento acarreaba, pero era algo que, o bien no había olfateado nunca, o había transcurrido mucho tiempo desde que lo hiciera por última vez.

De la curva del sendero apareció un lobo medio arrastrándose. Tenía dos flechas clavadas en un costado, el pelaje marrón claro se había teñido de rojo oscuro por la sangre reseca. Apenas podía continuar andando. Alzó la vista y vio a los dos hombres y al lobo. Se quedó totalmente quieto, o eso pretendía. Sus patas bailaban a compás, intentando sostener su cuerpo sobre ellas. Lanzo un pequeño aullido, casi inaudible y se desplomó en el suelo levantando una pequeña polvareda. Los dos guardias lo observaron con recelo dudando si sería una trampa de algún enemigo para despistarlos o, que realmente, el animal se había arrastrado hasta las proximidades en un último intento de salvar su vida.

Jhonny fue más rápido que los guardias y echó a correr hacia el animal, a la vez que ordenaba que diesen la voz de alarma.

—¡Avisad a los demás! Y manteneos alerta.

Los guardias obedecieron la orden con reticencia, pero obedecieron puesto que algún día aquel joven iba a liderarlos.

El más veterano de los dos se quedó en su posición aguardando órdenes, mientras que el más joven corrió hacia las cabañas para avisar de lo que había sucedido.

Cuando Jhonny llego a la altura del cuerpo, se paró y avanzó casi arrastrándose, olfateando y con las orejas en punta buscando algún otro olor, algún otro sonido, algo que le dijese que no era una trampa.

El animal herido abrió uno de los ojos, y le miró. Se intentó levantar, pero de nuevo se desplomó. Una de las flechas le había atravesado el abdomen, mientras que la otra se había incrustado en la cadera.

—Por... Por fin he llegado. —La voz del lobo resonaba en la mente de Jhonny.

—¿Qué te ha pasado, hermano? ¿Quién te ha atacado?

—No... No lo sé. — Cerró por un momento el ojo y lo volvió a abrir, parecía que agonizaba.

—No te esfuerces, respira, enseguida vienen a ayudarte.

No tardaron mucho en llegar los demás. A la cabeza iba el anciano, seguido de varios hombres y detrás Natasha con Jason.

Cuando el anciano vio al lobo herido, mandó que cuatro hombres fueran de reconocimiento, había que encontrar al causante de esto.

También ordenó que otros dos se llevasen al lobo a su cabaña. Tash se ofreció a atenderle dentro de lo que podía haber aprendido en la universidad.

Jason y Jhonny se ofrecieron a ir a buscar al culpable.

Jason no tuvo que desnudarse al cambiar a forma de lobo, los dos se fueron manteniendo todos sus sentidos en alerta. Viendo a Jason al lado de Jhonny, parecía que el más mayor iba a enseñar al más pequeño. Pero esa noche los dos eran cazadores expertos.

Natasha acompañó a los dos hombres que llevaban al lobo, no sabía su nombre, de hecho, ni siquiera sabía si era un hombre lobo o un lobo normal.

Cuando entraron en la casa lo dejaron encima de una mesa. Tash pidió que le trajeran unos guantes, alcohol, trapos y agua caliente.

—¿Tenéis algo para dormirle? —preguntó mientras miraba sin tocar las flechas el alcance de estas.

—Si te refieres a anestesia, no, no tenemos.

—Está bien, ¿es un hombre lobo?

—Claro, cachorra, ¿qué va a ser si no?

—No os conozco a todos, por si no te habías dado cuenta. Decid a Naomi que me traiga whisky. Al menos dos botellas.

Ambos hombres se miraron como decidiendo quién iría. Al final, el más viejo se quedó para ayudarla, mientras que el más joven fue corriendo hacia la cantina.

Trish, una chica que no conocía, apareció minutos después con los guantes y el agua hirviendo. Pasados otros cuantos minutos, el joven lobo, volvió con las botellas de alcohol.

—Gracias, ¿me ayudas? —le preguntó Natasha.

—¿Qué tengo que hacer?

—Coge la botella, y cuando le mueva, echa un poco de whisky sobre la herida. Eso hará que se desinfecte. Tú. —Se dirigió ahora al hombre que se había quedado—. Sujétalo con todas tus fuerzas, intentará moverse, pero no le dejes.

El hombre asintió y sujetó al lobo con las dos manos.

Natasha se puso los guantes y miró a Trish.

—¿Preparada?

—No. Nunca he hecho esto, pero intentaré no molestarte.

A Tash eso le sirvió. Giró un poco al lobo, colocándolo boca arriba, y palpó el pecho del animal.

—No sé si le ha perforado algún órgano vital, habría que llevarle a algún hospital, y pronto.

—¿Acaso no te han enseñado nada, niña? —dijo el hombre que sujetaba al lobo—. Los hombres lobo nos regeneramos.

Natasha lo miró sorprendida y después centró su atención en el lobo que yacía en la mesa.

—De todos modos, dudo que se regenere con las flechas dentro. Echa el whisky —ordenó.

Trish vertió el líquido por encima de la herida más importante. El lobo empezó a gruñir al sentir el líquido que le quemaba la carne.

Natasha cogió la flecha y tiró de ella sin titubear, tenía miedo de que se partiese y quedase la punta en el interior, pero no fue así.

Cuando la sacó, el lobo emitió un aullido de dolor... Rápidamente, Trish taponó la herida con un trapo caliente y la mantuvo así un rato.

Nadie, salvo Tash, reparó en la punta de la flecha. Tenía restos de sangre, como era de esperar, pero la misma punta los reabsorbió ante sus ojos.

La dejó sobre la mesa, preocupada. Si era capaz de absorber la sangre, cuanto más rápido le quitasen la otra, mejor.

Hicieron el mismo procedimiento. Al tirar de la flecha, esta salió sola. Natasha observó cuidadosamente si se repetía el patrón. En efecto, nada más sacarla, la punta hizo desaparecer los restos de sangre.

—Tengo que hablar con el anciano. Trish, no dejes que se levante. —Miró al hombre que sujetaba al lobo—. Perdona, no sé cómo te llamas, pero ayúdala, que no se mueva.

—Patrick. Me llamo Patrick. De acuerdo.

Natasha cogió las dos flechas y salió de la cabaña en dirección a la del anciano.

Entró sin llamar y le enseñó las puntas.

—Mira esto, anciano. Creo que ya no estamos seguros, si es que en algún momento lo hemos estado.

Cogió un cuchillo y se hizo un pequeño corte en el dedo. El anciano observaba callado.

Cuando las gotas de sangre cayeron sobre la punta, esta las absorbió como lo había hecho anteriormente.

—Son flechas bebedoras de sangre. Sí, creo que las llamare así… ¿Las habías visto alguna vez?

—No. Nunca. Parece que los vampiros vuelven a tener un brujo de su lado.

A un par de millas del campamento, los cuatro vampiros discutían entre sí. Se echaban las culpas de que el lobo se hubiera escapado, eso no es lo que había mandado el rey.

—Da igual, ya está hecho. —Habló el más anciano.

—Deberías ir a informar, Marc.

—¿Yo? Por qué… ir vosotros.

—Eres el más joven, por lo tanto, al que le toca pringar… como no vayas, yo mismo te ataré a un árbol para que el sol te devore.

Ante esas palabras, Marc inició la marcha hacia una de las mansiones que ocupaban. Era una suerte que el susodicho rey siguiera en las islas, él no le conocía, pero le habían hablado de lo salvaje que era. Cualquier vampiro en su sano juicio le temería.

Los otros tres vampiros se quedaron en el bosque, ocultos, se comunicaban a través de sus pensamientos.

En realidad, el plan había salido a la perfección, si no fuera porque el lobo, se había llevado las flechas con él.

Daba igual, ya estaba hecho, ahora tendrían que esperar a que una partida de caza saliera tras ellos. Conocían a los lobos y no iban a dejarlo pasar.

Transcurrió una hora, desde que atacaron al primer lobo y ahora daba la impresión de que podrían jugar un poco más, pues otros dos se acercaban. Cada uno de los vampiros, portaban arcos y flechas.

Capítulo XXV

XXV

Jason y Jhonny continuaron con la búsqueda del asaltante. Habían peinado un tercio de su territorio sin encontrar una sola pista. Ni un olor ni una rama partida y tampoco ningún animal muerto. Nada.

Ambos seguían con los sentidos alerta. Ante la más mínima señal de hostilidad, se lanzarían al ataque.

Pero no era así. Se miraban el uno al otro, habían decidido caminar a distancia y en paralelo para cubrir más terreno, pero empezaban a pensar que sería imposible dar con quien atacó a uno de los suyos.

Estaban a punto de volver hacia atrás cuando una flecha silbó en el aire hacia Jason. Este dio un brinco a la derecha y sintió cómo pasaba por su lado. Automáticamente, ambos empezaron a correr hacia delante; no sabían de dónde había venido la flecha exactamente, pero seguro que no llegaría sola.

Y así fue. Empezaron a volar por el aire dos, tres, cuatro flechas, muy seguidas y por ambos flancos. Jhonny pudo esquivarlas todas con un par de recortes al vacío, pero Jason no tuvo tanta suerte. Al esquivar una de ellas, no vio otra que venía de costado. Le atravesó la garganta, haciéndole aullar de dolor mientras caía al suelo. Jhonny intentó socorrerle, pero al tratar de acercarse a su compañero, tres vampiros salieron de las sombras precipitándose sobre el lobo abatido. Jason respiraba con dificultad, sentía cómo se le escapaba la vitalidad. Enseguida se hizo un charco de sangre en torno a él. Los vampiros se daban un festín con el cuerpo del animal, mientas este solo podía aullar y aullar de dolor y desesperación.

Jhonny, al comprender que nada podía hacer, dio media vuelta y regresó frenético al rancho. Nunca antes había corrido a tanta velocidad. Lágrimas de impotencia le caían de los ojos. Había perdido a un hermano, pese a que no le conociera demasiado.

Antes de llegar al rancho, se escondió entre la maleza y aprovechó para descansar, pero su principal idea era observar si le seguían. Tenía que volver lo antes posible, dar la voz de alarma y, lo peor, explicar a Tash cómo había dejado a Jason a merced de tres chupasangres.

Cuando se cercioró de que no iban tras él, volvió a ponerse en marcha. De nuevo empezó a correr como si la muerte le pisara los talones.

En cuanto se aproximó a una de las entradas del rancho, comenzó a gritar que se pusieran en alerta.

El anciano, que aún seguía ahí, le preguntó por Jason. Él negó con la testa. El anciano cerró los ojos y miró hacia la cabaña donde estaba Tash con el herido.

—Se lo diré yo en persona —declaró su abuelo.

—Revisaré el perímetro por si me han seguido. Son demasiado listos, creíamos que sería uno solo y le atacaron tres de ellos.

—Pero ¿qué ha pasado? Dudo que Jason se dejase matar, así como así. Era un lobo adulto.

—Nos cayó una lluvia de flechas. Esquivamos todas, menos una. Le atravesó la garganta. Nada más caer, se abalanzaron sobre él como hienas. —La voz del muchacho sonaba rabiosa en la mente del anciano.

Este suspiró y asintió con la cabeza. Le dio la espalda y se dirigió hacia la cabaña. En su mente, buscaba la mejor forma de comunicárselo a Tash.

Al entrar la buscó con la mirada. Estaba de pie, al lado del herido. Le había vendado y ahora estaría esperando que llegase su amigo. Avanzó hacia ella.

—Natasha, tenemos que hablar —comenzó el anciano, sin saber aún muy bien cómo continuar, y mucho menos, cómo se lo tomaría.

—¿Has descubierto algo de las flechas? —preguntó Natasha.

—Es sobre Jason.

Natasha se le quedó mirando, observando su cara, sus gestos.

—¿Ya han vuelto? ¿Dónde están?

—Solo Jhonny ha vuelto. Lo siento.

—¿Cómo que solo Jhonny? ¿Por qué no dejas de andarte por las ramas? —Se empezaba a temer lo peor.

—Tuvieron un enfrentamiento con unos vampiros. Jhonny pudo escapar, pero Jason…

Natasha sintió que se le caía el mundo encima. Los ojos comenzaron a llenársele de lágrimas, su corazón latía cada vez más rápido, tanto que le retumbaba los oídos y una furia se abrió paso en su interior. Cerró los puños tan fuerte, que sus propias uñas se le clavaron en la carne, dejando salir gotitas de sangre que corrían por la piel.

—¿Dón… Dónde está el cuerpo? —preguntó medio llorando.

—No pudo traerlo, al parecer se abalanzaron tres vampiros sobre él.

—¿Tres? No uno, ni dos, no. Tres… Tres putos maricones e hijos de puta vampiros… tres… ¿Por qué no cinco o veinte? —Natasha empezó a temblar y un grito desgarrador salió de su garganta. Algo estaba a punto de sucederle, cayó de rodillas y se abrazó el cuerpo en postura fetal

—Cálmate, Natasha, así no vas hacer que vuelva.

—¿Que me calme? ¿Cómo quieres que me calme? Era la única familia que tenía. —Su voz era ronca. El cabello rubio se volvía blanco por mechones, su cuerpo se empezaba a transformar... Pero ¿en qué?

—Vale, mírame, Natasha. Contrólate, sea lo que sea que te esté pasando, puedes hacerlo. —El anciano caminó hacia ella.

Natasha seguía su proceso de transformación. Si antes era el cabello, ahora eran sus músculos, se volvían más grandes, más duros, el vestido que llevaba se estrechó sobre su cuerpo rajándose por completo. El rostro también estaba cambiando, comenzando a parecerse al de un animal. La boca y la cara se le alargaban como si fuera el morro de un animal, sus colmillos también crecían y salían otros nuevos, después de rasgar las encías. Crecía en estatura a la par que se transformaba. Un rugido ronco, como jamás había escuchado el anciano, salió de la garganta de la mujer, todos los huesos cambiaban de sitio o de tamaño, no era ni parecido a cuando se convirtió en loba, este proceso era mucho más largo y doloroso. Cuando hubo acabado la transformación, Natasha medía dos metros, la ropa se había roto por completo y le colgaban girones de tela por los hombros y las piernas. Los zapatos habían estallado también, dejando paso a unos pies más propios de un oso, con unas garras totalmente afiladas, al igual que en las manos. El pelaje era blanco como la nieve y los ojos amarillos como el fuego, estos últimos parecían echar chispas.

—No puedo creerlo —dijo el anciano—. Siempre creí que eran leyendas de fantasía. Ahora sé por qué te trajo Urin. Pero debes calmarte, cachorra. Debes dominarlo.

—Apártate de mi camino. —Natasha no quería saber nada de historias. Sentía una rabia como jamás había pensado sentir y un profundo odio hacia los vampiros que le habían quitado a Jason. Pero, sobre todo, tenía ganas de matar. Sí matar, arrancar miembros, cortar cabezas, morder arterias, le daba igual la forma.

—No, no me apartaré. Escúchame, por favor —insistió el anciano.

Natasha lo echó a un lado de un manotazo haciéndole chocar contra la pared y caer al suelo. Lo miró cuando se estampó contra el muro. Por un momento pareció que se había arrepentido del acto cometido, pero después salió por la puerta.

El anciano se puso de pie con cierta dificultad y fue lo más rápido que pudo detrás de ella.

Todos los que se cruzaban con Natasha se apartaban asustados. Jamás habían visto una criatura así. El anciano intentaba calmar a la gente.

—No os preocupéis, no os hará daño.

—Parece un monstruo, nos matará —decían los que se cruzaban con ella—. Es una abominación.

Por suerte para ellos, Natasha no los escuchaba, en su mente solo había dos cosas, encontrar a Jhonny para que le dijese dónde estaba el cuerpo de Jason y matar a los vampiros.

No le costó mucho encontrar al muchacho. Estaba patrullando, cerciorándose de que no le hubieran seguido.

Se acercó a él sin ni siquiera preocuparse de que hubiese vampiros cerca o, de al menos, agacharse para intentar pasar inadvertida.

—¿Dónde está el cuerpo de Jason? —Su voz sonó distorsionada. No era la voz de una mujer, sino la de un animal herido.

—¿Y tú quién eres? —Jhonny no la reconoció, solo veía un animal sobre dos patas que parecía haber salido del mismo infierno.

—Soy Natasha. Ahora dime dónde está Jason y no se te ocurra darme largas.

—No debes ir, estarán aún ahí y tú no sabes defenderte.

—¿Acaso no me has oído? ¡Qué dónde está Jason! —Se estaba impacientando y eso la estaba poniendo al borde de la histeria.

—No te lo voy a decir.

—Díselo, cachorro. —La voz del anciano, que se acercaba cojeando, se escuchó entre los dos.

—Pero la matarán. —Jhonny no estaba dispuesto a perder a nadie más, y menos a ella

—Puede ser que la maten como dices, también puede que los mate ella. —El anciano parecía muy seguro de lo que decía.

—Me estoy cansando, ¡dímelo! —Natasha cogió del cuello a Jhonny.

—De... de acuerdo, pero suéltame.

Natasha dejó libre el cuello del lobo, que se apartó unos pasos de ella.

—¿Recuerdas la pared donde se nos presentó Urin? Pues un poco más adelante.

Tash miró a Jhonny y después al anciano. Parecía que su mirada estuviera llena de odio hacia ellos. Se transformó en una loba gigante, parecía más un *huargo* que una loba normal y emprendió la carrera hacia la pared que había escalado no hace mucho.

Mientras corría, en su mente solo había deseos de matar, matar a todos los chupasangres que encontrase. A ella no la alcanzaría ninguna flecha, estaba segura.

Al cabo de un rato, llegó al lugar señalado y comenzó a olfatear el ambiente. No captaba nada, observó todo alrededor, esperando captar algún movimiento. Solo las hojas de los árboles se movían. Un poco más adelante, vio el cuerpo de Jason. Corrió hacia él lo más rápido que pudo. Cuando llegó a su lado, se convirtió en humana. El cuerpo estaba destrozado. Por el rostro lleno de arañazos, Tash dedujo que se convirtió en humano para intentar defenderse. Le faltaba algún diente, seguramente se los llevaron como trofeo. El cuello estaba abierto, jirones de piel colgaban, dejando ver los músculos desgarrados. Se habían cebado con él. El pecho y los brazos tenían claros signos de mordeduras, pero no como las que haría un simple vampiro. Había zonas en las que faltaba la carne. Tash cerró los ojos y un par de lágrimas cayeron por sus mejillas. Le acarició la cabeza, como si solo con su tacto pudiera devolverle la vida.

—Te prometo que acabaré con todos y cada uno de ellos. —Le susurró mientras le miraba el rostro.

Todo su cuerpo se tensó cuando escuchó volar una flecha. Se dio la vuelta y la agarró al vuelo. La miró y la olfateó. Estaba hecha de fibra de carbono, la punta parecía estar muy bien pulida y afilada. El olor que desprendía debía de ser algún veneno. La tiró a un lado y gritó a quien la hubiera lanzado.

—¡Vamos! ¡Aquí me tenéis, venid a por mí si os atrevéis!

No se hicieron esperar demasiado. De repente, Tash vio cómo se acercaban tres vampiros. Eran hombres de treinta o treinta y cinco años. Tenían el pelo rapado y vestían como rockeros. Enseñaban sus colmillos haciendo ruidos con sus gargantas. Uno llevaba un látigo enrollado, dispuesto a volar hacia la loba, los otros solo mostraban sus uñas. Tash calculó que medirían entre cinco y siete centímetros de largo.

—Muy bien. Habéis cometido el último error de vuestra mugrienta vida.

—Por si no te has dado cuenta, somos tres contra uno. Ni tu amigo, del cual debo decir que su sangre era espectacular, pudo hacer nada.

Natasha no se dejó amilanar, respiró hondo y se transformó, esta vez el cambio fue menos doloroso, aun así apretó los dientes y no apartó la mirada de ellos, dejándoles ver que tendrían que sudar para poderla abatir.

—¡Vamos! A ver de qué sois capaces, escoria.

El vampiro del látigo empezó el combate, echó este hacia atrás para coger impulso y lo lanzó hacia Natasha.

Tash se quedó inmóvil en el sitio, dejó que el látigo se enroscara en su brazo. No se había fijado antes, pero de la punta goteaba algo viscoso. Miró al vampiro e hizo una mueca de desagrado.

—¿Estás preparado para morir? Porque eso es lo que va a pasar esta noche aquí. —La voz de Natasha era seca, inexpresiva—. Habéis matado a la única familia que me quedaba. Ahora os haré sufrir.

El vampiro tiró del látigo hacia él, pero no pasó nada. Con toda su fuerza no era capaz de mover a Tash ni un milímetro.

Los otros dos vampiros, al ver que su compañero nada podía hacer, se lanzaron a atacar a la loba. Se repartieron los flancos, uno atacó por la derecha y el otro por la izquierda.

Natasha veía todo a cámara lenta. Por su mente apareció muy brevemente la imagen de Neo en el final de *Matrix*. Era tal la pureza de su sangre, que ningún lobo sin iniciar habría tenido oportunidad contra tres vampiros. Pero ella no. Tash tenía el odio y el rencor de su parte esa noche.

Atrajo hacia sí el látigo y con él al vampiro, que salió despedido hacia ella. Cuando estuvo a su altura, le dio un codazo en la espalda, estampándole contra el suelo, y le pisó la cabeza. Todos los huesos chascaron a la vez.

Con uno menos, Tash prestó su atención a los otros dos. Se adelantó al que la atacaba por la izquierda y, de un solo tajo, le abrió el estómago con sus garras.

El vampiro se echó las manos al vientre intentando sujetarse las tripas. Gritando de dolor, intentó asestarle un mordisco a Tash en la pierna, pero esta, con las garras de los pies, le atravesó la yugular. No había regeneración posible para eso.

Con dos aliados menos, el tercero se paró en seco. Viendo que no tendría la menor posibilidad contra esa cosa en que se había convertido la loba, comenzó a huir por el bosque.

Trepó por un tronco clavando sus uñas en la corteza, hasta llegar lo suficientemente alto para escapar saltando de árbol en árbol.

El cielo estaba claro. La luz de la luna era suficiente iluminación para seguirle el rastro.

Natasha disfrutó haciéndolo huir, pero no le iba a dejar ir muy lejos. Cogió el látigo del vampiro y se lanzó en su persecución. Las ramas de los árboles temblaban con los saltos de las dos criaturas. En el quinto árbol, Tash lanzó el látigo que se enroscó en la pierna del no muerto y tiró de él hacia abajo.

El vampiro se estampó contra el suelo en una caída de diez metros, dándose de bruces, sin tiempo para reaccionar. Tash cayó de pie, haciendo que la tierra se hundiera bajo sus pies.

Avanzo hacia él y lo cogió del cuello, apretando lo suficiente para que le molestara, ya que sabía que esos seres no respiraban.

—Me pregunto qué te pasará si dejo que los primeros rayos del sol te toquen.

—Nada peor que lo que te tiene preparado mi señor Einar. Os va a erradicar de la faz del planeta. —Hablaba con dificultad y cuando hubo acabado, empezó a reírse—. Pero a ti..., a ti te tiene guardada una sorpresa.

Natasha no quiso prestarle mucha atención. Se acercaba el amanecer. Tenía al vampiro cogido del cuello y alzado veinte centímetros del suelo. Apenas notaba su peso. Su mirada se perdía por detrás de los árboles, del océano, su mirada estaba en Rusia, en la noche que conoció a Jason, en la noche que la salvó de aquellos hombres... ¿La habría salvado si entonces ella fuera lo que es ahora? ¿Había alguna manera de que Jason supiera lo que en verdad era? No. Él se sorprendió tanto como ella cuando el anciano citó aquello de «loba pura».

Mientras se debatía en sus propios sentimientos y pensamientos, el sol empezaba a salir. El trino de los pájaros anunciaba su llegada. El cielo comenzó a teñirse de rojo, poco a poco la luz ganaba la batalla a la oscuridad, hasta que esta volviera a contraatacar por la noche. El vampiro intentó soltarse del yugo en que se había convertido la mano del monstruo que lo tenía prisionero. Su mirada iba y volvía desde el horizonte hasta la mano, buscando alguna forma de poder librarse de lo que ya presentía iba a ser una muerte atroz.

Natasha pareció despertar de su leve huida atrás en el tiempo, cuando la sombra de la luz del sol ya se acercaba a ellos. Del vampiro comenzó a desprenderse una estela de humo. Empezó a gritar, a revolverse más de lo que había hecho antes. Por desgracia para él, era una batalla que había perdido hacía muchas horas. Los rayos solares le estaban acariciando, quemándolo poco a poco. Chillaba, pataleaba, pero eso no impidió que su tez fuera oscureciéndose hasta el punto de adquirir la textura de una piedra. Primero las piernas, luego el tronco y los brazos. Estaba siendo una cruel tortura. Al final, todo él se calcinó. Tash no había apartado la mirada en ningún momento. Esa era la primera parte de su venganza. La segunda sería acabar con ese tal Einar.

Cuando soltó el cuerpo calcinado y este cayó al suelo, se rompió en mil cenizas que flotaron por el aire.

Se limpió las manos dando unas palmadas y se trasformó en humana. Era hora de volver a recoger el cuerpo de Jason y darle un entierro digno.

Capítulo XXVI

XXVI

Natasha sabía que no podía cargar con el peso del hombre. El haberse transformado tantas veces la había dejado casi exhausta, así que decidió descansar un par de horas.

Se sentó apoyada sobre el tronco de un árbol y miró alrededor. Estaba todo en calma. En ese momento se permitió llorar a su único amigo.

Después de desahogarse, buscó unas cuantas ramas fuertes para hacer una parihuela y poder trasladar el cuerpo sin vida de Jason al rancho.

Cuando llegó al cuerpo de su amigo, un par de coyotes se estaban dando un festín con él. Los espantó con unos gritos y unas palmadas mientras se acercaba corriendo a ellos. Cuando estos huyeron, comprobó que había tardado demasiado. Fue a buscar la parihuela y colocó los restos de Jason en ella.

Llegó a su destino al mediodía. Los hombres que montaban guardia la ayudaron al verla llegar. Estaba cansada, y tenía la cara embadurnada de chorretones de sudor y polvo del camino, lo que le daba una imagen cochambrosa. La ropa estaba llena de sangre seca de los vampiros.

Cuando hubieron arrastrado la carga, fue a buscar a Jhonny.

Lo encontró, gracias a las indicaciones de un muchacho, en la cabaña del anciano. Al parecer, este se encontraba mal.

Entró sin llamar y vio al chico a los pies de la cama y al anciano metido en ella. La primera impresión de Tash fue que no estaba muy bien.

Al escuchar la puerta, Jhonny la miró, se acercó a ella con furia y le dio una bofetada.

—Reza para que no se muera. Si le pasa algo al anciano será culpa tuya.

Natasha no esperaba tal reacción. Le devolvió una mirada de rabia y súbitamente le dijo.

—No vuelvas a ponerme la mano encima o lo lamentarás.

—¡Le empujaste! Y ahora escupe sangre por la boca.

—No fue mi intención, pero eso no te da derecho a alzarme la mano y abofetearme.

—Lo sé, discúlpame —respondió él con pesadumbre—. ¿Dónde has estado?

—¿Tú qué crees? Mira mi ropa y te harás una idea.

Jhonny la miró de arriba abajo e hizo una mueca.

—¿Esa sangre es tuya?

Tash negó con la cabeza, miró al anciano y se aproximó a los pies de la cama.

—Es de ellos. Los maté. A todos los que había allí. No me costó ningún trabajo. ¿Cómo está el anciano?

—Muy débil. —Jhonny se acercó a su abuelo y le refrescó la frente con una compresa mojada.

—No fue mi intención hacerle ningún mal. En ese momento no pude controlarme.

—Él lo sabe. No te hagas mala sangre por ello. Me ha hecho saber que no le ha dicho a nadie lo que ha pasado.

El anciano abrió los ojos y buscó con la mirada a la chica.

—Me... alegro de que hayas vuelto. —Su voz sonó exhausta.

—He traído su cuerpo. Debes descansar para que podamos enterrarlo, anciano. —Tash cogió su mano.

El hombre buscó con la otra mano a Jhonny, cuando el chico se la dio, la juntó con la de Tash.

—Es... Esta manada os necesita juntos. Yo... —Le dio un ataque de tos que hizo brotar una bocanada de sangre.

—Descansa, abuelo, ya habrá tiempo para hablar.

—No, muchacho. No hay más tiempo. Me voy... y antes de irme, me queda una cosa por hacer.

El anciano aprisionó las manos de ambos.

—Quiero que os mantengáis unidos. Seréis los guías de esta manada. Guiaros por la bondad, pero no dejéis de usar la violencia si fuera necesario.

—¿Qué estás haciendo, abuelo? —Jhonny no entendía a qué podía referirse.

—Jhonny, desde este momento te has convertido en el líder de la manada.

El muchacho no pudo retener un gemido angustioso y apretó con fuerza la mano del anciano.

—Natasha, él necesitara de tu ayuda. Me gusta... —Volvió a toser, él sabía que no le quedaba mucho más tiempo—. Quiero que te unas a él.

—Si esa es tu voluntad, lo haré. —Tash le sujetó la otra mano con cariño.

El anciano sonrió levemente. —No es mía, siempre ha sido Urin quien ha marcado tu vida. Ahora sois uno para ella.

Cuando le sobrevino un nuevo ataque de tos, no volvió a abrir los ojos. Su corazón se había rendido.

Natasha intentó reanimarle, pero no obtuvo resultado alguno.

Jhonny le llamó, le suplicó que volviese, pero ya se había ido. Rompió a llorar sobre su pecho. Había sido una noche y un día muy largos.

Pasada una hora desde que el anciano muriese, Jhonny y Natasha salieron de la cabaña. Afuera, toda la manada esperaba noticias de su guía.

El chico quiso hablar, pero las emociones no se lo permitieron. Fue Tash quien se hizo cargo de hacerlo.

—Amigos, hermanos. Nuestro anciano se ha ido. He intentado reanimarle, pero su corazón estaba muy débil y se ha rendido. Antes de irse… —Tash hizo una pausa para respirar—. Antes de irse, el anciano ha pasado el título a Jhonny, ahora él es nuestro anciano.

Hubo varias quejas por su edad, por su falta de experiencia, pero la mayoría de los congregados allí aceptaron sin rechistar.

—Me gustaría deciros otra cosa. Es algo que no sabéis casi ninguno.

Entre la multitud creció la incertidumbre, esperaban noticias, pero no sabían que se les había ocultado información.

—El día que llegamos Jason y yo a vuestra comunidad, no fue por casualidad. Hace casi un año empecé a tener sueños a raíz de perder a mis padres. A través de ellos, Urin me llamaba, me pedía que viniese. Entonces, no sabía la razón. Ahora sí.

La gente esperaba expectante a que hablase la chica. Comprendían a su vez que Jhonny en ese momento permaneciese en silencio, había perdido a un miembro reciente de la manada y al último de su familia.

—Urin me eligió, porque soy capaz de acabar con los vampiros. Ahora sé cuál es mi misión. El anciano, antes de morir, nos ha unido a Jhonny y a mí como uno solo. El será el anciano y yo seré ¡La espada de la libertad!

La gente pareció animarse, querían dejar atrás el miedo, pero sobre todo la maldición.

—Yo sola no podré contra todos. Necesitamos a nuestros hermanos y a nuestras hermanas, viajad, haced llegar la noticia. Dentro de un mes las cosas cambiarán. Id, hermanos míos, a la guerra que se nos ha impuesto y ganadla. Pero no por mí. Ganadla por vuestros hijos e hijas, para que el día de mañana no tengan miedo a contagiarse.

Que Jason haya sido el último hombre lobo que hayan matado los vampiros.

Natasha se transformó en aquel monstruo que había conseguido acabar con tres vampiros y lanzó un grito.

—¡Por Jason!

Los demás hombres lobos presentes se transformaron y aullaron a la vez.

Por fin, no tenían miedo, por fin tenían un líder, por fin tomarían la iniciativa.

TERCERA PARTE

LA VENGANZA

Javier Piña Cruz

Capítulo XXVII

XXVII

Después de levantarle la moral a la manada de los hombres lobo con aquel discurso emotivo, Natasha empezó a dirigir a los guerreros. Ella, una simple muchacha, que hasta hace un año no sabía lo especial e importante que era, se había transformado en una autentica líder.

Había desplazado, sin quererlo, en jerarquía a Jhonny, no era que le agradara, pero todos los informantes, los mensajeros, y los guerreros informaban antes a la muchacha que al auténtico jefe.

Era tal su compromiso con la idea de derrotar a los vampiros, que apenas paraba de entrenar y ayudar a mejorar el entrenamiento de los demás. Al transformarse hacía pocos días, en aquel hombre lobo gigante, hizo que todo su ser tomase de manera instintiva los recuerdos de sus antepasados.

Todo había entrado en ella sin quererlo. Las técnicas de combate y la sabiduría de un auténtico anciano, aunque ella, rehusaba esto último. Muchas veces se enfadaba con sus hermanos por saltarse la cadena de mando, pero por más que lo intentaba, nada podía hacer. Nunca habían respetado a Jhonny, siempre le vieron como un niño pequeño, uno con responsabilidades que no debería tener. En cambio, a Tash, la veían como una heroína.

Ella sola se había encargado de matar a tres violentos vampiros. Los tres asesinos de su buen amigo Jason. Aquel mismo hombre que la había salvado un año atrás de innumerables peligros, si no hubiera aparecido en el momento justo ella no estaría aquí.

Ya nada podía hacer por él en vida, pero se había impuesto como meta acabar con todos y cada uno de los vampiros que poblasen la tierra, empezando por su rey. Einar.

<<Conociendo a Jason>>

Tanya e Iván estaban ocultos en Irlanda, cuando la mujer, estando en los 8 meses de gestación, dio a luz a un niño. Una noche, cuando ambos eran aún novios, fueron a hablar con la anciana de un Crómlech de Rusia. Ellos, no eran Hombres lobo, pero en su interior, llevaban el gen latente esperando a que, en su próxima generación, fuera activado. Ambos padres, descendían del linaje de los lobos. Si bien ellos no tenían activado el Gen que les hacía convertirse en Licántropos, sus hijos sí lo tendrían.

En cada generación, en ambas familias, los padres y los abuelos, les contaban su procedencia, la historia de cómo su linaje descendía del Siglo XIV, de cómo habían sido maldecidos por culpa de su antepasado y de una posible profecía, que nadie sabía si sería cierta o no, pues los vampiros, siempre se encargaban de asesinar a la loba, cuando esta era pequeña.

La anciana, tenía dotes de vidente y podía hablar con los espíritus a través de la oscuridad. Así fue como Tanya e Iván supieron que iban a tener dos hijos. Un Lobo y la ansiada Loba Blanca. Lo que viera de más, la anciana se lo calló. Pero lo que sí les dijo fue que el mayor de ellos, el macho, debía pertenecer a ese Crómlech.

Al principio, creció sin ningún problema, pero fue en su décimo cuarto cumpleaños, cuando empezaron a notarse los cambios que el gen provoca y activa. Mal carácter, pesadillas y mucho más... Jason fue expulsado varias veces ese año del instituto. Él no entendía el porqué de la rabia que sentía dentro de él, de los sueños extraños que tenía por las noches.

A la edad de dieciséis años y ya viviendo en Rusia, tuvo su primer cambio.

Era un fin de semana y sus padres, esos que él conocía como tales, siempre intentaban salir a las montañas, donde con sudor, habían comprado una cabaña, solo con la esperanza de que el primer cambio fuera lejos de la civilización. Y por fortuna para ellos, así fue. Pero para Jason no fue todo lo dulce que sus padres se podían imaginar. El chico era obligado a dormir sólo en el bosque, sabía que era por su protección y la de sus propios padres. Él sabía ya lo que era, se lo habían explicado, pero el temor a hacerles daño, corroía sus pensamientos.

Ellos sabían que había algo especial, que nunca se había dado el caso de que un matrimonio hubiera tenido dos hijos lobos. Así, cuando Jason, cumplió su primer cambio. Fue enviado a Irlanda, para protegerle, ahí adopto el apellido McAdams. No fue hasta que sus padres, supieron la gravedad de estar embarazada de una loba según la profecía, cuando le nombraron protector de Natasha.

Al enterarse de que sus padres habían muerto en un accidente de tráfico, fue enviado al Crómlech de Rusia con la orden de proteger a la loba que había nacido, en ningún momento le dijeron que era su hermana. Allí aprendió a controlar su furia, los cambios, la historia, pero sobre todo aprendió que tenía que protegerse de la gente normal y, mucho más, de los vampiros.

La primera orden que dio como "Espada de la libertad" fue mandar a los dos guerreros más preparados a comprar armas, preferiblemente de larga distancia, ropa. También móviles a Idaho Falls, una ciudad ubicada en el condado de Bonneville. Dio por terminada así la época Amish.

Se acabó el disimular, si bien no llamarían la atención de los humanos, tampoco dejarían indefensos a sus cachorros. Ella sabía que, ante un ataque, se podrían defender con sus garras y colmillos. Pero también sabía que las armas eran una ayuda que no podía subestimar.

Jhonny, a su vez, intentaba lidiar con los ancianos de los demás Crómlechs de los condados vecinos. Ellos no veían bien la revolución que estaba poniendo en marcha Tash. Querían seguir con el orden natural, tal y como habían hecho durante los siglos anteriores sus ancestros.

El muchacho, por una parte, se sentía fuera de lugar pese a haberse preparado desde los nueve años para ese momento. Por otra parte, él mejor que nadie, sabía que había que acabar con la maldición, de una manera u otra y la manera que proponía Natasha, aun siendo arriesgada, le atraía por la sed de venganza que ardía en su interior.

Pasaban los días y los entrenamientos se intensificaban. Natasha se había cambiado de cabaña. Recogió sus cosas y las pocas que tenía de Jason y se fue a la de Jhonny. Rara era la noche que no llegaba con moratones y arañazos. Pero le daba igual, para ella, esto sólo era el comienzo.

Muchas noches no dormía, cuando cerraba los ojos veía todo lo que había perdido, pese a su escasa edad. Sus padres, su país, sus pocos amigos o conocidos, Jason. Todo empezaba a atormentarla. Las noches que conseguía dormir apenas descansaba cuatro horas seguidas. Y las que no conseguían pegar ojo, leía sobre vampiros, cuentos, historias, cualquier cosa que le pudiera ayudar.

Una noche, mientras caminaba por los alrededores, apareció Urin. Natasha dobló la rodilla al verla y agachó la cabeza como forma de respeto hacia el espíritu.

«Hola cachorra. Han pasado muchas cosas desde la última vez que hablamos. —Urin se sentó sobre sus cuartos traseros, mirándola. »

—Gran madre. ¿Qué haces aquí?

«Vengo a traerte sosiego, no puedes seguir este ritmo. Debes parar o te consumirás en el odio. »

Natasha se sentó en el suelo, no entendía muy bien al espíritu. Primero era elegida para matar a los vampiros y, ahora, le pedía que parase. Todo era un gran interrogante. Definitivamente no entendía nada.

—Pero Gran madre, ¿cómo voy a parar, si me han quitado lo único que me quedaba?

«Tienes muchas más personas que Jason, cachorra, piénsalo, tienes a Jhonny...»

Cuando Natasha fue a contestar al espíritu, este empezó a difuminarse con el entorno, dejando solamente un último mensaje.

«Los dos sois la clave. Vuestra descendencia será pura... »

Tash abrió ampliamente los ojos, se sentía indignada, no era suficiente que se uniera con Jhonny. Ahora tenía que yacer con él para dar vida a una nueva raza de hombres lobo sin maldición.

Volvió sobre sus pasos a su cabaña. Meditaba sobre cómo proceder. Jhonny le atraía, claro que sí, era guapo, la trataba bien, menos por aquel guantazo... Tampoco se lo podía reprochar. Las noches que llegaba de entrenar, curaba sus heridas sin hacer preguntas. La relación que tenía con él tendría que cambiar... «No es mi criado, es mi... ¿Marido? ¿Esposo? ¿Compañero? Sí, Compañero era la mejor definición.» Decidió Natasha finalmente

Capítulo XXVIII

XXVIII

<<Muchos años antes...>>

Einar, desde que desató la maldición sobre el caballero y creó a los hombres lobo, cambió radicalmente.

Si después de convertirse en vampiro, aún era él, cuando ordenó crear la maldición al brujo, su corazón empezó a oscurecerse.

Si de por sí, a raíz de la toma del castillo, su sonrisa, su calidez y su bonanza, fueron desapareciendo poco a poco, el paso de humano a vampiro no lo arregló. Había aprendido mucho de Alana, ahora era capaz de entrar en las tabernas de las aldeas y hacerse pasar por un simple caballero. Seguía con la costumbre de salir a cabalgar, pero, ahora, tenía un fin aún mayor. Alimentarse. Y su lugar preferido para ello, fue la taberna de fuera de las murallas.

En ella, sólo había gente pobre y, pese a eso, siempre estaba llena. Le resultaba divertido, entrar y sentarse al fondo, donde la luz apenas llegaba para reflejar su rostro.

Llevaba una capa con capucha de terciopelo negro que le ayudaba a ocultarse, de las miradas curiosas.

Siempre pedía una copa de vino caliente, sacaba una pipa de fumar y esperaba a que pasase algo curioso. Siempre pasaba algo, desde una discusión entre dos vecinos de tierras a la típica discusión de borrachos.

Una noche, ocurrió algo inusual. Algo que jamás pensó que sucedería. Se había sentado en su sitio preferido y había seguido el ritual: el vino, la pipa, la capucha. De pronto escuchó una voz familiar. Una voz de una mujer. Levantó la vista hacia la barra y ahí estaba ella. Habían pasado veinte años, pero era inconfundible, el sonido de su voz, le hizo sentir un escalofrío en todo su cuerpo. Solamente pudo emitir un susurro de incredulidad. —Anne.

Anne había vuelto al reino, veinte años después para buscar a Khein, el hijo que dejó cuando no pudo aguantar más las manías de Einar.

<<Conociendo a Khein>>

Alana, antes de morir, contó al niño su procedencia. En un intento de pedir clemencia a la Madre, por haber abandonado su camino. También le dijo, que, ella, no era su verdadera madre, sino que se había casado con su padre, cuando él ya había nacido.

Ante esa inesperada noticia, Khein, sintiéndose engañado y manipulado, se marchó del reino junto con una cuadrilla de la guardia que le escoltaría hasta Caerlion. Pero algo, quiso que nunca llegase a su destino. Una banda de vampiros lo secuestró, dando caza a todos los soldados.

Tuvo suerte, no le convirtieron, pero sí lo vendieron a una familia adinerada. De la noche a la mañana pasó de ser un príncipe a un simple sirviente. Durante muchos años estuvo sirviendo en aquella casa, tierra a dentro, en el centro de Londres. Entró siendo un simple niño y acabó siendo el ayudante de cámara de su señor. Intentó escaparse muchas veces, y otras muchas, le molieron a palos por intentarlo. Con el tiempo, el recuerdo de quién fue un día quedó relegado en su mente.

Una noche, estando en una taberna, una mujer se fijó en él. Khein estaba enfermo, debido a su trabajo en los primeros veinte años. Ahora con cincuenta años veía cómo su vida se apagaba. La mujer, resultó ser su verdadera madre, Anne.

Esta *al reconocerle, le liberó y lo llevó a Caerlion. Allí se contaron toda la verdad de sus vidas. Anne quiso que le dejara convertirle en más de una ocasión, pero el chico convertido en hombre, sólo deseaba dejar esa vida de sufrimiento y maldad, en la que le había tocado vivir.*

Finalmente, después de cinco años de libertad, murió y Anne juró ante su cuerpo inerte, que se vengaría de todos y cada uno que le habían arrebatado a su precioso hijo.

Todo su ser se moría por hablar con ella, por abrazarla, por besarla de nuevo. Cuantas veces se había arrepentido de no acudir esa noche a la cita. Cuantas veces se odió a sí mismo por dejarla ir. Y ahora la tenía justo delante. El tiempo no había pasado para ella. Seguía siendo tan hermosa como el día que la conoció en el castillo de Cameliard.

Para poder hablar con ella sin desvelarle en lo que se había convertido necesitaba alimentarse. Fue a levantarse, pero se paró en seco. Se sentó de nuevo y se concentró. Algo no marchaba bien.

Podía escuchar todos los sonidos de la taberna, los que se hallaban dentro y fuera de ella. Podía distinguir quién suspiraba, quién tosía y quién, sin embargo, hablaba ajeno a su presencia. Pero, si podía oír todo eso ¿por qué no escuchaba el corazón de Anne?

Lo que no se esperaba, sucedió. Justo en el momento el que se levantó, ella miró hacia donde él estaba. Sus miradas se cruzaron. Ella enarcó una ceja, lo había reconocido.

Caminó hacia su mesa con paso lento, su cuerpo lucía movimientos cual animal que está al acecho de su presa.

Era fascinante, tenía una gracia inusual. Sus ojos habían cambiado de color, ahora eran de un verde esmeralda, y sus labios... El pelo cobrizo ondeaba suelto, le caía hasta la cintura haciendo contraste con el vestido que llevaba puesto. Era de tirantes, dejaba ver sus hombros desnudos y parte de su espalda. No era el tipo de vestido que llevaría una muchacha y menos una señora en esa aldea, pero ella no parecía ser ninguna de esas dos cosas. Al menos, ya no.

Anne se paró al lado de su mesa, notando que él ya no era humano. Comprobó si aquel hombre que tiempo atrás había sido su esposo, seguía demostrando modales.

Einar se acercó a ella, puso las manos sobre una silla y la sacó levemente, esperando que Anne se sentase, cuando lo hizo, en silencio, volvió a su sitio. No podía dar crédito a lo que sus ojos veían. Se sentó en su silla, y con la pipa en la mano, la observo en silencio, enamorándose de nuevo de ella, como años atrás.

Fue Anne quien rompió el silencio entre los dos, pues detrás y delante de ellos, el gentío no hacía más que hablar y gritar, aquello parecía un gallinero.

—Te esperé toda una noche, en la colina. —Dijo con voz melancólica.

—No pude ir, estuve ocupado.

— ¿Con alguna zorra en particular?

Anne cogió la copa de Einar y fingió darle un sorbo, dejándola de nuevo en el mismo sitio donde estaba.

—Te puedes hacer una idea, creo que a ambos nos pasó lo mismo.

— ¿Entonces, fue una zorra la que te convirtió?

—No, fueron decisiones equivocadas. —Sentía una hoja en su corazón muerto cada vez que la escuchaba hablar.

—Se que fue así, a mí me fue a buscar y cuando me encontró y me dejó en el umbral de la muerte ¿sabes qué me dijo?

Einar no sabía muy bien a qué se refería. Sospechaba algo, pero era imposible, no creía que Merian fuera tan vengativa.

—¡Pues lo es! Maldito mal nacido, maldigo la hora que Sagrad nos presentó, maldigo la hora en que me enamoré de ti.

El rey cerró los ojos entristecido, se había dejado leer el pensamiento, pero eso no era lo que le preocupaba. Era su culpa que Anne no estuviera viva, ella no merecía eso. De nuevo le había destrozado la vida, era la segunda vez que lo hacía.

—Cuando estuve a punto de no volver del otro lado, me dijo que te diera recuerdos, que tu deuda con ella estaba saldada. ¿Me vas a decir qué cuenta es esa, que incluye a la madre de tu hijo?

Einar respiró profundamente de la pipa y exhaló el humo por la boca y nariz creando una nube de humo entre los dos.

—La obligué a que me convirtiera, antes de que digas nada. Yo no pensé en las consecuencias, estaba embriagado de su esencia.

Anne alzó las cejas y con la mano derecha le pegó un tortazo. El sonido que provocó hizo que los más cercanos a la mesa, se giraran para mirar.

—Eres un mal nacido. No solo te condenaste a ti, me has condenado a mí también. ¿No era buena en la cama? ¿Acaso alguna vez te negué algo? —Anne estalló de rabia, cogiéndole del cuello de la capa.

Einar no contestó, se sentía incapaz de hablar. Tenía toda la razón, no tenía excusa. Pero eso no la devolvería su alma mortal.

—Quiero que sepas una cosa Einar Collinwood. Jamás te odié. Ni si quiera cuando no ibas a ver a Khein, ni cuando no ibas a la cama conmigo, en ningún momento te había odiado, hasta que me arrebataste lo último que creí que jamás harías. —Sus ojos ardían en llamas, su mirada le penetraba hasta el alma, si es que le quedaba al vampiro.

—No te culpo. Nunca pretendí que nada de esto sucediera. —Einar sentía cómo una vez más se moría por dentro, pero esta vez eran las palabras de ella las que le mataban.

Anne recuperó la compostura y se atusó las ropas.

—¿Cómo está nuestro hijo? Llevo veinte años sin saber nada de él.

—Hace dos años que se fue a buscarte. ¿No te encontró? —Einar se tensó ante la posibilidad de que le hubiera sucedido algo.

—¿Qué dejaste ir a Khein a buscarme? ¿Pero cómo se te ocurrió tal cosa? —Las cosas se ponían de mal en peor.

—Se fue una mañana. ¿Qué querías que hiciera? ¿Encerrarlo en la torre?

Anne negó con la cabeza, masajeó sus sienes con sus manos, mientras cerraba los ojos.

—Nunca me lo he encontrado, jamás llegó a Caerlion.

—Mandaré a buscarlo, no descansaré hasta encontrarlo.

—No, no quiero que hagas nada, me encargaré yo.

Anne se levantó de la mesa y puso las manos sobre ella, mirando fijamente a Einar.

—No solo he venido a por mi hijo. He venido a avisarte. Te odio Einar Collinwood, te odio como jamás he odiado a nadie. La próxima vez que te vea, te mataré.

La mujer se dio la vuelta y sin dejar responder al hombre se fue. Ya no había sensualidad en sus pasos, ahora era un animal corriendo hacia su presa.

Einar se quedó mirándola. Aspiró su pipa y exhaló el humo muy despacio. Si hubiera alguna forma de recuperarla, ese día se hubo disipado.

Se levantó, dejó unas cuantas monedas en la mesa y salió sin que nadie se diera cuenta.

Capítulo XXIX

XXIX

Decidida a cambiar su actitud con Jhonny, Natasha se levantó pronto esa mañana, salió de la habitación en silencio, con la bata a medio poner y cerró la puerta despacio. Antes de dormirse la noche anterior, decidió hacer un alto en su entrenamiento. Tenía que prestar atención a otras cosas y, entre ellas estaba su compañero.

Fue hasta la cocina y sacó media docena de huevos y un par de tiras de Bacon. Se acercó a la cafetera, por el olor del café, sería de hacía unos cuantos días. Realmente, entre sus tareas y las de Jhonny, ninguno de ellos tenía tiempo de adecentar la cabaña y tenerla en condiciones. Fregó los platos, hizo el desayuno y preparó café. En poco más de una hora, la cocina había cambiado por completo. Cogió una bandeja grande y puso los platos y los cafés en ella. En ese momento, se dio cuenta de que no sabía cómo le gustaba el café a Jhonny. Se regaño a sí misma. Buscó algo que le sirviera de azucarero, pese a que a ella le gustaba el café solo y amargo, y cogió un poco de leche. Con la bandeja ya preparada fue hasta la habitación. Abrió la puerta haciendo malabares para que no se le cayese nada, Jhonny aun dormía a pierna suelta. Miró el reloj, marcaba las 05:45. Dejó el desayuno en una mesita y se metió de nuevo en la cama. Se quedó admirando cómo dormía mientras le acariciaba el pelo. Jhonny no tardó en despertarse, pues sentía las caricias de ella y la buscó con la mirada.

—¿Qué haces? —Le preguntó el chico, mientras intentaba abrir los ojos, aunque se resistían a obedecerle.

—Mirar como duermes. ¿Te molesta? —Su voz parecía sensual a los oídos del chico.

—No, perdona. ¿A qué huele?

Natasha retiró la mano de su cabello y sonrió, levantándose y acercándose donde había dejado el desayuno.

—Te he preparado algo para empezar bien el día —Se acercó con la bandeja a la cama.

—Qué buena pinta tiene, no tenías por qué molestarte.

Tash se acercó por el lado del chico, dejo la bandeja sobre las piernas de él y le besó en los labios.

Jhonny no esperaba que hiciese eso y le cogió desprevenido, sin saber exactamente cómo reaccionar. Natasha se separó levemente y sonrió mirándole.

— ¿No te gustan los besos de buenos días?

—Nunca me habían dado uno. —Respondió, sin dejar de mirarla.

Ella repitió el gesto, prologando el beso un poco más. Ahora él sí respondió al beso, intentando hacerlo lo mejor que sabía.

—¿Ahora te gustan? —Preguntó Tash, separándose unos milímetros, mirándole, provocándole para que cayese en su seducción.

—Creo que sí —Es lo único que acertó a decir el muchacho que sentía cómo su corazón se aceleraba.

La chica apartó la bandeja del desayuno y se subió encima de él.

—Ambos somos nuevos en esto. ¿Quieres que siga?

—¿Qué te sucede hoy? —No terminaba de entender el cambio que se había producido en ella, como si ahora lo deseara carnalmente.

—He tenido un sueño. He comprendido que no todo se basa en entrenamiento y odio.

Jhonny la miraba sin entender muy bien lo que decía. ¿Un sueño? ¿Por un sueño, había cambiado su manera de ser?

—No te entiendo. ¿Quieres decir que tienes un sueño y, cuando te despiertas, te metes en la cama conmigo?

Natasha suspiró, le rompió la camiseta en dos dejando al descubierto el pecho masculino y agachó la cabeza para besarle la piel. No quería contestarle en ese momento.

Jhonny se debatió unos instantes en hacerla parar o dejarla seguir. No quería discutir con ella, pero, por otro lado ¿dónde les llevaría esto? Cerró los ojos al final y se dejó hacer.

La mujer pasaba sus labios por la piel desnuda del torso, subiendo hacia arriba, buscando su cuello, sus manos acariciaban el abdomen suavemente.

Jhonny, que en un principio había cedido dejándola hacer, desabrochó la bata de la chica dejándola caer sobre su cama y tocando las piernas de ella. Cerró sus manos sobre la camiseta de ella y tiró hacia arriba para quitársela.

Ella se irguió dejando que la desnudase de cintura hacia arriba.

Ninguno de los dos parecía tener experiencia, pero el acto en sí los guiaba en los pasos que debían seguir.

Continuaron con los preliminares durante un buen rato, acariciándose, besándose, mirándose mientras sus dos corazones parecían explotar por la velocidad que bombeaban la sangre.

Jhonny la obligó a cambiar de postura, le dio la vuelta y quedó él encima de ella. Ahora le tocaba disfrutar de su piel. Natasha estaba encantada de recibir esa atención, sus dedos se perdían sobre el cabello del chico. Este no paraba de besar sus pechos, su cuello, y sus manos recorrían de arriba a abajo la silueta de la chica.

En un momento de clímax, el chico se desnudó completamente, y tras hacer lo mismo con la muchacha, ambos se miraron, con el entendimiento de la mirada se dieron el consentimiento para llevar los preliminares a un escalón más.

El chico se tumbó encima de Tash y, con torpeza propia de un principiante, le costó un poco entrar dentro del cuerpo femenino.

Natasha gritó al sentirle dentro de ella, sintió un dolor nuevo, el himen se había roto, dejando paso al ser del muchacho dentro de su propio cuerpo. Lo que, en principio fue un dolor intenso, al cabo de poco tiempo, se transformó en un placer nunca experimentado.

Tash rodeó con sus piernas el cuerpo masculino, dejándole mayor acción, mientras que sus manos y sus uñas arañaban la espalda del chico.

Durante cerca de una hora estuvieron descubriendo sensaciones que los atarían para siempre.

Esa mañana se comenzaría a gestar algo nuevo entre los dos.

Capítulo XXX

XXX

Con el paso de los siglos, el alma de Einar se fue marchitando, hubo un tiempo en el que se alimentaba por necesidad solamente, pero, con la muerte de Alana a los cuarenta y cinco años, al caerse de su caballo y que su cabeza chocase contra una piedra, cambió. La separación, el odio que Anne le profesaba por haber hecho que la convirtieran en un vampiro, le hicieron hundirse completamente. Ya no miraba de quién se alimentaba, ahora comprendía la carta de Merian, igual que hizo que ella perdiera su último eslabón con su moralidad, él lo había perdido igualmente.

Una vez al año, volvía a lo que una vez fue su reino, ahora convertido en una ciudad importante de Inglaterra. Se paraba frente a un edificio de oficinas de una organización local en el que muchos siglos atrás, en ese mismo lugar, se erguía orgulloso su castillo. Allí enterró el cuerpo de Alana, y, con el tiempo, hizo una lápida con su propio nombre en ella.

Ahora tenía setecientos años y un nombre nuevo. Einar Collins, pero ya no le preocupaba absolutamente nada, salvo destruir a Merian y a los hombres lobo. Recibió noticias de que, en Estados Unidos, había una rebelde que fue capaz de asesinar a tres vampiros, cosa inaudita hasta la fecha, pues bien era sabido que los hombres lobo tenían mucha más fuerza, los vampiros siempre iban en grupo, para no dejar que eso los condenara al fracaso.

Decidió alojarse en frente de Liberty Park, en la calle 1300 Street, en Salt Lake City, ni muy lejos ni muy cerca de los lobos. Había que tener una posición neutral. Le costó tomar el control de la ciudad, pero, tras una sangrienta disputa que duró dos años, consiguió acabar con el jefe del territorio. De nuevo tenía un "reino" que dirigir. Todas las noches, decenas de vampiros, se congregaban en su ático. Desde ahí, controlaban los negocios, la política y el ritmo de la ciudad. No había un sólo vampiro que no conociera la crueldad de Einar Collins. De él se decía que tenía una urna con la cabeza del jefe anterior en su despacho como una muestra de poder ante los que pensaran levantarse contra él.

Cada noche, después de hablar de las últimas nuevas de la ciudad, planeaban los ataques contra los Crómlechs del país.

Aún no habían digerido que una sola loba, hubiera matado a tres de sus hermanos, los vampiros estaban furiosos y Einar, lo sabía.

El día que decidió maldecir al caballero, no pensó que después de siete siglos tuviera que lidiar con su estirpe, pero la Diosa quiso que así fuera. Una deidad que Einar vio como perdió uno de sus últimos santuarios con el abandono de Glevón. Ahora toda Inglaterra era cristiana o eran practicantes de otras religiones, pero eran muy pocos los que aún mantenían viva a la antigua religión con la que se crio.

Después de acabar la reunión, Einar se fue a caminar por la ciudad. Cruzó el parque a paso lento, observando a la gente que aún se resistía a entrar en sus casas. La mayoría eran críos de dieciséis a veinte años, locos por reunirse y beber hasta altas horas de la noche. También se encontró con algunos mendigos, durmiendo al lado de los arbustos, o en los bancos, como si buscasen resguardarse del frío con la madera de estos, o el follaje de los otros. En otra época, los habría acogido u ayudado, pero, ya, no era ese hombre.

De pronto se paró. Había captado su atención una pareja de hombres, quizá en otra ocasión habría pasado de largo, pero estaba seguro de que seguían a una muchacha que andaba unos pasos por delante de ellos. Una mujer de no más de veinticinco años. Era pelirroja, de estatura media. Iba vestida de forma normal, a su juicio parecía una secretaria. Lo que le pareció raro, ya que eran cerca de las tres de la mañana. Decidió seguirles y, de paso, a ella. Mientras andaba tras ellos, podía sentir cómo el corazón de ambos hombres latía muy deprisa, mientras que el de la chica, quizá porque iba escuchando música mediante unos cascos, era acompasado. Cuando la mujer dobló la esquina, para meterse en una calle oscura, los agresores aprovecharon y saltaron sobre ella, empujándola contra la pared, y, a su vez, contra un contenedor. La muchacha intentaba soltarse, zafarse de sus agresores, pero estos, por fortuna para ella, sólo querían su dinero. Uno de ellos, le pegó un puñetazo en el estómago lo que hizo que la mujer doblara el cuerpo por el dolor. En ese momento, aprovecharon para quitarle el bolso, la cadena de oro que llevaba en el cuello con una lágrima de oro, los anillos y las sortijas. Cuando estaban a punto de irse por donde habían entrado, se encontraron con Einar.

Ambos hombres se miraron, pensaron que, al ser dos, sería fácil. Otra víctima más para un golpe perfecto pues

Einar iba ataviado como un hombre de negocios: Zapatos de Emidio Tucci, el traje de la misma marca, solo con la ropa sacarían tres mil dólares. Pero no sería tan sencillo como creían.

Si en un primer momento, tenían todas consigo, un halo de penumbra rodeó al misterioso buen samaritano, era como si una niebla saliese de su cuerpo. Los agresores no se podían mover, algo los retenía en el sitio. ¿El miedo? Nunca lo sabrían, porque Einar saltó sobre uno de ellos arrancándole un trozo de piel de la garganta, justo donde corre la yugular. Al ver esa escena, el otro agresor intentó gritar. Pero, ¿por qué no podía gritar? ¿Quién era aquel monstruo que impedía que se moviera y gritase?

Einar con el cuerpo moribundo entre sus brazos, miraba de soslayo al segundo agresor. Quería que viese lo que le esperaba. Cuando hubo bebido lo suficiente del primero, lo dejó caer al suelo. El cuerpo, inerte y demacrado, chocó contra el frío suelo, dejando una imagen dantesca.

La mujer, que estaba aún donde la habían dejado, se había hecho un ovillo, con la cabeza entre las piernas y sentada en el suelo, ni se preocupó en ese momento del hedor a orín y demás sustancias que salían o permanecían al lado del contenedor de basura.

El agresor número dos, intentó defenderse con la única manera que le había permitido ese ser oscuro. Aleteaba con los brazos y las manos, en un vano esfuerzo de alejarlo de él.

Einar cogió uno por uno los brazos y se los partió. Un aullido sordo quiso salir de la garganta del agresor, que tenía los ojos casi saliéndose de sus cuencas.

Con los brazos inutilizados se inutilizó anuló su defensa. Sabía que iba a morir como su compañero. Ese había sido su último golpe y, esa a su vez, fue su perdición.

Einar no tuvo reparos. Sujetó con una mano la cabeza, echándola a un lado, dejando un ángulo perfecto, para atacar la arteria preferida. Pero, en vez de hacerlo rápido, se tomó su tiempo. Tiempo que dedicó en mostrarle lo que iba hacer a cámara lenta. Primero, acarició sus colmillos en la piel sudada del hombre. Más tarde rasgó a propósito la piel, haciendo que sintiera un leve dolor. Después... de cuando el miedo se había apoderado de cada célula del cuerpo del agresor, lo mordió. Pero al contrario que con su compañero, con él no tuvo ninguna piedad, con él fue con quien prefirió jugar.

Mientras bebía su sangre, y gracias a los poderes que le daba esta, dejó que el cerebro de su víctima, sintiera y experimentara el sabor de su propia sangre. Cuando hubo bebido la mitad de la sangre, paró. Le sujetó con el brazo su cabeza y con la mano que quedaba libre, se mordió su propia muñeca. Le obligo a beber de él. No le quería matar, prefería hacerle un mísero esclavo de su voluntad. Cuando hubo acabado de darle de beber, cerró su herida y la suya propia.

—Búscame si quieres más. Y te aseguro que querrás.

Después de que el agresor, aprendiz de esclavo desde esa noche, se fue, se giró para buscar con la mirada a la chica. Estaba aun hecha un ovillo en el suelo, gimoteando.

Ayudó a que se levantase la muchacha. Ella, no hacía más que farfullar palabras casi inteligibles para que no le hiciera daño.

Algo que le molestó al vampiro. Odiaba ese comportamiento. Miró fijamente los ojos, dejándole que se perdiera en su encantamiento. Cuando la muchacha se hubo calmado, se acercó más a ella, la abrazó y la besó en los labios. Ella no respondió al beso. Se encontraba viajando, por los años y años de vida del vampiro, incapaz de salir de ellos, incapaz de defenderse o de responder.

Pero Einar no la estaba besando por placer. Había mordido los labios de la muchacha y se estaba alimentando nuevamente. Un hilillo de sangre caía por la comisura de la muchacha. La dejó caer, como si fuera un desecho, cuando bebió la última gota.

Antes de irse, miró ambos cuerpos, se rascó levemente la mejilla como si estuviese pensando algo complicado. Se acercó al cuerpo de la mujer y la colocó al lado del hombre que yacía cerca de ella. Se separó de ellos y observó su obra. Ambos parecían morder el cuello del otro, mientras se abrazaban. Le dio por reír, soltó una carcajada ante la imagen grotesca. Se alejó, dando saltos y tocándose los talones en el aire. Se lo había pasado bien esa noche.

Capítulo XXXI

XXXI

Jhonny estaba afilando unas estacas en el porche de la cabaña. Se había levantado muy pronto esa mañana.

Mientras trabajaba la madera, su mente retenía el placer que sintió el día anterior con Natasha. Nunca antes había sentido nada parecido.

Mientras seguía sacando punta a los proyectiles de madera, Tash salió por la puerta y se quedó mirando, apoyada sobre el marco de esta.

Ella también había experimentado sensaciones placenteras la noche anterior. Además, se había propuesto mantener un trato más afectivo con el muchacho.

Cuando le fue a interrumpir, una ranchera llegó hasta su casa. Del automóvil salieron los cazadores que había mandado a buscar armas. En la parte trasera de la furgoneta, traían varias bolsas de deporte, así como pequeñas cajas, que Tash dedujo que era munición. Se acercó a ellos, mientras descargaban.

Los dos hombres dejaron caer las mochilas al suelo, y abrieron la cremallera. Dentro de ellas, había Arcos de competición, ballestas, machetes y pistolas de corto alcance.

—Esperemos que sirva. Mandar que todos hagan flechas, pero no las hagáis demasiado finas. Quiero que las noten. Quizá no les hagan nada, pero sí les molestará lo suficiente.

Natasha se giró sobre sí misma y volvió al porche con Jhonny.

—¿Qué estás haciendo? —Le preguntó

—Construyendo mi guardia personal. Tú no vas a estar siempre para salvarme.

—Nunca dejaría que... —Jhonny se acercó a ella y le dio un beso en los labios.

—Tu misión es ese rey. Los demás somos prescindibles.

—No digas eso. —El chico pudo ver claramente que esa aseveración le había molestado.

—Yo tampoco quiero morir Tash. Pero la única que no debe hacerlo, hasta acabar, eres tú. —Natasha negó con la cabeza, mientras le miraba fijamente a los ojos.

—Urin dijo que ambos terminaríamos con la maldición.

—Sí, lo recuerdo, pero ¿cómo? ¿Cómo acabar con ella si no sabemos hacerlo?

—No lo sé, Urin nos lo dirá, imagino. —La voz de la muchacha sonaba a resignación.

Natasha llevó su mirada hacia lo alto de un pequeño monte, justo donde habían enterrado a Jason.

—Si por lo menos estuviera aquí. —Sus ojos se llenaron de lágrimas.

—Lo sé, todos le queríamos. Estuvo poco tiempo, pero se hizo de querer. Sobre todo, con Naomi.

Natasha sonrió levemente, buscando con la mirada para ver si veía a la chica.

—Por cierto, ¿dónde está Naomi?, llevo días sin verla.

—Dejó el Crómlech cuando Jason...

—Entiendo. Le cogió mucho cariño.

Jhonny la miraba con ganas de preguntarle algo, pero no sabía si sería el momento oportuno. Al final se decidió.

—¿Has hablado con su Madre? Creo que en alguna conversación que tuvimos la nombró.

—Eh, no. Debería...—Abrió los ojos como platos. —¡Eso es! Tengo que volver a Rusia.

—¿Qué tienes qué? —Jhonny no sabía que bicho podía haberle picado ahora.

—La anciana, ella sabe cómo luchar contra los vampiros. —Parecía estar eufórica.

Jhonny alzo las manos intentando tranquilizarla...

—Piensa por un momento, Natasha. Nos han atacado unos vampiros. ¿Cómo crees que permitirían que salieras del parque?

—Es un riesgo que tengo que correr. Él lo haría por mí.

—Pero él ya no está. ¿No te das cuenta? —Natasha le abofeteó sin pensarlo.

—¡Jamás vuelvas a decir algo semejante! ¡Fui yo quien lo traje a cuestas, con las tripas saliendo de su cuerpo!

Jhonny se llevó la mano a su mejilla enrojecida. La miró como si le fuera a devolver la bofetada. Pero se contuvo.

—Esta vez te perdono. Me la merecía y me debías una. Pero nunca más te atrevas a ponerme la mano encima. ¡Vete! Si es lo que quieres. —Jhonny se dio la vuelta y entró en la casa, sin dejarla responder.

Natasha miró como entraba, se arrepentía de haberle pegado. Tenía que controlar su mal genio.

Bajó las escaleras y fue hacia la furgoneta, se sentó en el asiento del conductor y cerró la puerta. Durante una hora estuvo ahí sentada, llorando en silencio.

No sabía qué tenía que hacer, ni cómo tenía que comportarse. Tenía los recuerdos de sus antepasados, pero ¿era seguro usarlos con todas sus consecuencias? Su corazón le pedía venganza, mientras que su cabeza le aconsejaba sosiego. ¿A cuál de los dos hacer caso?

De repente toda su vista se nubló, su cuerpo se relajó hasta el extremo de caer hacia el lado izquierdo sobre el asiento del copiloto quedando en una posición muy incómoda si lo notara.

Se vio a sí misma tumbada entre los asientos, se había proyectado, fuera de su cuerpo sin saber cómo. ¿Flotaba en el aire o podría caminar? Intentó salir de la furgoneta, abriendo la puerta, pero su mano atravesó la chapa. Deduciendo que era lo más parecido a un espíritu, decidió atravesar la puerta del copiloto. Fuera, el mundo era completamente distinto. Era oscuro, una membrana en el ambiente hacía que la percepción de la realidad pareciese doblarse y estirarse a la vez. Estaba en el mismo sitio pero nada era igual. Las cabañas eran árboles, y estos, daban la impresión de tener vida, aun así, no era una vida buena, pues le pareció más que estaban condenados a ver y notar cómo sus cortezas se agrictaban, cómo insectos, gusanos, reptiles y demás animalillos e invertebrados campaban a sus anchas.

Las personas que estaban ordenando el material que habían traído los guerreros, parecían animales esqueléticos. Algunos eran lobos, otros zorros, caballos, hienas, fueran el animal que fueran, parte de la carne de su cuerpo parecía caérseles. El cielo parecía el universo, lleno de estrellas, pero a la vez de oscuridad, de vacío, de silencio. De repente un sentimiento de soledad y miedo recorrió todo su cuerpo. Empezó a andar o eso creía ella, pues sus pies no se movían. No entendía que hacía allí.

De repente escuchó su nombre. —Natasha—. Se giró o intentó girarse. En realidad, su cuello se giraba, pero ella no. Una sensación de perplejidad inundó su ser al ver algo frente a ella. ¿O era detrás de ella? Tenía una mala noción de su posición. Eran sus padres, de pie, juntos. ¿Era un sueño? ¿O una pesadilla?

—¿Papá? ¿Mamá? —Natasha no podía creer lo que veían sus ojos. —¿Qué me está pasando?

Ambos progenitores la miraban fijamente, a cada uno de ellos le faltaba media cara. Avanzaron a la vez hacia ella, sus cuerpos, al igual que el de los demás, parecían caerse a pedazos.

—Nunca quisimos esto para ti Natasha. Pero el destino no puede cambiarse, al menos, el tuyo no.

—¿Destino? ¿Vosotros sabíais lo que era?

Sus padres se quedaron fijamente parados delante de ella. Hasta ese momento, no había percibido el olor a muerte que había en ese lugar.

—Tu destino será morir...

Iván y Tanya, así se llamarón un día sus padres, alzaron sus brazos hacia ella, pero no como unos progenitores hacia su vástago, si no con unas intenciones que Tash, a pesar de no poder creerlo, deslumbró rápidamente. ¡Querían estrangularla!

—¡NO! Apartaros...—Natasha esquivó el intento de ataque de los seres que parecían sus padres.

—Tu destino será morir, tu destino será morir...

Natasha no entendía por qué le repetían esa frase. Corrió y corrió, pero por alguna extraña razón, no avanzaba. Seguía en el mismo sitio y los seres, que un día fueron sus padres, estaban a punto de tocarla.

De repente, escuchó de nuevo su nombre. —Tash—. Esta vez pudo identificar la voz que la llamaba, era Urin. Buscó por todas partes y al final la vio encima de un montículo. Intentó correr de nuevo, pero algo la retenía. Los dedos de los seres casi acariciaban su suave piel, su fina garganta. En el mismo momento, que una de las manos le toco la espalda, sintió un dolor intenso que recorría todo su cuerpo. Le produjo arcadas, sus ojos se cerraban, su cabeza daba vueltas. Una sensación de abandono, de nuevo, esa soledad que había notado al principio, parecía que se apoderaba de ella. Algo o alguien tiró con fuerza de su brazo arrancándola del sitio donde se hallaba perdida, por un momento le vio. ¿Era él?

—¡Jason! — Gritó, pero la imagen de su fiel protector se fundía con el entorno. Un último servicio hacia la persona que juró proteger.

Ahora sentía las piernas, podía correr. Fue hacia la Loba que seguía en el mismo sitio. Notó que la imagen era más nítida, pero seguía sin saber dónde estaba. En pocos segundos llegó hacia la loba, que se puso a correr dirigiéndose al único árbol que brillaba con luz propia. Tash la seguía todo lo rápido que podía, pero el cuadrúpedo era más veloz.

Después de lo que pareció ser una hora., ya que no podía calcular el tiempo en aquel lugar, llegaron a los pies del árbol. Urin la miró y giró la cabeza señalando una abertura en el tronco. Natasha asintió y sin dudarlo entró en la cavidad hecha de madera.

Se despertó en la furgoneta, dentro de su cuerpo. Había vuelto a la realidad, al menos aquella que ella conocía. A su lado, estaba Jhonny, parecía preocupado cuando la vio abrir los ojos. Suspiro aliviado y la abrazó.

—¿Qué te ha pasado? Te llamaba, pero no despertabas.

Natasha sintió un dolor muy profundo en la espalda, cuando la abrazó Jhonny. Se separó bruscamente de él. Se sentó correctamente en el asiento y se intentó mirar la espalda. —Mierda, no llego—

El muchacho la miraba sin entender muy bien que le pasaba, qué cosa podía incomodarle. Al mirar la espalda de la chica, vio una mancha negra en la piel. Una mancha que el día anterior estaba seguro que no tenía. Estaba tan seguro de ello como que sabía que podía respirar.

—¿Qué es eso que tienes en la espalda? —Le preguntó a Tash que seguía intentando alcanzar su omoplato. —

—¿Qué es lo que tengo? Joder no llego a verlo. ¡Dime qué es! —Natasha parecía muy alterada.

El chico, miró hacia un lado y hacia otro, buscando algo con lo que hacer de espejo mientras dudaba de lo que veía. De repente, se acordó que había cogido un móvil y lo sacó del bolsillo del pantalón. Hizo una foto con la cámara mientras Natasha se quedó quieta, esperando que su compañero hiciera la foto. En el fondo, aunque no decía ni hacía nada, estaba nerviosa temiendo que, lo que le hubieran hecho esos seres en aquella falsa realidad, hubiera sido real.

Jhonny abrió la galería de fotos y le enseñó la imagen que había capturado. La chica le arrebató el móvil y salió del coche abriendo la puerta. Sentía un dolor espantoso al moverse, tanto que no llegó a dar un paso y se calló al suelo quedándose inconsciente.

—¡Natasha! —Gritó el chico al verla caer reafirmando la teoría de la gravedad.

Tania

—Ya está hecho mi señor.

Einar dejó de mirar por la ventana y se giró para observar a la hechicera. Una muchacha de no más de veinticinco años de apariencia, con una larga melena azabache y facciones suaves recorrían su rostro. Su cuerpo delgado, era el sueño de muchos hombres. Sus manos esbeltas sujetaban una copa de oro con varios cabellos manchados de sangre.

—¿Estás segura de que funcionará?

—Sí mi señor. La loba poco a poco se sumirá en la locura.

Al otro lado de la habitación, una mujer estaba encadenada a la pared. Tenía el cuerpo demacrado, lleno de heridas no cerradas, parecía que había sufrido algún tipo de accidente no hacía mucho tiempo.

—¡Maldito bastardo! No podrás detenerla. ¡Te matará!

Einar miró hacia la mujer que escupía las palabras y se acercó a ella negando con la cabeza.

—Pobre Tanya. Aún no sabes qué le tengo reservado a tu preciosa hija.

Tanya se intentó abalanzar contra él por la forma en la que había susurrado esas palabras conformando una amenaza cruel, pero las cadenas, no solo la sujetaban, sino que le quemaban el cuerpo desnudo.

—Te juro que el día que mi hija te destroce, bailaré sobre tu tumba, hijo de puta

—Oh vamos, no me digas que, aún, no has comprendido nada de nada.

Einar se acercó en ese momento más a la mujer, sacó una navaja de su bolsillo, la abrió y dejó que su filo, penetrase muy ligeramente en la piel de ella, justo en el tatuaje que tenía en la clavícula. Un hilillo de sangre empezó a manar de la herida. Einar se acercó aún más y, con la lengua, capturó el líquido tan preciado para él.

—Por más que me tortures, por más que te alimentes de mí, al final, seré yo la que ría.

Einar se volvió a girar y se acercó a la hechicera de nuevo.

—Cuando me haya ido, suéltala.

—Pero, mi señor, ¿no creéis que marchará a su encuentro? —Ambos hablaban en un idioma antiguo que Tanya no llegaba a entender.

—Es lo que pretendo... Por si no surte efecto tu magia. Quiero atraerla hacia mí y ¿qué mejor manera de hacerlo, que ver lo que he hecho a su madre?

—Como deseéis mi señor. —Inclinó su cabeza ante Einar y se levantó, para guardar los tarros que había utilizado en el sortilegio.

Einar asintió y después de volver a echar un vistazo a Tanya, alzó las manos hacia el techo, pronunció unas palabras usadas hace cientos de años y una niebla comenzó a envolverle cubriéndole todo el cuerpo. Cuando la espesa sustancia le hubo cubierto del todo, desapareció.

—Tienes suerte. Con cualquier otra, se hubiera alimentando sin piedad. —Krhystin seguía guardando los tarros, dando la espalda a Tanya.

—¿Llamas suerte, a tenerme prisionera con cadenas al rojo vivo y ver cómo quiere asesinar a mi única hija? —Respondió la mujer, mientras intentaba hacerse la dura.

—Te equivocas. Llamo suerte a que me ha ordenado que te suelte. Ya no eres de utilidad para él.

Tanya abrió los ojos desmesuradamente. ¿Por qué la soltaba ahora? ¿Sería verdad que no le servía ya? ¿O sería un truco más del vampiro, como cuando fingió el accidente de coche?

—Soltarla, queridas mías. Ah llegado el momento de que su hija enloquezca. Volved a vuestro descanso. —La hechicera pronuncio esas palabras en una siniestra melodía.

Como si las cadenas tuvieran voluntad propia, se fueron soltando del cuerpo de Tanya, dejando a esta caer de rodillas ante la imposibilidad de sus piernas para sostenerla de pie.

—¿Por qué ahora? ¿Qué ha cambiado? —Tanya no comprendía la situación.

—No lo sé, pero te aconsejo que te vistas y te vayas. Estás ensuciando mi piso con tu asquerosa presencia.

—¿De verdad va a pasar lo que has dicho? ¿Va a enloquecer?

Krhystin se dio la vuelta y la miró fijamente.

—Te mentiría si te dijera que no... O que sí... Ahora, sal de mi edificio.

Krhystin odiaba a los metamorfos, daba igual si fueran familia, desde que un hombre lobo colérico, asesinara a su familia cuando ella no contaba con más de cinco años. Un viejo brujo se apiadó de ella. A decir verdad, la secuestró. La convirtió en una esclava hasta que tuvo la edad suficiente, para una noche, mientras el hechicero dormía, clavarle una daga en el corazón. Logró así su libertad y toda la librería mágica del anciano. Pero lo que la joven no sabía, era que el adorador de magia negra, tenía un trato con Einar. Ese trato lo adquirió ella misma al quitarle la vida.

Tanya cogió unas ropas raídas y salió del almacén donde se encontraba recluida desde unos días después del accidente donde perdió a su marido y la separaron de su hija.

Se preguntó qué debía hacer. ¿Ir en busca de Natasha? ¿Y si eso era realmente lo que el vampiro quería que hiciese? ¿Quedarse al margen y dejar a su hija a su destino? No. Una madre nunca haría eso.

Tomó la mejor decisión según lo que había ponderado y se armó de valor para empezar a buscarla. ¿Pero por dónde?

Recordó que una vez había oído hablar a Einar sobre un parque de Estados Unidos. Pero no recordaba el nombre. Presta fue caminando o más bien intentándolo por una de las calles cercanas a Liberty Park. El tiempo que estuvo casada, trabajaba en una empresa americana. Gracias a eso el idioma no sería un problema para conseguir comunicarse con la gente.

Entró en una librería, el librero al verla encogió la nariz, ella no le culpaba, tenía que dar una sensación muy mala, descalza, con el pelo sin cuidar, y las heridas de la cara y manos.

—Buenas noches, señor. ¿Me podría dejar buscar un parque en una guía?

—¿Que le ha pasado señorita? ¿Se encuentra bien? ¿Quiere que llame a alguien? —El librero, un señor de mediana edad, rellenito, con gafas, la miraba preocupado, pasada la primera impresión.

—No, no hace falta que se moleste, sólo necesito una guía de parques y me iré. Se lo prometo.

El hombre, se acercó a la puerta de la trastienda y cogió un abrigo que tenía colgado de su esposa y le indicó la dirección del aseo.

—Esta noche se prevé fría señorita. Por favor, acepte el abrigo de mi mujer. A ella no la importará. Dentro se puede asear mientras le busco el libro que me pide.

Tanya dudó, no estaba acostumbrada a ese trato en los últimos meses, pero sabía que llevaba razón, no podía ir con esas pintas por la calle.

No se imagina lo que se lo agradezco. Me llamo Tanya. Ojalá hubiera más gente como usted. —El librero negó con la cabeza y sonrió.

—Mi esposa, decía lo mismo. Usted me recuerda a ella. Por favor... —La invito de nuevo a entrar en el aseo.

La mujer, cogió el abrigo, al tenerlo entre sus manos, notó que era de algodón, totalmente negro, pero muy suave. Entró en el aseo y cerró la puerta.

El librero fue directo a una estantería y cogió un libro gordo de parques nacionales. Lo dejó en el mostrador y se acercó a la puerta de la tienda, dio la vuelta al cartel mostrando ahora la cara de cerrado y bajó las persianas. Fue otra vez al mostrador y sacó un termo de debajo. —Pobre mujer, a saber lo que habrá pasado— Se decía a él mismo susurrando.

Al cabo de un rato, Tanya salió del aseo. Se había lavado la cara, quitado el rastro de sangre de sus heridas, recogido el pelo con un trozo del vestido y puesto el abrigo. Agradecía el calor que le proporcionaba. Avanzó hacia el mostrador y sonrió levemente al anciano.

—No sabe cuánto le agradezco su hospitalidad. No recordaba cuanto hacía que no sentía el agua

—¿Seguro que no quiere que llame a nadie? Conozco al Sheriff del condado.

—No, no es necesario, tengo que encontrar a mi hija. Sé que vive en un parque, pero no recuerdo el nombre.

El librero asintió y antes de darle el libro, abrió el termo y le sirvió una taza de café caliente.

—Siento mucho no poder ofrecerle nada más. —Le sirvió el café que echaba humo haciendo una columna de espiral.

Tanya, al ver que el anciano ponía a su disposición todo lo que tenía, no pudo reprimirse y rompió a llorar. Lloró por Iván, muerto en el accidente, por sus hijos que pensarían que ella había muerto también. Por los meses torturada. Cogió con las manos temblorosas la taza sintiendo cómo el calor la reconfortaba un poco.

En cuanto recuperó la compostura, avergonzada, dio un sorbo al café y miró el libro.

—¿Puedo?

El librero asintió y le acerco la guía.

Tanya, al verlo más de cerca, suspiró. La guía era bastante gruesa. Esperaba que al menos tuviera un índice nombrando los parques... Y así era. En las primeras páginas encontró un listado con todos los nombres de los parques.

Fue pasando el dedo por encima de cada uno, desde arriba hasta abajo. Según lo hacía, su mente trataba de dar con el exacto. ¿Cuál era? Por fin su mente reaccionó, al ver escrito Parque natural de Yellowstone. Dio un golpecito con el dedo al nombre y sonrió.

—Siento molestarle otra vez, buen hombre. ¿Podría dejarme un bolígrafo y un papel?

—Claro. —Le tendió lo que pedía mientras miraba las manos de la mujer. Un día habrían sido preciosas sin duda, pero esa noche, parecían demacradas.

La mujer cogió el bolígrafo y apuntó, en el papel, el estado y la dirección del lugar. Lo dobló y lo guardó cuidadosamente en un bolsillo.

—Siento mucho las molestias señor. Le estaré eternamente agradecida.

—No se ha de preocupar señorita... Mi mujer murió hace unos años. Hoy era el último día de la tienda.

El hombre avanzó hasta la caja registradora y sacó las ganancias de ese día. —Toma—

—No señor, por favor. No pido ninguna limosna.

—Tal y como estás, no vas a poder encontrar a tu hija. Necesitas ropa y sobre todo comer.

Tanya se dio cuenta de que el hombre tenía toda la razón.

—Le prometo que se lo devolveré. Esté donde esté se lo devolveré.

El hombre cogió sus manos y las junto con las suyas. Luego avanzó hacia la puerta y la abrió. Una ráfaga de viento entró encolerizada a la librería.

—Que encuentres a tu hija. Ten cuidado.

—Muchas gracias. —Tanya antes de irse, le dio un beso en la mejilla.

La mujer caminó calle arriba, esperando encontrar algún lugar para cenar.

Capítulo XXXII

XXXII

Jhonny estaba hablando con los guerreros, cuando Tash recobró el conocimiento. Lo primero que sintió, fue desorientación. No sabía dónde estaba, ni qué había pasado. Sentía un leve dolor en la espalda, un ligero malestar. Se intentó tocar la zona dolorida, pero algo se lo impedía. Miró por debajo de la camiseta y vio que llevaba un vendaje. ¿Qué le había pasado? Fuera, escuchaba hablar a Jhonny y a alguien más. Fue hacia la puerta y la abrió. Vio al chico junto con otros dos hombres que le eran familiares. Cuando ellos la vieron, dejaron de hablar.

—¿Qué ha pasado? ¿Por qué me han vendado?

—Por fin despiertas, nos tenías preocupados. —Jhonny avanzó y le dio un beso en la mejilla. — Entra, te lo explicaré.

Jhonny se despidió de los hombres, citándolos para hablar más tarde, entró en la habitación y esperó a que Tash cerrase la puerta.

—¿Qué es lo último que recuerdas Tash?

Natasha cerró los ojos, intentando concentrarse.

—Recuerdo, estar en la furgoneta, llorando.

Jhonny se acercó a ella y la abrazó, con cuidado de no hacerle ningún daño en la zona afectada.

—¿Por qué llorabas? —Ahora le acariciaba la mejilla, ella se dejaba hacer.

—Por impotencia, por no poder haber salvado a Jason, por pegarte. Lo siento.

—No pasa nada. ¿No recuerdas nada más?

Natasha negó con la cabeza mirándole.

—¿Hice algo? ¿Me peleé con alguien?

Jhonny sonrió y esta vez fue él, el que negó con la cabeza.

—No, no te has peleado ni le has hecho daño a nadie, al menos en este lugar.

—¿Qué quieres decir con "en este lugar"?

—Quiero decir, que hubo un buen rato, que no contestabas, estabas inconsciente, pero hablabas con gente. —El chico, omitió nombrar a sus padres.

Natasha alzó ambas cejas y le miró extrañada.

—¿Y lo que quiera que sea que tengo en la espalda?

—Eso no lo sabemos. Salió sola, parece una marca. Pero jamás te la había visto antes.

Natasha se encontraba contrariada. No entendía nada. Pero había algo que sí recordaba. Y era que se tenía que ir.

—Mañana partiré. Me voy a Rusia. Ya son muchas cosas que están pasando y necesito respuestas.

—Iré contigo. —El chico parecía decidido.

Natasha no esperaba menos de él, pero era imposible ahora dejar el Crómlech sin un líder.

—Tú tienes trabajo aquí. Tienes que preparar todo, además de retrasarlo hasta que yo llegue.

—Eso lo puede hacer cualquier otro. Yo me voy contigo.

Natasha ladeó la cabeza. No le gustaba su empeño de querer ir a toda costa.

—Dime una cosa. ¿Tienes pasaporte? Para entrar en mi país lo necesitas. Y no puedo esperar a que te lo saques.

Jhonny torció el gesto y se rindió.

—En eso tienes razón, no tengo pasaporte. Pero al menos deja que te acompañe alguien.

—Sola voy mejor, llamaré menos la atención, además a los rusos nos gusta hacer las cosas a nuestra manera. Tengo que ir sola.

El chico alzó las manos dando por imposible convencerla.

—Diré que te preparen un coche para llevarte al pueblo.

—Gracias—Le besó en los labios cariñosamente.

—No creas que con esto me quedo más convencido. —La besó del mismo modo.

Natasha sonrió y se abrazó a él. Sabía que el viaje sería peligroso, con gusto le habría dejado acompañarla si el anciano aún viviese. Pero ahora, el anciano era él.

Pasaron la noche juntos como si tuviesen miedo de no volverse a ver.

Tania

Tanya aparcó el coche de alquiler a las afueras del parque. Bajó y sacó una mochila con varias botellas de agua, barritas energéticas y se dirigió hacía el camino que se perdía dentro de él. No sabía dónde estaba el Crómlech, pero esperaba que los lobos la encontrasen a ella.

Pasó horas caminando, buscando algún rastro de la manada, pero por más que ponía atención, no encontraba nada. Tampoco esperaba hacerlo, ya que nunca había aprendido a ser exploradora, pero algo tenía que intentar.

Pasó la noche a la intemperie, cerca de un riachuelo, logró recolectar algunas moras y extrajo unas cuantas raíces, recordando los consejos de su madre.

A la mañana siguiente le despertó el aullido de un lobo. Ahí estaban, si bien no los veía, estaba segura de que ellos a ella sí, y comunicaban su presencia. Recogió sus cosas y se puso en camino, hacia donde escuchó los aullidos. Aún estaba muy débil, las heridas y cicatrices la molestaban, pero tenía que encontrar a su hija. Avisarla de los planes del vampiro.

Al cabo de tres horas de marcha, la rodearon tres lobos, en clara actitud defensiva, de la nada salió un hombre, de unos treinta años.

—Alto, no puedes seguir, da la vuelta.

—Lo siento, pero he de encontrar a mi hija. Me llamo Tanya, soy la madre de Natasha.

Lentamente se llevó la mano a la clavícula, apartando la camiseta y dejando ver el tatuaje que la identificaba como familiar de los hombres lobo.

El hombre asintió y los lobos le abrieron paso para que continuara la marcha.

A la mañana siguiente, según despuntaba el sol, el sonido de un claxon los despertó.

—Ya ha llegado vuestro carruaje mi lady. —Jhonny besó los labios de Natasha, que luchaba contra las ganas de seguir en la cama.

—Si no fuera tan importante, me quedaría toda la mañana contigo en la cama. —Su voz hacía gracia a Jhonny, parecía una niña cuando se despertaba

—Venga perezosa. Aún tienes que ir al Aeropuerto y está bastante lejos. —Se acercó a sus labios y los besó.

Natasha reaccionó al beso y lo abrazó con cariño, cerrando los ojos.

—Así no vas a conseguir que me levante.

—En ese caso...

Jhonny se giró sobre sí mismo y quedó mirando hacia su mesilla. Encima de ella, a parte del móvil que se había auto impuesto llevar a todas horas y un libro para leer de noche, había un vaso de agua. Esperó a que cerrase de nuevo los ojos y se lo echó por encima.

—¡Pero serás cabrón!

—¿No me has dicho que besándote no te iba a levantar?

—Mierda, pero no era para que me empapases capullo.

Jhonny se reía, se había levantado, nada mas lanzarle el agua, para evitar que le atrapase y sufrir las consecuencias.

—Venga perezosa, a la ducha, que te llevan esperando unos minutos ya.

—Eres peor que mi madre cuando vivía.

Nada más nombrar a su madre cerró los ojos arrepentida. Se levantó y se metió al baño.

El chico pudo escuchar cómo abría el grifo de la ducha. Mientras ella se aseaba, recogió del suelo las sabanas que habían dejado tras otra noche de placer. Las metió en el cesto y sacó unas nuevas.

Se preparó su ropa y esperó a que ella saliese.

Fuera de la cabaña se oía un pequeño revuelo. Se vistió y salió para ver qué pasaba.

En ese preciso momento uno de los guardias corría hacia la cabaña a buscarle.

—Jhonny, tenemos visita. Y no te vas a creer quién dice ser.

El anciano, que había ordenado que todos le llamasen por su nombre de pila, le miró extrañado.

—¿Y quién dice ser?

El guardia que respondía al nombre de Patrik contestó

—Dice ser, Tanya la madre de Natasha.

El anciano alzó sorprendido las cejas y volvió la vista atrás inmediatamente, buscando y esperando que la chica no estuviera escuchando. Al ver que no estaba, volvió a mirar a Patrick.

—Llévala a la cantina, iré enseguida.

—Hay otra cosa...

Jhonny estaba intranquilo, temía que apareciese en cualquier momento Tash.

—Habla. —Miraba de vez en cuando hacia la puerta.

—Trae muchas heridas, parece que ha sido torturada durante mucho tiempo.

—¿Cómo puede ser? Tash me dijo que murieron seis meses antes de llegar aquí. Intentar adecentarla.

Patrick asintió y corrió raudo hacia su puesto.

El joven anciano no tenía ni la más remota idea de cómo plantear esto a la chica. —Con lo bien que había empezado el día—Musitó para sí mismo, antes de caminar hasta la cabaña.

Al entrar, vio a Natasha terminar de vestirse, intentó poner buena cara, pero ella le caló de inmediato.

—¿Qué sucede? Cualquiera diría que has visto un fantasma.

El chico sonrió y se acercó a ella, invitándola a sentarse en la cama.

—Más vale que te sientes cariño.

Natasha le miró extrañada y accedió a sentarse, confundida.

—Espero que esto no sea un truco para no dejar que me vaya, porque si es así, estás perdiendo el tiempo.

Jhonny no sabía cómo empezar la conversación, así que decidió preguntarle por el accidente.

—El día del accidente de tus padres, ¿dónde estabas tú?

Tash alzó las cejas y ladeó la cabeza mirándole desconcertada.

—¿Por qué me preguntas esto ahora?

—Tú respóndeme. —Pidió Jhonny.

—En la Universidad. ¿Se puede saber a qué viene esto? No me esperaba que sacases el tema de mis padres para hacer que me quedara.

Natasha se levantó enfadada y empezó a meter ropa en una mochila que preparó la noche anterior.

—¿Te dejaron ver los cuerpos de tus padres?

Tash enarcó una ceja, esas preguntas no le gustaban y mucho menos sin saber el por qué las hacía.

—No y tampoco quise verlos. ¿Por qué narices haces esto?

—Creo que tu madre puede que esté viva. —Jhonny se sintió dolido y liberado al mismo tiempo.

Natasha lanzó la ropa al suelo de mala leche y se giró para mirarle. Sus ojos mostraban que estaba realmente enfadada.

—Vas a dejar de hablar ahora mismo de mis padres. ¿De acuerdo? No te creía tan ruin

—Joder Tash ¿me quieres escuchar? ¿Te crees que jugaría con ese dolor después de haber perdido yo a mis padres también? ¿Tan tonta eres?

Tash se estaba acercando a él con la mano alzada y se paró de inmediato al escucharle.

—Vale. Perdona, no...

—¿La has visto? —Bajó la mano lentamente.

—No, pero...

Natasha le interrumpió, antes de terminar.

—O sea, ¿no la has visto y dices que mi madre puede estar viva?

—Por todos los demonios, a veces eres más terca que una mula. ¿Te quieres callar de una puta vez?

Natasha iba a seguir contestándole, pero por cómo le había hablado, prefirió callar.

—¡Por fin! Bendita sea Urin. Ha venido Patrick hace un momento. Hay una señora que dice que es tu madre.

Natasha entrecerró los ojos y cerró fuertemente los puños en claro signo de enfado.

—¿Y tú la crees?

—La he mandado llevar a la cantina, quería hablar antes contigo, pero si lo llego a saber, hubiera ido primero con ella.

Natasha se llevó las manos a la cabeza intentando tranquilizarse. Comenzó a dar vueltas por la habitación.

—¿Cómo se ha hecho llamar?

—Dice que se llama Tanya

Tash abrió los ojos de par en par y corrió hacia la puerta. Jhonny más rápido que ella le cortó el paso.

—¿Dónde te crees que vas?

—¿Dónde voy a ir? ¡A ver a mi madre!

—¡Pero si tú misma no creías que era tu madre!

La chica forcejeaba para quitárselo de encima. Una vez más, la diferencia de fuerza jugaba en su contra.

—Déjame ir.

—Vamos a ir los dos. Pero, antes, tendremos que hablar de cómo vamos a afrontarlo ¿no te parece?

Natasha asintió, se sentía mal por cómo se había comportado.

—Llevas razón. No sabemos nada de ella. ¿Pero y si es ella? ¿Por qué fingió su muerte?

Jhonny negaba con la cabeza y encogió los hombros. —No lo sé cariño. ¿Cuál era el apellido de tu madre?

—Ivanova. —Respondió la chica sintiendo un pinchazo en el corazón al recordarlo. Estaba reviviendo de nuevo toda la pesadilla que fue perder a sus padres.

—Vale. ¿Quieres que te acompañe?

Natasha asintió repetidas veces, sin llegar a decir nada más. De repente había perdido todo el coraje.

Por un lado, tenía muchas esperanzas de que en realidad fuera su madre. ¡Su madre! Cuantas preguntas tenía que hacerle

Pero… ¿Y si no era ella? ¿Por qué alguien le haría daño de esa manera? ¿El rey de los Vampiros? Si en realidad no era ella y él era el responsable, Natasha se cabrearía muchísimo más.

—Otra cosa. Tenemos que dar tiempo a Patrick.

—¿Por… qué? —Se había puesto demasiado nerviosa pensando en que Einar pudiera tener algo que ver y no iba muy desencaminada.

—Según me ha dicho, no venía en muy buenas condiciones.

Natasha al oír lo último, lo empujó a un lado con todas sus fuerzas y salió corriendo hacia la cantina. No dejaba de pensar que, si era su madre, la necesitaba en ese momento más que nunca.

Jhonny tuvo que hacer valer todo su entrenamiento, girar sobre sí mismo y dar un salto hacia la pared, empujarse sobre ella y volver a caer al suelo, para no darse de bruces con la mesita de noche. — La madre que la...

Natasha era muy ágil, no tanto como él, pero ahora le llevaba unos segundos que eran muy preciados en la carrera. Salió escopetado detrás de ella.

La gente que iba y venía por el campamento, se quedaba mirándolos, sin saber qué ocurría. Se miraban extrañados los unos a los otros.

La chica tardó muy poco en llegar a la cantina, no esperó a recobrar el aire, ni tampoco a Jhonny, abrió la puerta de un empujón y observo el salón buscando a la que decía ser su madre.

Capítulo XXXIII

XXXIII

Patrick dejó caer el bote de agua oxigenada al suelo y se giró amenazante al oír abrirse de golpe la puerta. Cuando vio que se trataba de Natasha, se relajó.

—¿Qué haces aquí? ¿Dónde está Jhonny? —Preguntó el hombre al ver a la muchacha.

—Quiero ver a la mujer. ¿Dónde está?

El hombre quiso rebatirla, pero Tanya le cogió del brazo y le invitó hacerse a un lado.

Natasha cuando vio que se separaba Patrick fue directamente hacia la mujer para interrogarla, pero se quedó completamente inmóvil. Su tez se quedó totalmente blanca cuando vio a su madre. No podía hablar, algo la aprisionaba la garganta y el estómago a la vez. Una sensación de ahogo invadía su cuerpo. Su corazón, que ya de por si estaba bastante alterado por la carrera, ahora latía muchísimo más deprisa.

Tanya, por el contrario, se encontraba serena. Mostraba una sonrisa cuando escuchó y vio a Natasha. Sus ojos luchaban por no dejar escapar a las lágrimas, pero era una batalla que tenían perdida de antemano. Se comenzó a levantar, pero Natasha como si estuviera espoleada por todo el infierno, saltó encima de ella. —¡MAMÁ!

El impulso de la chica hizo retroceder a Tanya contra la pared a la vez que abrazaba a su hija. Había soñado tantas veces con ese día.

—Mamá, mamá, eres tú, mamá eres tú. —Natasha sólo acertaba a balbucear.

—Claro que soy yo Thas. —la abrazaba todo lo fuerte que sus fuerzas le dejaban.

Jhonny en ese momento entró en el salón y vio la escena. Por un lado, sentía una gran alegría de que fuera su madre. Un problema menos. Pero por otro, la nostalgia de sus padres, le invadía.

—¡Me dijeron que habías muerto! ¿Dónde has estado?

—Todo a su debido tiempo Tash. Ahora, suéltame por favor, mis heridas aún me duelen

Natasha se separó inmediatamente de ella y la observó. Tenía todo el cuerpo lleno de cicatrices, de señales de maltrato y de mordiscos. Mordiscos por el cuello, por los brazos. ¿Pero qué habían hecho con su madre?

—¿Que te ha pasado mamá? ¿Quién te ha hecho esto?

Tanya caminó hasta la silla donde había estado sentada y la recogió del suelo colocándola sobre sus cuatro patas. Se sentó, tomó aire, valor y comenzó a hablar.

—El mismo Rey oscuro que os está persiguiendo.

—¿El rey Einar? —Preguntó Natasha a su madre.

—El mismo.

Natasha se acercó a su madre y se acuclilló a su lado.

—¿Pero qué quería de ti?

—De mí nada, esa es la cuestión. ¡Te quiere a ti!

Jhonny, que había estado callado en todo momento, se acercó a las dos mujeres.

—¿Y qué es lo que realmente quiere de Natasha?

Tanya miró a Jhonny y solo vio a un crío de poco más de veinte años y luego miró a su hija.

—¿Quién es?

Natasha miró a su compañero y después miró a su madre.

—Es mi pareja y es el Anciano del Crómlech

—¿Os habéis casado? —Preguntó Tanya asombrada.

—No exactamente. El espíritu del Crómlech, Urin, nos dijo que, para poder vencer, teníamos que ser uno sólo. El anciano, antes de morir, nos unió. —Dijo Jhonny mirando a Tanya directamente a los ojos.

Tanya se encogió de hombros mirando a los dos.

—Si Urin os ha unido, no tengo nada que decir. Ahora bien. ¿Por qué no estáis preparando una defensa? —Preguntó de nuevo Tanya quedando expectante.

—Ya nos atacaron hace poco. El protector de su hija murió ese día.

—¿Cómo dices? ¿Jason ha muerto? –La cara de congoja y tristeza de la mujer era evidente.

Natasha y Jhonny se miraron a la vez sorprendidos.

—¿Conocías a Jason? —Natasha la miraba sorprendida.

—Claro que le conocía. Era tu hermano.

Natasha se levantó de pronto con las manos en la cabeza...

—Pero eso es imposible. Él tenía otra madre. —La miró y se fue hacia ella— ¡Estás mintiendo!

Jhonny se había quedado totalmente mudo con esa revelación. Jason era su hermano. Su protector, su hermano. Tenía sentido, algo rebuscado... pero lo tenía.

—No te miento mi vida. Era tu hermano. La mujer a la que oíste llamar madre, era la Anciana de su Crómlech.

—¿Pero, por qué nunca me lo dijo? —Estaba a punto de romper a llorar. Jamás se hubiera imaginado ni por un momento que tuviera un hermano. Y, mucho menos, que fuera él.

—Para protegerte a ti cariño. Tú eres el centro de todo. Además, él no sabía quién eras.

Natasha empezó a dar vueltas por toda la habitación mascullando cosas intangibles, odiando a su madre, a su padre a su hermano por hacerla creer que estaba sola en el mundo.

—¡Me hicisteis creer que estaba sola! Y ¿para qué?

—Tranquilízate Tash—Jhonny se acercó a ella y trató de abrazarla.

—¡Aléjate de mí! —La voz de Natasha estaba cambiado. Era más oscura, más profunda. Su cuerpo parecía tener espasmos.

En esa habitación, nadie había visto convertirse a Natasha excepto Jhonny, pero él la vio al salir de la cabaña. Dedujo en un instante lo que estaba a punto de pasar y miró a Patrick.

—Llévate a la señora ¡Rápido!

Natasha no podía controlar ni su cuerpo, ni su voz. De su garganta salían aullidos muy potentes que hacían retumbar los cristales de las ventanas.

—Yo no me voy ¡Es mi hija! —Contestó Tanya

—¡Patrick llévatela!

Patrick cogió del brazo a Tanya que intentaba por todos los medios quedarse en la cantina. Al final, cansado, Patrick la cogió en volandas y salió lo más deprisa que pudo del salón.

Natasha se estaba volviendo loca de dolor. El único amigo que había tenido en toda su vida, resultaba que había sido su hermano. Lanzó un nuevo aullido y las ventanas no pudieron resistirlo, se rompieron en mil pedazos. Sus manos empezaban a crecer y salían garras afiladas, los dorsos de las mismas se cubrían de una mata de pelo albino. Su estatura comenzó a aumentar, al igual que la cola que empezaba a romper el pantalón. Su pecho comenzaba a hincharse y, al contrario que la otra vez, rompió la ropa por la fuerza de su cuerpo. De su rostro creció una gran boca llena de incontables colmillos que parecían dientes de sierra. Sus ojos se habían vuelto de nuevo amarillos como el sol, pero, esta vez, parecían linternas por cómo brillaban. Sus pies se habían vuelto grandes y pesados que a la vez que en las manos, sobresalían garras igualmente afiladas. Su mirada estaba totalmente llena de furia.

Jhonny era un poco más pequeño en altura que ella, pero de igual porte, solo cambiaba que él conservaba la cordura que parecía que hubiera perdido Tash. El color de pelo del chico era un negro azabache imponente.

—Tranquilízate Thas, no quiero hacerte daño.

—¿Que me tranquilice? ¡Mataron a mi hermano! ¡A mi padre! ¡Torturaron a mi madre! ¿Para qué? ¿Para llegar a mí? ¡Pues aquí estoy!

Un nuevo aullido, hizo temblar la madera de las paredes, así como las bombillas que habían aguantado los dos primeros aullidos, pero, que, en este, cedieron igual que los cristales.

Jhonny se acercó con precaución a ella, manteniéndose alerta, por si sentía el más mínimo indicio de que le fuera a atacar.

—Los vengaremos, te lo prometo. Pero ahora tienes que cuidar de tu madre. ¿No te das cuenta de que te necesita?

—¡Quiero matarlo Jhonny! ¡Quiero destripar a ese puto vampiro!

—Y lo harás... en serio. Por favor, relájate. Estás asustando a todos y ya se han roto demasiados cristales

Natasha miró por todo el local, se quedó mirando el hueco de una ventana y vio cómo su madre la miraba preocupada. Cerró los ojos y, poco a poco, volvió a la normalidad.

Jhonny también se convirtió en humano y cogió rápidamente un mantel de una mesa, lo agitó para que los cristales que hubiera en el cayeran al suelo y lo envolvió en el cuerpo de la muchacha.

—¿Por qué no me lo dijo? Le echo de menos. —Hundió el rostro en el pecho del chico y rompió a llorar.

Jhonny la acariciaba el cabello consolándola, miró hacia atrás al oír unos pasos y vio que era Tanya.

—Quédate con ella, voy a buscar ropa nueva.

La mujer asintió y se sentó en el suelo procurando que el mantel tapase la desnudez de su hija.

—Tranquilízate querida mía. Haremos que se acabe su vida para siempre. Hay algo que no te he dicho, Natasha, y es de suma importancia que lo sepas.

Tash separó el rostro del cuerpo de su madre y la miró esperando que hablase.

—Mientras me torturaba, había una hechicera con él. Los escuché hablar una vez que me creían dormida. La hechicera le decía que, cada doscientos años, nace una loba pura. Y es la única que puede acabar con él.

Capítulo XXXIV

XXXIV

Después de dejar libre a Tanya, Einar volvió a su residencia.

Nada más cerrar la puerta, sintió que algo no iba bien. Había una presencia dentro de la casa que no acostumbraba a sentir. Se despojó del abrigo y lo colgó en el perchero, se quitó los guantes dejándolos en el recibidor.

Frente a él, había un pasillo con dos puertas a los lados. La primera, daba al salón donde solía hacer las reuniones de su "Gobierno" vampiro. La segunda, permitía bajar al desván, ahí mantenía retenidas a varias personas, principalmente hombres, mujeres y algún que otro adolescente. Le servían de alimento. Cada dos días, Jack, un humano al que había sometido a su voluntad en el siglo XVII, les sacaba sangre, que luego mantenía a temperatura idónea para que su amo no tuviera la necesidad de salir a cazar. Precisamente Jack, subía del desván en ese momento. Al ver a su amo, inclinó la cabeza y le acercó la botella de sangre recién "exprimida". Einar cogió la botella y dio un trago. Dedujo que la sangre era de alguna muchacha de entre veinte o treinta años. Le encantaba el sabor de la sangre joven. Devolvió el envase de cristal a su sometido y le preguntó.

—¿Por casualidad tengo visita?

—Sí mi Rey. Se hace llamar Merian. Dice que vos la conocéis bastante bien.

Einar enarcó ambas cejas, pero rápidamente recuperó el gesto sereno.

—Muy bien, sírvenos la cena en media hora.

—¿Para ella también mi señor?

—Sí Jack. Sírvele uno de doce a quince años, a ver si le gusta.

Jack inclinó la cabeza fielmente y se retiró por la misma puerta que había salido.

Einar se dirigió hacia la primera puerta y la abrió, buscando con la mirada a la mujer que hacía tantos siglos que no veía.

—¡Por fin! Creía que no te dignarías a recibirme. Creador de lobos... —La voz de la mujer, seguía siendo igual que recordaba Einar, pero, en ese momento, tenía un ligero tono burlón.

—¿A qué debo esta visita? Mi creadora... —Einar le quiso responder con el mismo tono.

—Ten cuidado. Comparado conmigo aun eres un neonato, que no sabe limpiar su rastro.

El rey la miraba con desdén. Seguía con sus ojos, sus gestos, sus aspavientos.

—¿Me vas a decir qué quieres, Merian?

—Veo que aún recuerdas como me llamo. A veces me cuesta a mí misma reconocerlo. ¿Sabes cuánto tiempo hace que no uso ese nombre?

—Ni lo sé, ni me importa. Si tienes algo que decir, dilo y si no, vete por donde has aparecido. No eres bien recibida en esta casa.

Merian, al oír esa afirmación, empezó a reírse, esta vez el tono era más burlón que antes.

—Pues creo que sí debería importarte. Has cabreado a mucha gente.

—¿A mucha gente? ¿Y te mandan a ti? No sabía que ahora fueras una recadera.

La vampira recorrió el espacio que había entre ellos en menos de una fracción de segundo y lo empujó, haciéndole volar hasta darse contra la pared rompiendo un antiguo mueble donde guardaba las reliquias que pudo conservar de su familia.

—Aún sigues siendo igual de descarado que cuando te conocí. ¡No has aprendido nada!

Einar se levantó. Sintió cómo tenía unas costillas fracturadas, el poder de la sangre lo arreglaría...

—Te equivocas, sí que he aprendido algo.

Einar se movió tan rápido como ella. La cogió del cuello y la alzó unos centímetros del suelo.

—No he vivido setecientos años, para que me vengas a chulear ahora. —La lanzó contra el mismo sitio, que antes ella le había lanzado a él.

Merian, con una agilidad felina, evitó chocarse contra la pared poniendo los dos pies sobre ella y amortiguando el impacto.

—Menudo vampiro estás hecho. ¿No sabes que jamás me podrás hacer nada? Soy más vieja que tú ¡idiota! Ahora bien. Como te he dicho, has cabreado a mucha gente. Mejor dicho, llevas siglos cabreándoles. Pero ahora, es aún peor. —La vampira se acercaba a él andando con paso lento.

—No sé por qué deberían estar cabreados, es más ¿de quién estamos hablando?

Merian resopló.

En ese momento, Jack entraba por la puerta sujetando dos cadenas. Detrás de él, le seguían una niña de no más de quince años y un chico de unos veinte. Vestían andrajosamente, su piel sedosa, estaba empapada en sudor. Sus ojos estaban aterrados.

—¿Ahora te dedicas a esclavizar niños? —Merian no paraba de sorprenderse de las tonterías que hacia su "hijo".

—Pensé, que te apetecería un bocado antes de que te marcharas.

—Te compadezco Einar. Ya veo que no queda nada de aquel gentil e inocente rey que conocí una vez. Ahora, eres un miserable, una bestia andante.

Einar se acercó al chico y se puso detrás de él, mientras miraba fijamente a Merian desde esa posición. Sin ningún ritual, mordió al muchacho en el cuello a la altura de la vena Aorta. Sus ojos seguían fijos en la vampira. El chico cerró los ojos y ahogó un grito de dolor. Por su forma de comportarse, la vampira supo que no era la primera vez que se alimentaba de él.

Merian le mantenía la mirada. Su mente le hacía recordar al vampiro que dejó en la cama, sin guía, sin esperanzas de sobrevivir solo. ¿Qué le habría pasado para llegar a convertirse en todo lo que él parecía odiar?

—Acabemos con esto. Me dan arcadas ver en lo que te has convertido. Si no supiera que Nicholas está muerto, diría que eres su viva imagen.

Einar, dejó de beber del chico, miró a Jack y le hizo una seña con la cabeza. Después de que su siervo se hubiera marchado con la cena, se dirigió a Merian.

—A si que el malvado Nicholas ha muerto. Bueno, no puedo decir que me dé lastima. ¿Qué le paso?

—Una refriega con tus lobos. —Fue la escueta respuesta de la mujer.

—A sí que mis lobos. Me alegro por ellos. Mejor él que no yo.

—Tengo un mensaje del consejo. Como tu creadora, vengo a dártelo. Si en dos días no has acabado con la loba y los Crómlech de los condados vecinos, me han ordenado que les lleve tu cabeza. Y viendo lo que he visto, no me lo pensaría dos veces.

La mujer, se echó hacia atrás unos mechones de pelo que le caían sobre los ojos. Se compuso bien el vestido y se acercó a él.

El vampiro la seguía mirando en todo momento vigilando sus movimientos.

— A sí que dos días para matar a la loba o me matas tú. Un trato prometedor. —Respondió Einar.

—A sí es. Y te prometo, por la vida que me hiciste dejar atrás, que no escaparás de mí.

La mujer siguió avanzando hasta sobrepasarle, abrió la puerta y se giró para mirarle.

—Recuerda, dos días. Si fallas, no habrá tierra donde te puedas enterrar que te esconda de mí. —Cruzó la puerta y desapareció

Einar continuaba mirándola en silencio. Esperó a que se fuera y cogiendo lo primero que tuvo a mano, que acabó por ser una copa de cristal, la tiró contra la pared haciéndola estallar en mil pedazos.

—Esa puta loba y su madre me están dando más problemas de los que imaginé. ¡Jack!

Al cabo de unos segundos, el siervo apareció por la puerta.

—¿Mi señor?

—Prepara el coche, nos vamos a Wyoming. Reserva una habitación en cualquier hotel, no estaremos mucho tiempo.

—¿Llevo su ataúd milord?

—¿Dónde te crees que voy a protegerme del sol? ¡Estúpido!

—Lo lamento mi rey. Haré los preparativos enseguida.

Einar fue hasta la puerta de la calle, metió la mano en su abrigo. Sacó el teléfono móvil y buscó en la agenda a Krhystin. Marcó y esperó

—Soy Einar, prepara las maletas, salimos esta noche. Vamos a acabar con todos los lobos.

<<Conociendo a Merian>>

Tras verse obligada por Einar a abandonar el que había sido su hogar durante tantos años, comenzó a crecer en ella un sentimiento de odio, tal y como le había hecho saber al rey.

Pero se sorprendió a sí misma al darse cuenta de que no sólo era hacia el rey. Quería destruir todo lo que él amaba o hubiese amado. Se infiltró en Black Castle y estuvo varios días sondeando cómo hacerle pagar su afrenta. Recibió de buen

grado la noticia de la separación de la reina. Había perdido su última gota de humanidad al convertir a Einar en vampiro, pero hasta estos tenían reparos en hacer pagar a un recién nacido la osadía de su padre. Así pues, descartado el bebe, su venganza se centraría en la reina.

Entró en el castillo ocultándose en las sombras, moviéndose por ellas con soltura. Se acercó hasta las habitaciones de la princesa y entró en ellas. Anne se encontraba acostada en la cama, sus cabellos adornaban su rostro como si fuera una corona. Se arrodilló a su lado, contempló su pecho como se movía rítmicamente. Se encontraba en un profundo sueño. Durante meses estuvo influyendo en sus sueños, incitando a su mente a que tuviera pesadillas.

Una noche, se cansó del juego y la esperó en los jardines. Anne tenía la costumbre de salir a tomar el fresco. Pero esa noche, sería la última. Se abalanzó sobre ella, como un animal salvaje, derribándola, sujetando con una mano sus dos muñecas y con la otra, le tapaba la boca.

Solo la miró un instante, observando lo realmente bella que era. Habría sido una buena discípula si nada hubiera pasado, pero lo que ella buscaba ahora es romper cualquier lazo de esa mujer con Einar.

Le susurró al oído la deuda pagada con ella de Einar y sin más la mordió en la yugular. Anne abrió desmesuradamente los ojos, se retorcía, pero el peso de la mujer, pese a parecer más delgada que ella, la impedía moverse. Sentía cómo la sangre, abandonaba ese cuerpo esbelto para introducirse en su garganta, dejándola ver toda la vida de la muchacha... todo el amor y el odio que sentía por el rey.

Le contó cómo Einar la buscó, cómo abandonó a su mujer y a su hijo por ella y como, al ser rechazado, prefirió morir antes que volver con ella. Una risa irónica retumbaba en los oídos de Anne. Merian seguía divirtiéndose. Terminó, declarando que había sido cobrado el pago por la deuda de Einar.

Capítulo XXXV

XXXV

—Según pude oír, Helm el brujo que lanzó la maldición, profetizó que esta no sería eterna. Avisó a los hombres lobo que ayudó después de separarse de Einar, que, cada doscientos años, nacería una loba con el suficiente poder para enfrentarse sola a un ejército de vampiros. Por eso te teme, mi amor. Sabe que puedes destruirle y no parará hasta que te mate o le mates tú a él.

Natasha escuchaba en el suelo a su madre hablar. Aún le parecía increíble tenerla ahí.

—Pero eso no explica por qué intentó matarte y que matara a papá. —Replicó Tash a su madre

—De alguna forma, logró seguir nuestro linaje. Si bien estoy agradecida porque no nos encontrara cuanto estaba embarazada de ti, o incluso antes, lamentablemente al final, lo hizo.

Tanya tragó saliva, eran muchas las veces que se había culpado por querer ir a ese club de lectura aquella maldita noche.

—¿Cómo sucedió? Nunca lo he sabido. —Natasha cogió las manos de su madre con las suyas. — Y, lo que no entiendo es, ¿por qué vosotros no sois hombres lobo?

—Verás, mi niña, la maldición a veces salta una generación. ¿No te lo han dicho nunca?

—Es verdad, recuerdo que Jas... mi hermano, me lo contó cuando quiso llevarme al Crómlech de Rusia.

Tanya ayudó a levantarse del suelo a su hija y la enrolló con el mantel mientras esperaba que el muchacho trajese la ropa.

—¿De verdad quieres saber qué ocurrió aquella noche? ¿No crees que ya has tenido suficiente por hoy?

Tash negó enérgicamente con la cabeza. Necesitaba respuestas.

—No. ¡Por una vez en la vida, dime la verdad!

—Baja el tono niña, no seré una loba, pero sigo siendo tu madre.

—Pues cuéntamelo...

—El día que te llevamos a la universidad, después de dejarte en el campus, tomamos un camino distinto para volver a casa. Siempre que no ibas con nosotros, usábamos una muñeca en la parte de atrás, una muñeca hinchable que guardábamos en los asientos, para que tú nunca la encontraras.

Tash no podía creerse lo que estaba oyendo, eso parecía más de espías de novela que de la vida real.

—Cuando estábamos ya cerca de casa, un camión nos envistió, tú padre murió en el acto, pero yo sobreviví. Lo último que recuerdo, es que me sacaron del coche y no volví a verte, hasta hoy.

Natasha la fue a contestar, pero justo en ese momento entró Jhonny con la ropa.

—Se que no te gusta la ropa ajustada, pero es lo único que he podido coger, sin deshacer tus maletas.

Tash miró la ropa que le traía su compañero y alzó una ceja. No recordaba haberse comprado nunca esa ropa. La cogió y sujetándose el mantel se fue hasta el baño para cambiarse, mientras pensaba en la historia que le había contado su madre.

Tanya la observó alejarse y se giró sobre Jhonny, el chico estaba recogiendo los cristales de las ventanas del suelo.

—¿Y tú cómo casas en esta historia jovencito?

Jhonny paró de recoger y alzó la vista hacia la mujer.

—Lo primero, no me llames jovencito. Llámame Jhonny o Anciano, como prefieras. Y, respecto a tu pregunta, solo puedo decir, que he sido junto a su hija, elegido por Urin.

A la mujer le gustó la respuesta. Quería ver si podría imponerse ante una desconocida y aprobó su prueba.

—Discúlpame. Han sido unos meses muy duros. Gracias por cuidar de mi hija en mi ausencia. Pero tenemos que prepararnos. Conozco al Vampiro. No tardara en lanzar su ataque contra nosotros.

—Lo sé, he redoblado la guardia, llevamos meses entrenándonos, día y noche. Si vienen, les costara llegar hasta...

El chico, giró su rostro hasta los baños cuando escuchó abrirse la puerta. Ahí estaba Natasha, más bella de lo que jamás la había visto.

Se había puesto la ropa dada por él. Unas mayas de cuero ajustadas. La camiseta del mismo material era ceñida remarcándose por el corsete anudado por delante en lazos suntuosos. Todo ello era de color del azabache. Su escote pronunciado era de cuero mientras que las mangas lucían vaporosa seda. Se soltó el pelo que le caía en tirabuzones más abajo de los hombros.

Tanya la miró y sonrió levemente cuando vio enrojecer al muchacho.

—Estas ropas tan ajustadas... Parecen que se vayan a romper cuando ando. ¿Y dices que son mías? —Miraba a Jhonny intrigada por su actual estado. No entendía el enrojecimiento, cuando habían yacido juntos ya.

—Sí. —El chico no atinó a decir nada más.

Tanya carraspeó para sacar a ambos del ambiente juvenil que estaban creando.

—¡Tenemos cosas que hacer! —dijo utilizando un poco de énfasis en sus palabras.

—Sí es verdad. Tengo que ir al Aeropuerto a coger el avión. —Respondió Natasha que se encaminaba hacia la salida de la cantina.

—¿Avión? ¿Dónde se supone que vas? —Preguntó Tanya ahora sumamente sorprendida.

Jhonny se mantenía al margen de la conversación madre e hija. Salió de la cantina y, junto con Patrick que esperaba fuera, fueron a examinar todas las defensas.

—Me voy a Rusia. Tengo que hablar con la Madre. Ella sabe cómo luchar contra los vampiros.

—Ah. ¿Y te crees que tu madre no sabe nada? —Respondió y preguntó a la vez Tanya

—No lo sé. ¿Sabes algo que evite que ese mal nacido nos mate a todos?

Tanya se acercó a su hija y la invitó a sentarse en una silla mientras ella hacía lo propio.

—Sé dónde se esconde su hechicera. Ella tiene todos los libros de Helm, hechicero original de la maldición.

—Y dónde se encuentra esa mujer? —Preguntó Natasha mientras se sentaba, delante de su madre.

—En Salt Lake City, muy cerca de Liberty Park. En un almacén abandonado.

Natasha parecía sopesar sus posibilidades. Un viaje a Rusia tardaría al menos una semana, entre la ida, la estancia y la vuelta. Una semana que podía usar Einar para destruir lo que había empezado a amar.

—Está bien. Iremos al almacén, pero tú te quedaras aquí.

—No querida niña. Tengo asuntos pendientes con esa bruja.

—Eres una humana. ¿Cómo piensas atacar a una hechicera?

Tanya sonrió y guiñó el ojo derecho.

—Una no sobrevive a un vampiro y a la puerca de su bruja, sin aprender algo.

—Pero aun así, no puedo estar protegiéndote y atacando al mismo tiempo.

—Natasha, soy dueña de mi vida. Si he de morir en ese almacén, lo haré, pero ni por un momento creas, que me vas a dejar al margen.

Tash se levantó de la mesa y, sin contestar, salió de la cantina y se fue a su cabaña.

Lo que nadie sospechaba en el Crómlech, era que, Einar, en ese momento, cruzaba el estado para preparar su ataque.

Capítulo XXXVI

XXXVI

Jack conducía una limusina, por la I-15, se había dado bastante prisa y ya estaban a la altura de Sugar City. Allí cogerían el desvío hacia la ID-33 que le llevaría a él, a la hechicera y a su señor a Jackson Hole. Detrás de ellos, una fila de tres tráilers les seguían. Ahí iban ocultos los demás vampiros. La parte de la carga de los tráilers estaba diseñada para albergar de seis a ocho ataúdes, así como una pequeña habitación, donde tenían recluidas a sus víctimas.

Llegados a Jackson Hole, dejaron los camiones a la entrada del pueblo en un área de servicio. Faltaba poco para el ocaso. El siervo bajó de la limusina y cerró el coche. Fue andando hasta el motel y reservó dos habitaciones. Una sería donde planearan el ataque y la otra, donde su señor descansaría. Después, fue a comprar a la ferretería cinta americana para cubrir las ventanas. Tenía que tener toda la oscuridad posible para que el vampiro no sufriera heridas. Si bien no era propio de Einar estar despierto durante el día, alguna vez no se acostaba. Y ese, era un día de esos.

Según se acercaba la noche llegaban más coches; algunos con las ventanas tuneadas, para evitar la luz del sol; otros eran camionetas, caravanas. Jackson Hole, sin querer, se había convertido en un nido de vampiros.

Natasha

Natasha se encontraba en su cabaña, sentada al borde de la cama con los codos apoyados en las rodillas y las manos en la cabeza. Pensaba en qué hacer para que su madre no la acompañase.

De repente el espíritu de Urin se presentó delante de ella.

«Ha llegado la hora hija mía. Tu destino acaba de llegar.»

—¡Gran madre! No te esperaba. —Tash dobló una rodilla en el suelo como gesto de respeto. —No entiendo qué quieres decir con mi destino.

«El rey acaba de llegar al pueblo y no viene solo. Sus hijos están con él, así como la hechicera.»

Natasha se levantó de un brinco y su cuerpo se tensó de inmediato. Cerró los puños, sentía cómo se clavaba las uñas en la carne de la palma, pero no le importó.

—Esperaba poder tener unas palabras con la bruja. Pero ya no va a ser posible.

«Reúne a tus hermanos, hija mía. No tengáis miedo.»

—No tengo miedo Gran madre. Tengo ganas de destruirlo y quemarlo al sol. Por mi padre, mi hermano… Por todos mis iguales que haya matado a lo largo de los siglos.

Jhonny había entrado en ese momento en la cabaña. Cuando vio a Urin le hizo una reverencia.

—¿A quién hay que destruir? —Preguntó inocentemente el anciano.

Tash se dio la vuelta, no había escuchado abrirse la puerta, su voz la sobresaltó.

—Al Vampiro, han llegado al pueblo.

Jhonny alzó levemente una ceja y apretó los puños. Ambos tenían las mismas ganas de matar a Einar por hacer sufrir a sus padres.

—¿Qué vas hacer?

—Me gustaría que pudieras ser tú quien diera la orden. —Se lamentó Natasha. —Yo mandaría a un par de guerreros al pueblo, a controlarlos.

—¿De cuántos chupasangre estamos hablando? —Quiso saber el muchacho.

Natasha se giró hacia Urin, pero esta se había desvanecido mientras los dos hablaban.

—Tan enigmática como siempre... —Se giró de nuevo para mirar al chico —Imaginemos que no vendrá solo.

—Les diré que lleven armamento corto, los arcos y ballestas las dejaremos por si llegan hasta aquí.

Natasha asintió, miró las maletas y sonrió.

—Al final parece que no voy a ningún sitio.

Después de hablar con Natasha, Jhonny mandó bajar al pueblo a cuatro guerreros. Estos iban armados con machetes, cuchillos y armas cortas.

Se montaron en el Jeep y bajaron al pueblo.

Eran las doce de la noche, cuando llegaron a Jackson Hole se dividieron en parejas, dos fueron hacia Miller Park y los otros dos, se quedaron en el centro del mismo. Estos últimos fueron caminando recorriendo las calles. Su principal misión era encontrarlos y controlarlos, pero si se podían llevar por delante a alguno, mucho mejor.

Por su parte, los vampiros se habían dispersado por todo el pueblo. Einar les había dado rienda suelta para que hicieran lo que quisieran mientras no llamaran la atención.

Pero, como siempre, la naturaleza no se podía controlar. Un vampiro demasiado joven para entender el porqué de tal demanda, se había fijado en una pareja del lugar.

Ambos eran demasiado jóvenes, no superarían la mayoría de edad, iban andando por la calle, abrazados cuando el vampiro chocó a propósito con el muchacho.

El chico, queriendo hacerse el duro delante de la chica le pidió explicaciones, lo que el vástago, asumió como una invitación. Sin previo aviso, se lanzó sobre su garganta a plena luz de la luna. Melany, así se llamaba la chica, pegó un grito desgarrador al ver como "algo" se estaba alimentando de su novio.

Una de las parejas de hombres lobo, escuchó el grito, se miraron a la vez y empezaron la caza. No estaban demasiado lejos, una manzana más o menos.

Corrieron como si les espolease el mismo diablo. Melany lanzó otro grito aún más desesperado que el anterior. Eso, solo significaba una cosa. El vampiro estaba a punto de atacarla. Llegaron a la esquina donde se estaba produciendo el ataque. El más mayor, sacó un revólver y le disparó. La bala paso rozándole el brazo, lo suficiente, para que el vampiro fijase su atención en ellos y pudiera escapar la chica.

Les separarían quinientos metros que el vampiro recorrió en apenas unos segundos. Dio un empujón al que portaba el arma que le hizo volar otros pocos metros hasta estamparse contra la puerta de un todo terreno. Su compañero, sacó un machete y lanzó una estocada hacia la garganta del vampiro. Este la esquivó con bastante facilidad. Agarró el brazo del lobo y se lo dobló obligándole a soltar el arma blanca. Tras eso, el vampiro usó su fuerza para empezar a estrangularle levantándole unos pies del suelo.

El guerrero, que había salido volando unos segundos antes, no vio otra salida que convertirse en hombre lobo. Así mostró, para la desgracia de ambos, lo que era ante la chica que miraba la escena boquiabierta.

El hombre lobo recorrió el espacio que los separaba, en poco tiempo y, con las garras, arañó al vampiro en la espalda haciendo que estas se introdujeran y rajaran la piel. El Vampiro gritó de dolor, soltó al que intentaba estrangular que cayó de rodillas tosiendo y protegiéndose la garganta con la mano.

Era un combate desigual en ese momento. El vampiro mostraba sus dientes y sus uñas mientras pensaba cómo poder atacar a su oponente. Por el contrario, el hombre lobo, tenía abiertas las fauces, grandes colmillos sobresalían de ellas mientras movía sus manos como si estuviera calentando las garras para un nuevo tajo.

Como si hubieran notado que uno de los suyos estuviera en peligro, aparecieron otros tres vampiros. Estos portaban cadenas y alguna que otra arma medieval como una maza de bola puntiaguda.

El Hombre lobo que estaba en el suelo se convirtió también al ver que llegaban más vampiros. Estaban demasiado expuestos. Pero no podían dejar a la chica a su suerte.

—Vincen coge a la chica y llévatela. Yo los entretendré. —Le dijo el guerrero más viejo a su compañero.

—Pero son cuatro sabandijas. ¿Cómo te las vas a apañar? —Vincen no estaba seguro de lo que le ordenaba Dean.

—¡Haz lo que te digo! Llévala con la «Espada de la libertad» Dile que me perdone, en caso de que no me reúna con vosotros. ¡Ahora!

Dean se lanzó sobre el vampiro que le había empujado, destripándole con relativa facilidad. Quedaban tres, adopto una postura de defensa, mientras andaba hacia atrás. Vincen corrió hasta la chica que no paraba de gritar y la cogió en brazos. Al ver que se la llevaba una criatura, entró en pánico lanzándole puñetazos a la espalda y gritando socorro.

Más de una veintena de luces se encendieron a la vez dentro de las casas. Quizá fuera lo que necesitaba Dean para salvarse, pues los vampiros al verse posiblemente descubiertos se retiraron. Dean hizo lo propio, corrió lo más que pudo detrás de Vincen. Cuando dobló una esquina cambió de forma. Sacó el móvil del bolsillo y llamó a los otros dos hombres lobo.

—Volver al Crómlech, ya no tenemos el factor sorpresa.

Guardó el teléfono y se fue corriendo hacia donde habían dejado el Jeep.

Melany seguía gritando auxilio por donde pasaban. A la vez un montón de luces se encendían de las casas que antes estaban oscuras. Vincen consideró oportuno hacer que se desmayase. Lanzó el rugido más tenebroso que pudo en ese momento y la muchacha, por suerte, muerta de miedo, perdió el conocimiento.

Pero el daño ya estaba hecho. Pese a que estaba oculto a la sombra de un edificio, por todos lados había gente en las ventanas. No pudo hacer otra cosa que convertirse de nuevo en Humano y simular que habían sido atacados por alguna bestia. Por suerte, para él, todos los guerreros aprenden a vincular sus ropas, mediante un pequeño hechizo, así cada cambio que hacían, no les dejaba desnudos.

Salió a la luz, cargando en brazos el cuerpo de la chica desmayada. De inmediato comenzó a escuchar a la gente alarmada.

—Eh muchacho. ¿Qué ha pasado? ¿Se encuentra bien la chica? ¿Qué le has hecho?

—Yo no le he hecho nada. ¡Lo juro! Una bestia nos atacó. No puedo creer que no la hayan oído.

—Sí, yo he oído un rugido de algo. —Se escuchó desde una de las ventanas —Hay que llamar a la policía.

—Yo tengo que ir a buscar a mi hermano, la bestia se lo ha llevado. ¿Alguien puede cuidar de la chica? —Intentó deshacerse de la joven para poder volver con sus hermanos.

De pronto se abrió una puerta, otra, otra más, empezó a salir gente de las casas, con mantas y armas.

—¿Por dónde se lo han llevado chico? Por cierto, ¿no eres de aquí verdad?

Vincen se negaba a contestar a la pregunta mientras pensaba que solo a un humano se le podría ocurrir una pregunta tan estúpida en ese momento.

—Creo que se fue calle arriba. Tengo que ir a por él.

—Espera chico. Yo he sido Marine, te puedo ayudar.

El lobo empezaba a cuestionarse si habría sido buena idea montar esa escena.

—Eh, no, no gracias. Prefiero ir solo. Puede ser peligroso.

—Razón de más para no ir solo. —El que hablaba era un hombre de unos cuarenta años. Musculoso, el pelo moreno. Tenía el tatuaje en el brazo de las fuerzas especiales —Insisto.

A Vincen no le quedó más remedio que aceptar su ayuda, si no quería ser sospechoso.

—De acuerdo. Me llamo Vincen. —Le tendió la mano.

—Yo me llamo Ray. Vayamos a por ese cabrón.

Cuando Ray le dio la mano, Vincen aprovechó para noquearlo de un puñetazo. La gente en un primer momento, se quedó sin saber cómo reaccionar. Tiempo justo para que Vincen empezara a escapar. Cuando la gente despertó de su estupefacción corrieron detrás de él. Algunas balas silbaron cerca de Vincen que no le quedó más remedio que volver a transformarse en lobo para poder correr más deprisa.

Un par de manzanas más adelante, los despistó. Los demás ya se habrían ido supuso, así que le tocaría volver a pie.

De repente algo golpeó su cabeza, haciendo que perdiera el conocimiento.

Capítulo XXXVII

XXXVII

Natasha estaba de los nervios. Había recibido la noticia de que los demás Crómlech no se unirían a ellos. Preferían pasar inadvertidos. ¡Pobres ilusos! Fue la contestación que le dio a Jhonny cuando le informaron.

—¿Acaso piensan, que, si nos matan a nosotros, no irán a por ellos? —Preguntaba, fuera de sí, Tash.

Después de un buen rato despotricando de los demás ancianos, escuchó el ruido del motor del Jeep. Miró su reloj, marcaba las 09:00 de la mañana. Enseguida supo que algo había ido mal.

Salió de la cabaña, esperando equivocarse, pero al ver que solo volvían tres de los cuatro guerreros cerró los ojos.

Dean y los otros dos hombres lobo bajaron del coche. Solo el más mayor se acercó a la «Espada de la libertad» para informar.

—Tuvimos problemas. Vincen y yo nos encontramos con un recién creado. Había atacado a una pareja, pudimos salvar a la chica, pero el chico... le había destrozado la Aorta.

—Comprendo. —Natasha miró a los demás y después a Dean nuevamente. — ¿Y Vincen?

—Cuando empezamos la pelea, se acercaron otros tres vampiros, con armas. Nos vimos obligados a retirarnos, porque empezaban a asomarse los humanos a las ventanas. Yo me rezagué protegiéndole para que huyese con la chica.

Natasha llamó a uno de los Charly, un guardia del turno de noche.

—¿Has visto llegar a Vincen?

—No, Espada. —Respondió el hombre lobo.

—Descansad, reponeos e id a buscarle. O soy muy tonta o tiene toda la pinta de que le han cogido.

—De acuerdo espada.

Una gran bola de fuego impactó en una cabaña, haciendo que explosionara. Todos cayeron al suelo por la onda expansiva, al levantarse, vieron a una mujer con fuego en las manos.

—¡Quiero ver a la hija de Tanya o lo sentiréis, mis llamas devoraran otra casa, y otra, hasta que decida salir!

Tash aún conmocionada mandó a Dean a comprobar si había alguien dentro y a que ayudase a apagar el fuego. Luego dio un paso al frente.

—¡Yo soy la que buscas, Hechicera! Deja a mi gente en paz.

Krhystin apagó las llamas de sus palmas y sonrió levemente.

—El Rey tenía razón, sois tan patéticos...

—No creo que hayas venido aquí solo para insultarnos. Di lo que debas y márchate, antes de que te despedacemos.

—El Rey Einar, te manda un mensaje.

La mujer se desató una bolsa que llevaba en la cintura y metió las manos en ella. Cuando la bolsa cayó dejó ver la cabeza de Vincen totalmente devorada y demacrada. La lanzó a los pies de la loba.

—Mi señor me ha ordenado decirte que, tú serás la siguiente.

Tanya y Jhonny salieron a la vez corriendo hacia Natasha, al ver el anciano la cabeza rodando hasta los pies de su compañera, sacó un revólver y le disparó. Pero para cuando la bala quiso llegar hasta donde Krhystin estaba, la bruja se había desplazado detrás de Tanya.

Natasha reaccionó a tiempo tirando a su madre al suelo y transformándose en un hombre lobo. La bruja se sorprendió. No esperaba que la loba pudiera llegar a ser tan alta ni tan fiera.

De un manotazo de Tash, Krhystin salió volando empotrándose contra un árbol. La loba salió corriendo hacia la bruja, para terminar el trabajo, pero, esta pronunció unas antiguas palabras, y una barrera la recubrió. Tash, al chocar contra la defensa mágica, salió despedida hacia atrás.

—Una buena transformación perra... Pero de nada te servirá. Solo un....

La bruja emitió un grito de dolor, cuando una flecha traspasó el escudo y se clavó muy cerca del corazón. Cayó de rodillas y antes de que una segunda flecha la alcanzase, pronunció unas palabras mágicas y desapareció dejando que la flecha se clavara en el tronco del árbol.

Natasha miró hacia atrás y vio a su madre, con un arco en la mano.

—La próxima vez la mataré. —Dijo muy seria Tanya.

—¿Cómo sabías que una flecha atravesaría el escudo? —pregunto Natasha, mientras volvía a su estado normal.

—Todo campo de fuerza, tiene su debilidad. Lo aprendí viendo una serie de puertas espaciales.

Cuando Natasha fue hacia ella, se dobló cayendo al suelo y agarrándose el vientre con ambas manos. Sentía un dolor muy intenso dentro de ella.

—¡Tash! —Gritó Jhonny mientras corría hacia su pareja.

Tanya también fue a su auxilio, cogiéndola por la espalda y obligándola a tumbarse y a que apoyase la cabeza en sus piernas.

—¿Qué te pasa hija mía? —Tanya separó las manos de Tash, pero no había ningún rastro de sangre, ni de nada. Le levantó la camiseta y tampoco vio nada.

— ¡No lo sé! Pero es como si se retorciera algo dentro de mí. AHHHH —Gritó otra vez, casi llorando.

—Hay que llevarla dentro. Jhonny ayúdame. —Sentenció Tanya, que quería llevar a su hija dentro de la cabaña.

Ambos llevaron a la muchacha hasta la cama de ambos, y le quitaron la ropa para buscar algún signo que les diera una explicación del dolor. Tash, mientras tanto, se retorcía en la cama, sujetándose el vientre, como si se le fuera a abrir.

Jhonny comenzó a llamar a gritos a Urin.

—¡Urin! ¡Urin! Sé que me escuchas. Te necesitamos.

El espíritu de la loba apareció, sentada sobre sus cuartos traseros. Su rostro denotaba preocupación, pero nadie podría afirmarlo.

—Urin, ¿qué le está pasando? ¡Qué le pasa a Tash!

«Serénate muchacho —Demandó el espíritu —No le ocurre nada del otro mundo.»

— ¿Cómo que me serene? ¿Tú has visto cómo se retuerce? No sabemos qué le está pasando.

Urin pareció sonreír o al menos esa fue la impresión que le dio a Jhonny. Mientras tanto, Tanya intentaba calmar a su hija que seguía retorciéndose y apretando los dientes para no gritar.

«Lo único que le pasa a tu compañera, es que el cuerpo de una embarazada, no acepta los cambios a hombre Lobo.»

— ¿Embarazada? ¿Tash está embarazada? —Jhonny preguntaba incrédulo.

«Así es, joven anciano. Ahora que te he respondido, no me vuelvas a reclamar.»

Jhonny miró a Natasha sufriendo y de nuevo a Urin.

— ¡Espera! Sólo una pregunta más.

«Rápido joven anciano, no puedo retener mucho tiempo la apariencia.»

— ¿Qué pasará si se tiene que convertir para enfrentarse al rey vampiro?

Urin abrió la boca como bostezando y se lamió los labios.

«El feto soportará dos transformaciones más. Eso conlleva los dolores que está sufriendo ahora. Si lo hace más de dos veces, el feto morirá, tu compañera abortará y eso hará peligrar su vida.»

—Pero no lo comprendo. —Dijo el anciano —Tú dijiste que de los dos nacería una raza nueva, sin maldición.

«Pero todo tiene un sacrificio, joven anciano. Si Natasha se transforma más de dos veces, aunque en ello este su vida, podría morir.»

Poco a poco el dolor iba cesando, pero Natasha aún no podía estar tranquila. Tanya y Jhonny se habían ido a la cocina, a preparar una infusión y un poco de café, iba a ser un día muy largo.

El anciano estaba muy nervioso. Toda su vida había cambiado en menos de un mes. El destino no se contentaba con haberle arrebatado al último pariente vivo que le quedaba, ni con hacerle a su edad anciano. Ahora, se volvía a reír de él dándole la noticia de que iba a ser padre. Eso si Natasha sobrevivía a la guerra que se avecinaba.

La mujer lo notó y enseguida le hizo sentarse en una silla, sirvió dos tazas de café y se quedó mirándole. Al final, se decidió a hablar.

—¿Sabes? La madre de mi madre, también era hombre lobo. Comprendo lo que estás pensando, pero no puedes obligar a Natasha a ser lo que no es.

—Si la dejo que siga convirtiéndose, ya has oído a Urin. ¡Puede morir!

—Y te aseguro que no habrá persona o ser en la faz de la tierra que lo lamente más que yo. Pero, mi hija, tiene un destino y no puede huir de él.

Jhonny no entendía cómo su propia madre, no le daba la mayor importancia al problema.

—Entonces, según tú ¿es mejor que pueda morir?

—No tergiverses mis palabras, muchacho. Como madre, no quiero que muera. No sé cómo puedes pensar eso. Como persona unida a la maldición que pesa sobre vosotros, creo que estamos muy cerca de lograr la salvación.

—No sé si podría ser tan pragmático en tu caso. —Respondió el anciano.

Tanya soltó una leve carcajada y le instó a beber un poco de café.

—Desde que fui adolescente, supe que, si traía a un niño o una niña a este mundo, tendría el gen. Habían pasado doscientos años desde el último alumbramiento de una loba blanca. Yo no sabía si Natasha iba a ser la elegida. Pero debía de intentarlo.

—Pero si sabías que podría correr ese riesgo ¿por qué lo buscasteis? No lo entiendo. —Se quejó Jhonny.

—Nosotros, los familiares de los hombres lobo, también tenemos nuestras obligaciones. Somos quienes os traen al mundo. Si no traemos a más Hombres lobo, la raza vampírica, y en concreto, el rey oscuro habría ganado. ¿No lo entiendes? Sacrificamos a nuestros propios hijos, para que vosotros podáis ser libres.

Capítulo XXXVIII

XXXVIII

Einar estaba en su habitación dándose un festín con una mujer de mala vida, cuando la sala se iluminó y apareció Krhystin en el centro de la misma. La mujer estaba arrodillada con una mano en el pecho y la otra en una flecha que tenía clavada en él.

Einar alzó una ceja y se separó levemente del cuello del que se alimentaba al verla aparecer. La mujer de la que bebía, perdió el influjo del que era prisionera y al ver al vampiro con la boca llena de sangre y a la mujer con la flecha aparecer de la nada, empezó a gritar.

Einar suspiro, negó con la cabeza y, como si fuera una cosa natural en él, partió el cuello de la prostituta, que cayó al suelo como un peso muerto.

—¡Me has estropeado la cena! Más vale que sea por una buena razón. —Cuando se levantó. Apartó con el pie la cabeza de la mujer muerta

—Mi... Señor. El mensa...je esta entregado. —La hechicera, intentaba hablar, pero a cada palabra, la herida producida por la flecha, le producía más dolor.

—Sin embargo, te has dejado alcanzar. Creo que no eres tan buena como decías...

Einar se colocó frente a ella, apartó la mano de la bruja de un manotazo y sacó la saeta sin avisar.

La bruja dejó escapar un grito de dolor y rápidamente se presionó la herida.

—¿Cómo se tomó la loba el mensaje?

—Se... Se transformó en una bestia horrible. Nunca antes había visto nada igual. Debéis tener cuidado con ella.

—¿Cuidado? Podrá ser todo lo grande y fiera que quieras decir. Pero no me da ningún miedo.

Einar, volvió al sofá donde estaba sentado y tropezó con el cuerpo inerte de la prostituta.

—¡Y saca el cuerpo de esta puta de mi vista!

El rey estaba de mal humor. Pese a dar apariencia de que no le preocupaba, en su mente solo rondaba la advertencia de Merian. Dos días y, ya había consumido uno.

Mientras veía preparar el sortilegio a la hechicera, Einar decidió que ya era hora de jugarse el todo por el todo. Si moría a manos de la loba, sería menos vergonzoso que hacerlo bajo la mano del consejo o de su creadora. Setecientos años pendían de un hilo.

Se levantó y salió de la habitación, fue hasta la puerta de la otra y abrió sin llamar.

—Preparaos. Nos vamos a cazar.

Eran las diez de la noche y todo estaba oscuro. Las luces de las cabañas estaban apagadas, en un intento de no dar ventaja a los chupasangres. Natasha se había recuperado del dolor abdominal, producido por el cambio de forma debido al feto que crecía en su interior.

Después de que la hechicera desapareciese y que Tash se hubiera recuperado, Tanya mandó prepararse a todos con arcos y pistolas.

Había mandado subir a los árboles a unos cuantos guerreros. En tierra, solo lucharían los más diestros.

Todo estaba en silencio de camino al Crómlech. Einar iba a la cola de cincuenta vampiros que habían acudido a su llamamiento.

Decidió ir andando, así el motor de los coches no alertaría a los lobos, pero era consciente de que, gracias a sus sentidos, sabrían que llegaban antes de lo que le gustaría.

Dicho y hecho, nada más empezar a acercarse al Crómlech, se escuchó a un lobo aullar, después otro distinto y otro más. Parecía que estuvieran rodeados, pero no recibían ningún ataque. ¿Por qué? Se preguntaba Einar que se temía que todo fuera una emboscada.

Al cabo de una hora de marcha, enfilaron una gran recta, al fondo se podían divisar las piedras altas del Crómlech, no faltaba mucho. A cada paso que daban, un nuevo lobo aullaba, ¿o era el mismo cada vez? Quizá solo buscaban amedrentarlos, pero sabía que, con una fuerza como la que llevaba era muy difícil salir derrotado. Pese a eso pidió cautela a sus «soldados».

Estaban a punto de entrar en la zona donde los guerreros se habían encaramado a los árboles con los arcos. Los hombres lobo sabían que esas armas no les harían mucho, pero al menos les asustarían, y la confusión, en ese momento, era su mejor aliada. Una lluvia de flechas, serviría como distracción para saltar sobre ellos y arrancarles las vísceras.

El viento transportó un nuevo aullido, este era diferente a los demás, no parecía de alarma sino de orden. Einar tensó los músculos, se paró para mantenerse un poco alejado del grupo. Los siglos que llevaba por la faz de la tierra le decían que algo iba a suceder.

Una chispa se encendió en cada árbol que rodeaba el camino, la centella se hizo fuego y el fuego volaba en forma de flechas flamígeras hacia los vampiros, que no se las esperaban.

Algunas flechas impactaron en los pechos de los vampiros, que, rápido, se las arrancaron y apagaron las pequeñas llamas, antes de que les hicieran daño. Otras, impactaron en los entrecejos de algunos vampiros. A esos no les salvo nada, pues con la velocidad del impacto, los derribaron y las llamas lamieron sus cabezas y, después, todo su cuerpo.

La noche transportaba gritos de agonía de quienes se sentían ardiendo, gritos de alerta de los que sobrevivían y, por último, aullidos de carga de los lobos arqueros, que saltaban desde los árboles a tierra para luchar cuerpo a cuerpo.

Natasha se sentía nerviosa, no hacía más que repetir que tenía que estar ahí, en primera línea de batalla, pero Jhonny le repetía, una y otra vez, que su lugar era ese. Preocupado por poder perder el Crómlech, pero a la vez angustiado por perderla a ella hacía todo lo que podía para tranquilizarla.

Tanya se encontraba en mitad de las ocho piedras que componían la estructura milenaria. En cada puerta de dicha estructura, había apostado un hombre lobo, preparado para defenderla.

La refriega se sucedía en un palmo de tierra. Cinco hombres lobo, armados con cuchillos de todo tipo, desde machetes hasta dagas, contra cerca de cincuenta vampiros. Era una locura, un sacrificio, pero se intentarían llevar a unos cuantos por delante.

Los lobos luchaban fieramente, lanzaban estocadas con las armas que herían a los vampiros, pero que no llegaban a matarlos. Por contra, los vampiros, al ser más, se abalanzaban contra los bípedos en un intento de rasgarles las yugulares.

Los hombres lobo se defendían, pero perdían fuerzas. Eran demasiado pocos. Al fin, uno de los vampiros se lanzó sobre las piernas de uno de los guerreros, mordiéndole el gemelo. El hombre lobo aulló como jamás lo había hecho, el sonido retumbó en los oídos de Natasha que se enfureció. Se fue a transformar, pero Jhonny la detuvo.

—¡Quieta! Aún no.

—¿Pero es que no los oyes? ¡Los están masacrando!

— ¡Y tú terminaras como ellos, si no te controlas!

Natasha alzó una ceja mirándole sorprendida por esa afirmación.

—¿Qué quieres decir? —Preguntó Tash incrédula

—Nada, sólo me preocupó por ti. ¿No te das cuenta? —Jhonny la mintió. Sabía que darle la noticia de que estaba embarazada solo la distraería.

—No pienses que me voy a dejar matar tan fácilmente anciano.

Desde el círculo de piedras, Tanya escuchaba la conversación y asintió a Jhonny que la miraba de reojo.

Compartía la misma opinión que el chico. Decirle a su hija la noticia sería prácticamente perder la batalla y la salvación. Porque… ¿Qué madre no miraría primero por su hijo? Ella era la excepción, estaba dispuesta a sacrificarla por una causa mayor. No tenía más remedio.

La refriega, ya desde el principio desigual, se tornó imposible, cuando tres de los cinco hombres lobo, cayeron asesinados por los vampiros. A su lado, una decena de estos últimos también yacían sin vida.

Los dos que quedaban con vida se dieron en retirada, pero ante tanto ser de la noche, no llegaron muy lejos. El último que sobrevivía, antes de fallecer, avisó con un aullido a los demás advirtiéndoles que habían fracasado.

El aullido que escucharon en el Crómlech fue como un jarrón de agua fría. Sabían que solo cinco guerreros no podían hacer mucho, pero esperaban que hubieran podido resistir más. Eso solo significaba una cosa. Einar había traído a muchos vampiros.

Natasha miró a Jhonny, a su madre y a los demás guerreros que estaban con ella.

—Hay que ser fuerte. Hay que librarnos de los chupasangres. No retrocedáis. Pensar en vuestros hijos, hermanos, padres. En todos los que han sucumbido a la maldición. Pensar en un mundo sin ella. Un mundo donde seamos libres, sin temer que nuestros hijos porten la maldición.

Nunca he pretendido ser la guía de nadie. Pero llegados a este punto, seré la vuestra. Seré... ¡¡¡LA ESPADA DE LA LIBERTAD!!!

Todos los hombres lobo aullaron al unisonó, incluso Tash. Tanya, al no poder hacerlo, gritó con todas las fuerzas que sus pulmones y su corazón tenían.

Supieron que el enemigo estaba cerca cuando la última fila antes del círculo de piedras empezó a lanzar flechas flamígeras.

Natasha apretó la mano de Jhonny y sin mirarle le dijo

—Nunca te lo he dicho...

—Lo sé, no tienes por qué hacerlo ahora... —Repuso el anciano.

—Te quiero. —Dijo Natasha, esta vez mirando al chico. Sus ojos parecían llenos de melancolía.

—Yo también a ti. —Aseguró Jhonny.

Capítulo XXXIX

XXXIX

Los vampiros se intentaban quitar las flechas de sus cuerpos, esta vez no eran solo cinco los que las lanzaban sino casi una veintena desde varias alturas de los árboles. Los vampiros comenzaron a trepar por los troncos en su busca. Los que llegaron a ellas, las partieron haciendo caer a los hombres lobo al suelo.

Poco a poco, el suelo comenzó a teñirse de rojo escarlata por la sangre de ambas especies, los cuerpos incluso, estorbaban a los luchadores.

Einar se mantenía apartado unos pasos atrás observando la lucha. Junto a él, dos vampiros de los más viejos, enviados por el consejo, aguardaban para entrar en acción. Veían cómo sus hermanos ganaban terreno, pero de los cuarenta que salieron de la primera refriega, nada más que podían llegar a contar a veinte.

Por contra, la veintena de hombres lobo que los esperaba, había disminuido drásticamente, solo tres permanecían vivos. Esta vez, como si fuera un toque de corneta, el bípedo más fuerte aulló la retirada. Los otros dos consiguieron, junto con él, llegar hacia el círculo de piedras, donde les esperaban Natasha, Jhonny y el resto de la manada de los cuales solo quedaban veinte, de los cincuenta que se habían despertado con el alba.

Tanya encendió con un mechero un caldero, que llenó de paja y carbón para poder encender las flechas. Había demostrado ser muy hábil con el arco.

Nada más que aparecer los vampiros, los hombres lobos restantes, así como Tash y Jhonny se lanzaron al ataque.

Tanya solo tenía una finalidad, encender la flecha flamígera, apuntar y disparar. Como el día anterior, sus flechas daban en el blanco. Consiguió derribar y matar a tres vampiros que luchaban contra los Licántropos.

En ella se fijó un vampiro anciano que rápidamente se intentó colocar detrás suya, pero Tash le cortó el paso y de un zarpazo le rajó el cuello bañándose la loba en sangre.

Jhonny, mantenía a dos vampiros a raya, era suficientemente rápido para aguantar los envistes de los vástagos y contraatacar. Uno de ellos, se lanzó hacia su cuello, el joven anciano se agachó y le clavó el machete desde la garganta hasta el cerebro. El otro, se lanzó de inmediato encima de él. Al ver que se agachaba aprovechó y le arañó la espalda con las dos manos. Jhonny se arqueó y aulló. En ese momento, se dio cuenta de que las heridas eran graves, pero no podía dejar de luchar.

Natasha al oírle aullar, fue en su ayuda, pero, el otro vampiro anciano, le cerró el paso. Ambos se miraron, se estudiaron el uno al otro. Solo quedaban en pie, Einar, Jhonny, Tanya, Patrick que luchaba contra otros dos vampiros, Tash y el vampiro anciano.

El chupasangre se lanzó a por Tash en un intento de arañarle la cara, lo cual la loba esquivó con relativa facilidad. La loba era mucho más rápida que él.

Le tocó el turno a Natasha de atacar, se lanzó sobre el vampiro y le tumbó. Intentó desgarrarle el cuello, pero el vampiro de una patada en el vientre la hizo caer hacia atrás dándose un costalazo con el suelo. Esta aulló de dolor, algo dentro de ella sufría por el cambio, pero aún más por la patada.

Tanya en un intento de salvar a su hija, le lanzó dos flechas juntas que se clavaron en su espalda. El vampiro se las intentaba quitar, pero no llegaba. Se lanzó al suelo para apagar el fuego, momento que aprovechó la mujer, para correr a gran velocidad y clavarle cinco flechas que llevaba en la mano en el corazón. El vampiro desapareció dejando solo una cortina de polvo.

Jhonny, con dificultad consiguió matar al vampiro contra el que luchaba. Su espalda estaba encharcada de sangre. Miró a Natasha al escuchar cómo se quejaba y corrió hacia ella.

También Tanya fue en su ayuda, ambos llegaron casi a la vez. La mujer se sentó en el suelo, colocando la cabeza de la loba en sus piernas, como el día anterior. Jhonny ordenó crear un círculo, para protegerla con los restantes hombres lobo que no llegaban a la decena. Pero los vampiros, eran muchos más. El anciano echó una cuenta rápida. Doce. Doce seres de la noche sin contar con Einar.

—¡Tenemos que aguantar! No podemos perder ahora. Muchos de nuestros hermanos han dado la vida para que nosotros acabemos el trabajo. —Intentó enaltecer a sus hermanos para que siguieran luchando.

Cuando los vampiros iban a atacar, se comenzaron a escuchar un montón de lobos aullar, cada vez más cercanos al lugar de la batalla.

Natasha se levantó, con gestos de dolor, no había pasado a forma humana, pero su vientre se retorcía de una manera que jamás hubiera podido imaginar.

—¿Refuerzos? —Miró interrogativa al anciano.

—No lo sé. Quizá hayan cambiado de opinión.

En una pequeña tregua de unos minutos, Natasha recuperó algo de fuerzas y se puso al frente con sus demás hermanos.

—¿Oís eso? ¡Es vuestro final!

Einar que se había mantenido distante durante todas las refriegas, dio unos pasos adelante y se puso al lado de sus «soldados»

—¿Nuestro fin? No querida mía. ¡El fin que se acerca es el tuyo y el de tu hijo, que no verá la luz del sol jamás! Más le valiese a ese que llamáis anciano que no te hubiera dejado luchar en tu estado.

—¿Hijo? ¿Estado? ¿Se puede saber de qué estás hablando, sabandija?

Einar comenzó a reír. Su risa era irónica y a la vez monstruosa.

—¿No sabías que estabas embarazada? Pero espera... Aún hay más. Ellos sí lo sabían ¿verdad?

Natasha miró confundida a Tanya y a Jhonny buscando alguna explicación.

—¡Cállate mal nacido! —Repuso Tanya. —No le hagas caso Tash, solo trata de confundirte.

—¿Confundirla? ¿Por decirle la verdad? ¿Esa verdad que tú y ese bastardo no queréis que sepa?

—No me creo ninguna palabra de ti, así que, ahórratelas y lucha.

Tanya y Jhonny se miraron a la vez, como preguntándose el uno al otro si deberían decirle la verdad. Ninguno de los dos habló

Los aullidos se escuchaban cada vez mucho más cerca, dentro de muy poco estarían allí, fueran quienes fueran.

—No digas que no te lo advertí. —Dijo el vampiro, antes de mandar a los soldados que le quedaban que atacasen.

Tash, Jhonny y Tanya se pusieron en guardia, esperando a que atacasen, cuando, de repente, comenzaron a ver a una manada de lobos salvajes posicionarse delante de ellos.

Los lobos enseñaban los colmillos a los vampiros, tenían el pelo erizado, el cuerpo preparado para saltar sobre sus enemigos. Los ojos destilaban odio hacia los seres de la noche.

Los hombres lobo se preguntaban cómo podían haber sabido dónde ir, pero no iban a desperdiciar una ayuda tan valiosa.

Desde que Einar lanzase la maldición y crease al primer hombre lobo, se creó una extraña simbiosis entre los Bípedos y los Cuadrúpedos. A veces llegaban hasta a cazar juntos y compartir las presas.

Los vampiros, atacaron, saltaron sobre los animales y los hombres lobo a la vez. Los animales saltaron sobre los atacantes, intentando en vano tumbarlos y morderles, pues los vampiros eran mucho más ágiles, pero en el momento en que se enzarzaron contra los hombres lobo, los animales sí pudieron servir de apoyo.

Otro baño de sangre se sucedía, Jhonny se limitaba a defenderse como podía, pues las heridas de la espalda, le impedían moverse con soltura. Tanya, al no poder atacar con el arco, sacó un par de dagas de sus botas y esperó sus oportunidades para atacar a los seres de la noche. Natasha como Jhonny, tenía muy difícil atacar, el dolor del vientre por la patada recibida, se iba pasando, pero aún casi no se podía mover.

Einar aprovechó la situación para ir acabando uno por uno con la resistencia que ofrecían los Hombres lobo. Jugaba sucio, pero no le importaba, con tal de que al final la cabeza que metieran en una caja, no fuera la suya.

Pero otra sorpresa le tenía preparada la Madre.

Cuando se disponía a atacar a una Natasha casi indefensa, algo o alguien, le empujó y salió volando unos metros hacia atrás.

Cuando el vampiro se levantó y miró quién o qué le había dado ese golpe solo pudo acertar a decir ¿por qué?

Delante de Natasha y en posición defensiva contra el vampiro, había una mujer. Era hermosa, tenía una larga melena cobriza que le llegaba hasta la cintura, unos ojos color miel y los labios muy perfilados. Era casi tan alta como Einar y vestía unos vaqueros ajustados y una camiseta con un dibujo de una calavera, metiendo una cuchara en un cerebro.

—Has llegado muy lejos, no consentiré que tu locura y tu oscuridad hagan daño a nadie más.

—¡No sabes lo que haces! ¡Tengo que matarla! —Dijo Einar realmente molesto con la mujer.

—Lo sé, estoy informada de toda la agonía y los crímenes que has cometido en estos setecientos años. Pero te juro que ni uno más.

La mujer misteriosa, había salvado a Natasha de una muerte segura. Esta la miraba con asombro, nunca se imaginó que un enemigo se pondría a su favor.

—No sé quién eres, o qué eres. Pero gracias —Dijo Tash a la mujer.

—Créeme, no lo hago con gusto. Hago, lo que creo que es mejor para todos.

—¿Cómo te llamas? —Quiso saber la loba.

—Mi nombre no importa, solo lo hago porque ese hombre que fue una vez, destrozó mi vida.

Einar no podía dar crédito a lo que sus ojos veían. No podía ser cierto que ella estuviera ahí y que se pusiera en su contra. ¡Era de su misma especie!

—Prepárate a morir, Einar el oscuro. Tus noches sobre esta tierra han acabado.

—Sí, así quieres acabar con toda nuestra historia. ¡Adelante! No seré yo el que desaparezca.

La mujer misteriosa, se lanzó contra Einar. Natasha jamás había visto tanto odio en unos ojos, ni tanta velocidad en alguien.

Einar se defendía de las uñas de su agresora. No era mal combatiente, siempre se le había dado bien la liza. Pero su enemiga daba la impresión de haberse preparado desde siempre para ese momento. Sus ataques fueron creciendo en velocidad.

Einar sintió un arañazo en la cara, otro en el pecho, sin poder defenderse. Saltó hacia atrás para estudiar la situación. ¿Cómo podía ser que ella le hubiera alcanzado dos veces y él a ella ninguna?

De repente, se sintió algo mareado, como si estuviera drogado. Miró a la mujer y la vio sonriendo, señalándole las uñas irónicamente.

—¿Por qué? ¿Por qué has tenido que venir? —Dijo el vampiro

—Te lo dije hace mucho tiempo... ¡Te odio!

Einar se empezaba a tambalear.

Tash, Tanya y Jhonny se miraban incrédulos, sin saber qué historia había entre esos dos seres.

—Deberíamos matarlo ahora que esta débil. Entre los tres podríamos hacerlo. —Dijo Tanya

—¿Y luego? —Repuso Natasha. — ¿Cómo sabemos que ella no nos atacara si le matamos?

—Opino como Tash. Es muy peligroso, es mejor esperar. —Concluyó Jhonny—

La Vampira se giró hacia ellos y los miró fríamente.

—Nadie, me va a quitar el gusto de matarlo. Nada me habéis hecho, nada tengo contra vosotros. Hacerlo y será vuestro fin —sentenció

Einar dobló una rodilla, alguna especie de veneno corría por su sangre, debilitándole.

La desconocida se acercó a él y le acarició el cabello, mirándole con ojos tristes, pero a la vez inundados de un odio alimentado por los siglos.

—Te lo advertí aquel día. Debiste hacerme caso. —Dijo la mujer.

Einar se intentaba levantar, pero era imposible. Se había quedado inmovilizado. Por primera vez en muchos siglos, tuvo miedo a morir.

—Por tus gestos, entiendo que el veneno te ha paralizado por completo. Bien, así será más rápido.

Einar cerró los ojos, la cara, era lo único que no se había paralizado, no así el musculo de la lengua, que le imposibilitaba hablar.

—¿Tanto me odias que estas dispuesta a matarme? —Einar si bien no podía articular palabra, sí podía proyectar sus pensamientos a la mente de la mujer.

—Por casualidad, ¿recuerdas a tu hijo?—Replicó la mujer de la misma forma que hablaba él.

Los dos lobos supervivientes y la humana miraban intrigados a la pareja de vampiros, sin llegar a entender por qué se miraban sin decir ni una sola palabra.

—Claro que le recuerdo. Jamás le he olvidado .

—Al final le encontré Einar. Le encontré siendo un ¡SIRVIENTE!

El cuerpo de la vampira se tensó de repente, no pudiendo evitar que los otros lo vieran.

—¿Que le pasó? Me dijeron que había ido escoltado con varios soldados de la guardia.

—Los atacaron y lo apresaron. Vivió toda su vida quitando mierdas y orines de señores que le deberían respetar. Mientras, tú, estabas ocupado con esa zorra de sacerdotisa, jugando a ser madre de ¡mi propio hijo!

—Lo siento Anne. Lo siento.

—Yo también lo siento mi amor —Dijo Anne en voz alta antes de rajarle la garganta con ambas manos.

Einar, tras unos segundos sufriendo, cayó al suelo desangrándose.

Anne se quedó a su lado. Se agachó, y le acarició el cabello, que siglos atrás había acariciado con cariño.

—Adiós amor mío. En realidad, nunca te odie, solo era una farsa para no estar a tu lado. No podía mirarte por haberme engañado. Pero, nuestro hijo, se llevó la peor parte.

Capítulo XL

XL

La mujer se giró hacia los lobos, mirándolos con el rostro apenado.

—Se acabó. Ahora solo tenéis que liquidar a su hechicera, para ser libres.

Natasha se levantó como pudo y, después de cambiar a humana, se acercó con dificultad a la mujer.

—He escuchado tu lamento. Siento mucho lo que le pasase a tu hijo.

—Eso fue hace mucho tiempo. Pero una madre nunca olvida.

—¿Y ahora? ¿Te vas a ir?

Anne miró al rededor, había un montón de cuerpos, tanto de vampiros como de hombres lobo.

—El consejo pidió tu cabeza o la de Einar. Se la entregaré a mi creadora y con suerte, os dejaran en paz. Al menos un tiempo.

—Entonces, esto no ha acabado ¿Verdad? —Preguntó Natasha

—No lo sé. Espero que tu hijo nazca sano.

Natasha miró hacia abajo y vio que, instintivamente, pese al dolor, tenía las dos manos protegiendo su vientre. Cuando levantó la mirada para contestar, la vampira había desaparecido.

Todo había acabado, al menos por ahora, como le dijo Anne. Se sintió caer al suelo, quizá desmayada por el cansancio o por el dolor.

Se despertó al día siguiente, metida en la cama. Su madre, estaba sentada en una silla a su lado.

Sentía la boca seca, miró hacia la mesilla, buscando un poco de agua, pero solo había un vaso vacío. Se incorporó y se quedó sentada. La cama chirrió y despertó a Tanya que sonrió al verla.

—¿Cómo estás? —Le preguntó a Natasha.

—Bien, creo. ¿Qué ha pasado?

—Te desmayaste cuando desapareció la vampira.

Natasha se intentó mojar los labios con la lengua, para hidratarlos un poco.

—¿Me puedes dar un poco de agua, mamá?

Tanya se levantó de la silla, cogió el vaso vacío y fue a llenarlo.

—Han venido vecinos de otros Crómlechs, están ayudando a Jhonny a enterrar a los muertos. —Dijo Tanya desde el servicio.

—A buenas horas, si no llega a ser por Anne habríamos muerto todos.

En ese momento, entró Jhonny en la habitación.

—¿Cómo estás cariño? —Se acercó y la besó en los labios.

—Bien, creo. Me ha dicho mi madre, que han venido a ayudar.

—Eso... no es del todo cierto. Están ayudando sí, pero lo que quieren es unirse al Crómlech.

Natasha arqueó una ceja mirándole.

—¿Unirse? ¿Por qué?

—Según me han dicho los demás ancianos, están arrepentidos por no haber acudido y ahora piensan que lo mejor es unir todos los Crómlech en uno solo. El tuyo.

Natasha se sorprendió al escucharle, no le parecía correcto, no era su manada, ella pertenecía, pero no era la jefa.

—La manada es tuya Jhonny, no mía. Yo soy tu compañera, pero el anciano eres tú.

—Sobre eso...

Tanya llegó con el vaso lleno y se lo tendió a su hija, que se lo bebió de un trago.

—Despacio, no te vayas a atragantar. —Le criticó Tanya

Tash le devolvió el vaso y miró a Jhonny esperando que continuase.

El chico suspiró y se relamió los labios.

—Quieren que seamos los dos los que dirijamos a todas las manadas. Dicen que tu valentía inspiró a esta manada y pese a ser más joven que muchos de ellos, te quieren como anciana.

—No lo veo justo. Tú luchaste igual que yo. —Repuso ella.

—Toma una decisión. Están esperándote fuera.

Natasha cerró los ojos y tomó aire. Se levantó despacio y se vistió. Antes de salir se abrazó al muchacho.

—O tú o nadie. Esa es mi decisión. ¿Estás de acuerdo?

Jhonny sonrió y la besó mientras la abrazaba.

—Gracias por respetarme.

Natasha respondió al beso y sonrió. Le cogió de la mano y salieron fuera.

Cuando salieron, se encontró con doscientos hombres, mujeres y niños que la aclamaban como "La Espada de la Libertad"

Natasha intentó hacerlos callar poco a poco. Cuando lo consiguió, aún cogida de la mano de Jhonny, habló.

—El anciano de esta manada, me ha informado de que os queréis unir a ella. Yo no tengo ningún problema en que lo hagáis. —Se mojó los labios para continuar—. Siempre que respetéis lo que el anterior anciano dejó. Es decir. Mi compañero, será el Anciano. Si no lo aceptáis, podéis iros por donde habéis venido. Tenéis hasta la tarde, para pensarlo.

Tash se dio la vuelta y volvió a entrar en la cabaña.

Desde fuera se oía discutir a la gente, unos preguntaban quien se había creído que era para hacerles elegir a ellos, otros la defendían, diciendo que ella sola se enfrentó a tres vampiros y cuando pidió ayuda nadie se la ofreció.

Pasaron las horas y la discusión se volvía menos clamorosa.

Tash y Jhonny aprovecharon para comer un poco y descansar una hora antes, de que el sol empezase a descender.

Pasada la hora, volvieron a salir. Había menos gente que antes, de los doscientos que llegaron por la mañana solo quedó la mitad.

—¿He de suponer, que los que seguís aquí, aceptáis a Jhonny como anciano?

Todos los presentes, respondieron a favor.

—En ese caso, bienvenidos al Crómlech de Yellowstone.

A la noche, se organizó un asado con las provisiones que habían traído entre todos. Hubo ritos funerarios por los que perdieron la vida, risas y lágrimas de felicidad por la libertad a priori conseguida.

Ya en la cama, antes de dormirse, Jhonny y Tash decidieron racionalizar, las cabañas mientras se construían nuevas que acogieran a los nuevos integrantes. Otra decisión importante fue el nombre de la criatura. Si era niña, se llamaría como la madre de él, Madeleine, y, si era niño, su nombre seria Jason.

Epílogo

Habían pasado diez años desde la muerte de Einar "El Rey Oscuro".

En esos años, la manada del Crómlech de Yellowstone, se hizo aún más grande y poblada llegando a ser una comunidad de casi trescientos habitantes.

Natasha y Jhonny eran padres de dos traviesos niños. Los que no eran de allí, conocían el lugar en Jackson Hole como el pueblo del lobo. Dicho nombre, se lo dieron por una estatua a escala real de una loba que adornaba el centro de la comunidad.

Tanya dejó el crómlech decidida a dar caza a la hechicera, tardó bastante tiempo, pero tras seguirla el rastro, dio con ella en Londres. Tras un enfrentamiento, en el que Tanya casi perdió la vida, logró doblegar a su peor enemiga. Suyo era el momento de hacerle pagar, toda la tortura que ella le hizo sufrir. La mantuvo encadenada como años antes ella había hecho y la sometió a las mismas torturas que ella sufrió. Estaba a punto de perder la cabeza por la venganza, pero una visita sorpresa de Tash, Jhonny y los niños, la salvó de caer en la más profunda oscuridad.

Una noche, Natasha salió a pasear, eran pasadas las dos de la mañana, cuando escuchó una voz, que llevaba mucho tiempo sin oír.

—Veo que al final, todo os fue bien.

A Natasha se le erizó todo el vello del cuerpo, se giró en redondo y vio detrás de ella a Anne.

—Si has venido a luchar, te prometo que no venderé barata mi vida.

La vampira negó con la cabeza sonriéndola.

—No vengo a pelear, vengo a felicitarte.

— ¿Felicitarme? ¿Por qué?

Anne se acercó más a ella y le tendió un pergamino.

Tash cogió el pergamino y empezó a leerlo.

—El consejo de los vampiros escribe este pergamino para dejar constancia de la nulidad de la maldición impuesta por el Rey Einar Collinwood y Sheridan a los descendientes del caballero Wyrlum. A la vez que cesan las hostilidades contra la raza conocida como "Hombres lobo" iniciando estas mismas si alguno de los sujetos citados comete algún delito contra la raza de los Vampiros.

Cuando terminó de leerlo, alzó la mirada, suponiendo no encontrar a la vampira, como la otra vez. Pero ahí estaba, esperando.

—¿Y bien? —Esperaba algún agradecimiento de la loba.

—No sé qué decir. ¿Por qué firman esto?

—¿Realmente? Os temen. No quieren tener una guerra contra vosotros. Ahora, he de irme. No nos volveremos a ver. Cuídate Loba.

—Cuídese Majestad. —Tash inclinó levemente la testa en señal de respeto.

Anne sonrió melancólicamente, recordando por un breve espacio de tiempo, lo feliz que fue los primeros días de conocer a Einar y después desapareció.

Epílogo fan

En una vieja tienda de libros, acababa de morir un buen hombre cuyo reencuentro con su mujer fue más que satisfactorio. Urin acogió al tendero con una sonrisa puesto que, en algún momento, perteneciendo a un Crómelech en España, había tenido una hija que podría haber sido la elegida puesto que habían pasado doscientos años, tal y como había pasado con Tash. Por desgracia, un vampiro mordió a su mujer y el pequeño bebé nació sin vida.

Una vez que el señor había entregado su alma a la vida eterna de la paz junto a su familia, Urin decidió ayudar a la elegida.

—Jason, ven —Este que intentaba no traicionarse a sí mismo con las ganas de intervenir en el mundo terrenal en

vez de quedarse esperando la masacre, se acercó a la Madre.
—Uno de los nuestros acaba de morir, tenía una librería.

—Ya, bueno, no sé qué tiene que ver eso conmigo—. Inquirió nervioso

—Su cuerpo aún no ha sido encontrado. Voy a dejar que pase algo inusual, tu alma ocupará su cuerpo durante una luna. —Sentenció

—¿Para qué?

Jason despertó en el cuerpo de un hombre rellenito y con cara de buena persona. Se paseaba por la librería sin entender cuál era su cometido. Justo cuando estaba detrás del mostrador, alguien entró, y Urin le habló, sin hacerlo, diciéndole que era su madre.

—Buenas noches, señor. ¿Me podría dejar buscar un parque en una guía? —Una mujer destrozada entró en la tienda y él supo que no podía decirle quién era

—¿Que le ha pasado señorita? ¿Se encuentra bien? ¿Quiere que llame a alguien? —Sabía que diría que no, pero era su deber fingir.

Una vez que se hubo ido, cuando la luna tocó su alma y le devolvió al mundo de los espíritus, sólo pudo agradecerle a Urin su bondad. Era enigmática, era cauta y justa en sus palabras. Pero, había cumplido el mayor anhelo de Jason: despedirse de la madre que tuvo que mandarle lejos, y dirigirla al reencuentro con su protegida. La espada de la libertad.

AGRADECIMIENTOS

Quiero dedicar esta segunda edición a todas las personas que lo habéis hecho posible. A todos los lectores, amigos, que me habéis animado a mejorar esta humilde obra.

No os puedo decir lo que se siente, cuando a uno le abren un privado o le etiquetan para expresarle lo que le ha hecho sentir su libro, su historia, ese pedazo de uno mismo, que lanzas al mundo para dejar constancia de que estás en él, de que existes y que eres un creador de historias.

Por eso, en este preciso momento, te doy las gracias. Si, a ti que estás leyendo ahora mismo esto. Y es más, te voy a pedir un inmenso favor. Entra en la página del libro en Amazon o en goodreads y hazme saber que te ha parecido esta historia, incluso en tu muro, si las otras dos opciones no puedes. Te estaré eternamente agadecido.

Ahora si, paso a los agradecimientos.

A mis dos brujis, un continuo apoyo en los días malos, y una autentica bendición en los días en los que los hechizos vuelan por nuestro aquelarre nocturno.

Se que sin ellas, muchas de las nuevas actividades de las que formo parte, no serían lo mismo, ni mis nuevas historias. Os quiero pequeñas.

A las diosas del Averno, ese pequeño gran grupo de Facebook, que sin su ayuda, este proyecto no sería posible. Y desde ya os animo a conocerlas, son unas ávidas lectoras, que estarán encantadas de conoceros.

A Carlos Ruiz y José Martel. Dos buenos amigos que me recomendaron algunos cambios. Ambos sois piezas fundamentales en esta segunda edición.

Al Círculo de Fantasía, asociación de escritores de fantasía, llena de estupendos autores y queridos amigos.

A mis amigos que tantas y tantas noches nos tiramos roleando y que fue la piedra angular de este libro.

A María Ruiz, mi maestra en la interpretación por internet. He aprendido mucho de ti en todos estos años.

A Patricia Salas, que sin su ayuda no habría sido posible esta historia

A Jonathan, Ana, Ross, Iris, Janis, a todos los que en estos tres años, habéis contribuido a que esta obra llegue a su segunda edición.

A Xionela y Sònia, dos mujeres, dos amigas a las que les debo mucho. Gracias por estar siempre para mí.

OTROS LIBROS DEL AUTOR

EL VUELO DEL DRAGÓN

CIENCIA FICCIÓN

EL FIN DE LA NOCHE

El fin de la Noche
Javier Piña Cruz

ROMANCE PARANORMAL

CONOCIENDO A GABRIEL

ROMÁNTICO

EL DESEO DE ALICIA

INFANTIL

DRAGONES Y TINIEBLAS

FANTASÍA ÉPICA

LA LLAMA DE LA PASIÓN

ERÓTICO

JURAMENTO DE AMOR

Juramento de amor

Javier Piña Cruz

ROMÁNTICO

EL REY DRAGÓN Y LA PEQUEÑA HADA

INFANTIL

SOBRE EL AUTOR

Javier Piña Cruz nació en Madrid el 10 de abril de 1981, aunque reside en la actualidad en Driebes, un pueblecito de Guadalajara. Estudió en el Instituto Virgen de la Paloma en Madrid.

Su pasión por la escritura nació a raíz de empezar a jugar a juegos de Rol, estilo Vampiro edad oscura, Vampiro La Mascarada, Hombre Lobo Apocalipsis.

Aunque siempre le llamó la atención escribir, no fue hasta 2017 cuando publicó sus primeros libros, que los unió en un solo tomo "El Rey Oscuro", "El Crómlech de la Loba Blanca" y "La Venganza", juntos es "Colmillos y Garras" que salió en 2018.

"Colmillos y Garras" tiene versión en inglés llamada "Claws and Flangs".

En mayo de 2018 publicó "El Vuelo del Dragón".

En Julio de 2018 con motivo del Concurso Literario de Amazon, publicó "El Fin de la Noche".

En abril de 2019 publicó "Conociendo a Gabriel" fue premiada como novela romántica del año por los lectores.

En Julio de 2019 publicó un cuento infantil "El deseo de Alicia" con el que participó en el Concurso Literario de Amazon ese año.

En octubre de 2019 publicó "Dragones y Tinieblas".

En noviembre de 2019 publicó "La Llama de la Pasión".

Y este año en mayo de 2020 ha presentado al Concurso Literario de Amazon el libro "Juramento de amor: Mil Vidas para Amarte" y su segundo cuento infantil "El Rey Dragón y la Pequeña Hada", siendo por el momento su trabajo más reciente.

Además, tiene dos relatos en las antologías I y III de Círculo de Fantasía.

Su deseo es compartir con niños, jóvenes, adultos y mayores, sus libros y que todos puedan disfrutarlas tanto como él lo hace escribiéndolas.

Made in the USA
Columbia, SC
27 November 2022